옷의 새

윤신우 장편소설
0시의 새

펴낸날 2025년 10월 20일

지은이 윤신우
펴낸이 이광호
주간 이근혜
편집 최은지 조아혜 김다연 김필균 허단 윤소진 유하은
마케팅 이가은 허황 최지애 남미리 맹정현
제작 강병석
펴낸곳 ㈜문학과지성사
등록번호 제1993-000098호
주소 04034 서울 마포구 잔다리로7길 18(서교동 377-20)
전화 02)338-7224
팩스 02)323-4180(편집) 02)338-7221(영업)
대표메일 moonji@moonji.com
저작권 문의 copyright@moonji.com
홈페이지 www.moonji.com

ⓒ 윤신우, 2025. Printed in Seoul, Korea

ISBN 978-89-320-4466-8 03810

이 책의 판권은 지은이와 ㈜문학과지성사에 있습니다.
양측의 서면 동의 없는 무단 전재 및 복제를 금합니다.

이 책은 2025년 목포문학상 박화성소설상
출판 업무 협약을 바탕으로 출간되었습니다.

어시의 새

윤신우 장편소설

문학과지성사

차례

프롤로그	7
0시의 새	15
작가의 말	318

프롤로그

보고만 있어도 가벼운 취기가 감도는 공간이다. 마치 붉은 바다에서 태어난 물비늘이 된 기분이다. 야트막하게 취한 물비늘. 와인빛 벨벳이 벽과 천장은 물론 카펫까지 뒤덮어, 어쩐지 농익은 포도 향을 머금고 있는 듯하다. 여기가 어디인지, 어떤 경로로 이곳에 도달했는지 알 수 없다. 그저 우연이기도 필연이기도 한 어떤 불가해한 흐름 때문일 거라고 어렴풋이 짐작할 뿐이다.

고풍스러운 벽난로와 마호가니 원목 책상이 들어앉은 실내는 은은한 스탠드 조명 몇 개에 의지하고 있다. 잡다한 장식품이 없어 제한적이고 신중한 분위기다. 벽난로 옆 테이블에는 남자 세 명이 앉아 있다. 테이블 위에는 갓 내온 듯 모락모락 김이 나는 차 석 잔이 놓여 있다. 얼굴은 잘 보이지 않지만 그들은 대화를 나누는 중이다. 가까이 다가가도 그들은 나를 의식하지 못한다. 이건 혹시 꿈인가, 아니면 내가 이 붉은 바다에 너무도 깊이 취해 있는 것인가.

천천히 걸음을 옮겼다. 찻잔에는 이 공간과 퍽 어울리는 검붉은 음료가 담겨 있다. 찻잔만 아니었어도 와인이라고 확신했을 텐데, 찻잔이니 필시 내가 모르는 어느 이국의 차일 터다. 잔에서 눈을 떼고 고개를 돌리자 이내 다 감긴 카세트테이프처럼 호흡이 목구멍 언저리에서 덜컥거렸다. 세 남자의 얼굴, 아니, 내가 알던 어떤 종류의 얼굴도 아닌 그들의 '탈' 때문이다.

한 남자는 생물로서의 일말의 표정이나 감촉도 담고 있지 않은 무無의 화신 같았고, 그 옆의 어두운 적색 트레이닝복 차림을 한 남자는 눈이 기묘했다. 마치 빈자리에 적당히 그림을 채워 넣은 것처럼. 그리고 그 둘을 마주 보고 앉은 남자는 무無의 남자와는 딴판으로 유有의 정점에 자리하고 있다. 그는 온갖 방향으로 이목구비가 튀어 오르는, 요동치는 얼굴을 갖고 있다. 수만 가지 표정이 한데 섞여 회오리치듯이. 하지만 가장 놀라운 건 내가 이 괴이한 '얼굴'들을 마주하고도 조금의 공포나 혐오도 느끼지 않는다는 점이었다.

"월광으로 태양을 이끌 줄이야." 그림 눈의 남자가 말했다.

"인정하네. 실로 놀랍더군." 표정 없는 남자가 고개를 가볍게 끄덕이며 대꾸했다. "그저 태양의 일부가 반사된 것에 불과한 달빛 주제에 한낱 불꽃을 어떻게 그 정도로 증폭시킬 수 있었던 것인지."

둘은 눈앞의 찻잔에는 관심도 두지 않고 알 수 없는 이야기를 이어갔다. 그때 줄곧 침묵을 지키고 있던 회오리 얼굴의 남자가 입을 열었다. 당최 어디로 향하는지 알 수 없이 매 순간 소용돌이치는 입을.

 "그러니 이들이 재밌는 것 아니겠나. '그 존재' 역시 그런 이유로 이 세계를 아끼는 거겠지. 우리에겐 이런 지난한 과정 같은 건 애초에 필요치 않으니까. 월광도 불꽃도, 비눗방울처럼 불안정하고 얄팍한 이곳에서나 존재할 수 있으니 말이야."

 "어쨌든 단 한 세계라도 다음으로 나아간다면 이 층은 유지될 수 있으니 당분간은 괜찮겠군. 그나저나 우리도 7억 3천분의 1의 가능성을 찾느라 꽤 품을 들였잖은가. '그림자' 녀석들만 아니었어도 좀더 빨리 끝났을 텐데."

 '그림자'라고 말하는 그림 눈의 남자의 한쪽 입가가 파르르 떨렸다. 그러나 깜박이지도, 커지거나 작아지지도 않는 그의 눈만은 플라스틱 장식처럼 고정된 채였다.

 "난 좀 다른 생각이야." 회오리 얼굴의 남자가 더 이상 김이 피어오르지 않는 찻잔을 들어 올리며 말했다. "어쩌면 '그 존재'에게는 우리나 '그림자'나 이 세계의 주인들이나 다 마찬가지가 아닐까, 하는. 그러니까 결국 여기에 이르게 하기 위해 저마다 각자의 쓸모를 갖고 있었다는 거랄까."

 "그게 무슨 말인가. 우리가 이 무지한 세계의 존재들과 같다는 소리인가? 고작 여백에 불과한 이들과?"

표정 없는 남자가 미동 하나 없이 말했다. 그러나 난 그가 적잖이 불쾌해하고 있다는 걸 흔들리는 음성으로 알 수 있었다.

"글쎄, 적어도 이들은 우리와 달리 채워지지 않은 여백이니 무엇으로든 변모할 수 있지 않은가. 색이 칠해질 수도, 글자가 씌어질 수도 혹은 그대로 공허히 존재할 수도 있겠지. 자네들도 알지 않나. 우리가 부러워하는 '낭만'이라는 것이 바로 거기에서 탄생한다는 걸. 기껏해야 파도 정도 일으킬 거라고 예상했던 달이 태양을 이끌었듯 말이야. 모쪼록 이 세계의 차를 조금 더 맛볼 수 있게 된 점은 나도 기쁘게 생각하니."

"근데 말이야. 여자의 선택은 어쩐지 '그 존재'가 의도한 것과는 다른 듯하지 않나?" 표정 없는 남자가 물었다.

"나 역시 그렇게 생각했네. 혹시 자네는 '그 존재'가 이 모든 걸 진작부터 알고 있었다고 보나? 아니면 설계한 거라고?"

그림 눈의 남자가 던진 질문에 장내에는 한동안 정적이 흘렀다. 애초부터 대화의 맥락을 따라가지 못했음에도, 나는 긴장감에 덩달아 목이 말라왔다.

"그걸 어찌 알겠나. 하지만 한 가지는 확실하지. '그 존재'에 관한 한 우리는 이 세계의 주인들과 마찬가지로 실로 무지하다는 것을 말이야. 뭘 모르는지도 모를 정도로."

그때 벽난로 위에 있던 동그란 물체 쪽에서 여러 겹의 파장이 동시에 물결치는 듯한 낯선 소리가 들려왔다. 도저히 시계처럼 보이지는 않았지만, 그로부터 나온 소리는 어떤 정해진 지점을 가리키기 위해 지극히 자연스럽게 터져 나온 알람 같았다. 세 남자는 일제히 소리의 출처를 향해 고개를 돌렸다. 텅 빈 표정과 무한한 표정과 생명력 없는 눈으로.

"아무래도 시간이 자꾸 조금씩 어긋나는 듯해. 날씨 탓인지." 회오리 얼굴의 남자가 말했다.

눈을 뜬 건 새벽이었다. 잠에서 깼지만 여전히 취기에 몽롱했다. 꿈에서 벗어나자마자 또 다른 꿈에 빠진 것처럼. 그나저나 보통은 잠기운이라고 하지 않나? 왜 취기라는 단어를 떠올렸는지 의아했다. 그저 조금 전까지 아주 생생하면서도 조금도 현실이라고는 생각되지 않는 의뭉스러운 꿈을 꾼 듯했다. 하지만 내가 의식의 세계로 넘어오는 동시에 무의식의 세계는 문을 닫고 기억을 지우고 감촉을 숨겨버렸다. 꿈이라는 게 대개 그러하듯이.

창밖을 보니 연신 비를 퍼붓던 하늘은 어느새 말라 있었다. 커튼을 젖히고 창문을 열어 아직 물기가 남아 있는 새벽 공기를 크게 들이마셨다. 드리웠던 먹구름의 그림자를 날리고 대지를 비추고 있는 흰 달에 물끄러미 시선을 두었다. 안개꽃처럼 만개한 월광에 은은한 화향이 떠도는 것 같았다. 그 순간 쏜살같이 엄습한 묘한 기시감에 멈칫했다. 마치 까마득한 곳에서 떠오르지 않는 기억이 손짓하고 있는 것 같았다. 그러나 알 수 없는 기분과 아스라한 기억은 달빛에 금세 흩어지고 말았다.

　어깨를 으쓱하고는 달아나버린 잠을 뒤쫓는 대신 창가에 기대섰다. 그리고 가뭇한 별하늘을 올려다보며 무심코 생각했다. 아득한 거리에서 아득한 시간을 넘어 이루어진 무수한 별의 폭발에 대해. 그렇게 방출된 원소들이 마치 한배에서 태어난 형제처럼 인간의 몸을 이루는 원소들과 닮아 있다는 사실에 대해. 이 세계에 살아 숨 쉬며 진화를 이뤄낸 모든 것의 기원이 어쩌면 우리가 아직 파헤치지 못한 저 위쪽에 있지 않을까, 하는 생각을 말이다. 물론, 그 반대쪽일지도.

0시의 새

1   진율

  말이란 건 때로 여러 입을 거치고 구르다, 종내에는 처음과는 완전히 딴판으로 변해버리곤 한다. 시작과 끝만 놓고 따진다면 전동 휠체어가 박달나무로 둔갑하고 오소리가 세발낙지로 탈바꿈하는 정도라고 해도 과언이 아니다. 말이란 건 원래 이런 것이고 소문이란 건 원래 그런 것이다. 다만 그 변모의 과정을 찬찬히 살펴보면 그런대로 개연성이 있다는 걸 알 수 있다. 겨울 산을 구르는 돌멩이가 눈 뭉치에서 눈덩이로 타당하게 변해가는 것처럼.

  소문의 진원을 거꾸로 되짚다 보면 나름대로 일리 있는 변태였다는 걸 종종 깨닫게 되는 것도 바로 그 때문이다. 문제는 어딜 가나 꼭 있는, 원칙과 상식의 선상에서 벗어나려 하는 돌연변이 같은 존재들이다. 어쩌면 우주의 균형이나 세계의 평형을 맞추기 위해선 이런 불상不詳의 존재들이 반드시 필요한 것일지도 모른다. 그리고 나는 그저 그 돌연변이들의 틈새에 어쩌다 발이 빠져버린 희생양이었을 뿐이다.

그것은 아주 영악한 저주였다. 처음에는 순진한 얼굴로 입에서 입으로 하나둘 옮아가던 흔해빠진 이야기에 불과했다. 그러나 녀석은 내게 당도하자마자 갑자기 고개를 돌려 본색을 드러냈다. 삽시간에 가면을 바꾸고 돌변하는 중국의 변검 예술가처럼. 저주의 얼굴에는 결코 저주라고 씌어 있지 않다. 그건 나도 알고 싶지 않았던 사실이다.

중복을 막 지난 무더운 날이었다. 나를 포함해 연구실에 남아 있던 대여섯 명은 연구원 근처에서 다 같이 막국수를 먹은 뒤 카페에서 커피를 홀짝이고 있었다. 시시콜콜한 잡담이 커피 맛을 돋우던 중 한 선배가 친구의 직장 동료의 조카 얘기를 꺼냈다. 이름도 얼굴도 모르는 데다 해삼과 목성만큼이나 내 삶과 멀리 떨어져 있는 느닷없는 인물이었다. 신상만 들었을 때는 흥미를 느낄 만한 구석이 조금도 없었다. 애초에 타인과 타인의 무미건조한 삶에 별 관심이 없는 나에게 그런 인물이란 건 에티오피아에서 왔다는 이 카페의 특제 커피콩보다도 와닿지 않는 존재였다. 그는 대충 지병 없는 삼십대 중반의 은행원이었다, 키가 훤칠하고 인물도 좋은 데다 여자친구와 동거를 하고 있었다. 여기까지가 내가 들은 사전 정보의 전부였다.

그는 전날 밤 잠을 자다가 죽었다. 선배의 말에 따르면 — 정확히는 선배의 친구의 직장 동료의 말에 따르면 — 그는 집에서 여자친구와 함께 멀쩡히 저녁을 먹고 멀쩡히 TV를 보다 멀쩡히 잠에 들었다. 도저히 멀쩡하지 않기도 어려운 행위들이다. 그리고 다음 날 여자는 확실히 멀쩡하지 않은 상태로 옆에 누워 있던 남자친구를 발견했다. 그는 평소에 자던 모습 그대로 너무나도 태연하게 죽어 있었다. 아프거나 피로워 보이기는커녕 '아, 신경 쓰지 마십시오. 저는 괜찮습니다'라고 말하는 것처럼 엷은 미소까지 띠고 있었다. 모처럼 아주 길고 평화로운 꿈이라도 꾸는 듯이. 왠지 모를 생동감이랄까, 오히려 눈을 뜨고 있었을 때보다 더 생생해 보였다. 바로 그 부분에서 그녀는 뭔가 이상하다고 느꼈다.

"젊은 사람이 안됐네. 아니, 조짐이 전혀 없었던 건가?"
팀장이 말했다.

"몸이 안 좋은 것도 아니었고 등산이랑 헬스도 좋아하던 친구였대요. 술, 담배 전혀 안 하고. 사람 일 진짜 알 수 없다니까요."

동시에 터져 나오는 탄식. 그는 기껏해야 나보다 한두 살 많을 뿐이었다. 나는 담배는 안 피우지만 가끔 술을 마시고, 헬스 같은 건 과거에도 미래에도 쭉 내 인생에 없는 이벤트다. 당연히 현재에도. 내가 남자였어도 아마 한평생 '운동 좋아하는 친구' 소리를 듣는 일은 없었을 거라고 확신한다.

"아픈 데 하나 없는 사람이 그렇게 갑자기 죽기도 하는 거예요? 어떻게 그래요?"

나는 안타까워하는 눈앞의 중년 남성들에게 물었다. 한 청년의 허망한 죽음에 어스레한 섬찟함이 느껴졌다. 마치 생뚱맞은 제비뽑기 상자에 내 이름이 적힌 쪽지도 들어 있었다는 걸 뒤늦게 알게 된 기분이었다. 자다가 죽을지도 모른다는 생각 같은 걸 누가 한단 말인가. 아무리 잠자는 걸 좋아해도 영원히 자버리고 싶지는 않은 법이다. 하물며 나도 모르는 새 어쩌다가.

"보면 의외로 꽤 많더라고. 젊은 사람들도 그렇고. 내가 아는 사람도 마흔셋밖에 안 됐는데 자다가 죽었어. 부정맥이랬나. 율이 너도 몸 관리 잘해. 우리 일은 가뜩이나 활동량이 부족하니까. 건강은 젊어서 챙겨야 한다."

"그러는 선배도 운동 안 하시잖아요." 나는 장난이 섞인 투로 답했다.

"나야 이제 죽을 때 다 됐으니까. 살던 대로 살아야지 이제 와서 뭐 새로 하려고 하면 더 빨리 가는 수가 있어."

이번에는 동시에 터져 나오는 웃음. 그렇게 누군가의 불행으로 시작된 이야기는 남 얘기가 거개 그렇듯이 사방으로 뿔뿔이 가지를 치며 이 주제에서 저 주제로 대수롭지 않게 넘어갔다. 그러나 실은 내게만은 대수로웠던 모양인 그

이야기는 내 온밤을 집어삼키기 시작했다. 나도 모르는 새 어쩌다가.

유난히 비가 잦은 여름이었다. 훤한 대낮이건 한밤중이건 몇 분 새 먹구름이 몰려와 쩌렁쩌렁한 천둥소리로 대기를 갈라놓곤 했다. 야심한 고요를 뚫고 번쩍이는 섬광에 잠이 깬 나는 옴짝달싹 못 한 채 눈만 끔뻑이며 빗소리에 잠겨 있었다. 저도 놀랐다는 듯이 귓전까지 콩콩 울려대는 심장 소리를 별생각 없이 듣다가 별안간 '이렇게 죽는 경우'를 가늠해 보았다. 그건 내 의지로 시작된 상념이 아니었다. 오히려 그 상념이 의지를 갖고 있었다고 보는 게 맞다.

멀쩡했던 삼십대 중반 아무개 씨의 하루에 나를 대입해 본다. 퇴근 후 안락한 자취방에 돌아와 뜨거운 물로 샤워를 한다. 먹다 남은 만두를 전자레인지에 돌려 대충 끼니를 때운다. 아빠가 잔뜩 챙겨준 영양제도 먹는다. 그쯤이면 막 퇴근한 엄마의 전화가 걸려 온다. 짧막한 수다를 마친 뒤 얼마 나오지도 않은 설거짓감을 처리하고 찻물을 올린다. TV는 거의 보지 않으니 대신 인터넷 기사와 SNS를 뒤적거린다. 블루투스 스피커를 연결해 어쿠스틱 카페의 「Last Carnival」을 한 곡 반복으로 설정한다. 책 한 권을 집어 들고 침대로 간다. 아, 찻물을 잊었다. 아쌈홍차, 크림캐러멜, 히비스커스 찻잎 중에 기분에 따라 골라 우린다. 이제 진짜 침대로 간다. 불을 끄고 암막 커튼을 치고 침대 옆 독서 등을 켜 읽다 만 소설책을 편다. 찻잔이 바닥을 드러내는 10시쯤 책을 덮고 잘 준비를 한다.

그렇게 잠에 든다.

그리고 영영 깨어나지 않는다.

난 죽는다. 자다가. 나도 모르는 새 어쩌다가.

입가에는 가벼운 호선이 그려져 있다. 심장이 멈추고 숨은 쉬지 않아도 미소는 살아 있다. 멀쩡하게 저녁을 먹고 TV를 보다 잠에 들었던 그의 일과와 별반 다르지 않다. 몽땅 멀쩡했던 원인에서 멀쩡하지 않은 결과가 도출되는 건 너무도 비상식적이고 불합리하다. 동거하는 남자친구 같은 건 없는 나는 아무개 씨보다 몇 시간은 더 지나야 발견될 터다. 난 '자다가 죽은 젊은이' 목록의 마지막 줄에 이름을 올리고 내 불행은 회사 선배의 친구의 직장 동료의 조카에게까지 도달한다. 그리고 이내 사방으로 흩어진다. 에티오피아산 특제 커피콩은 남아도 내 이야기는 남지 않는다.

잠은 이미 달아나버렸다. 그러나 일면 안심이다. 잠들지 않았다는 건 일단 자다가 죽을 가능성은 줄어들었다는 뜻이니까. 나는 가슴에 손을 얹고 내 심장박동에 가만히 주의를 기울인다. 잘 뛰고 있는지, 수상쩍은 낌새 같은 건 없는지, 멀쩡하지 않을 약간의 조짐이라도 느껴지는지. 100은 83이나 17 따위를 거친 뒤에야 0이 되어야 한다. 하다못해 건전지도 수명을 다해가는 동안 서서히 티를 내지 않나. 수

십 년간 함께한 정이 있는데 갑자기 직무를 유기할 거면 적어도 예고라도 해주는 게 인지상정이다.

무방비 상태에서 사신을 맞을 수는 없다고 생각하는 날들의 연속이었다. 나는 그 뒤로 숱한 밤 좀체 잠에 들 수가 없었다. 내 삶과 어느 조붓한 모퉁이에서조차 맞닿아 있지 않았던 한 남자는 내게서 잠들 권리를 앗아갔다. 아주 예리하게 벼려진 칼로 도려내버렸다. 잠들 수 있다는 것, 잠에 빠질 수 있다는 것이, 그러니까 인간이 의식을 멈추고 최소한의 생명 유지 기능만을 남겨둔 채 절전에 들어가는 이 행위가 얼마나 위대한 특권이자 은총이었는지 진작에 깨닫고 감사해야 했다. 그건 결코 자연스러운 본능 같은 게 아니었다. 잠을 잃은 자만이 그 사실을 알게 된다. 이런 걸 알고 싶었던 적은 단 한 번도 없었다.

자고 싶다, 자고 싶지 않다, 자야 한다, 자면 안 된다, 자도 된다, 그게 마지막 잠이 될지도 모른다.

짤막한 잡념들이 꼬리에 꼬리를 물고 고인 웅덩이 위 소금쟁이처럼 뱅뱅 돌았다. 밤이 익어갈수록 정신은 또렷해지고 청각은 날렵해졌다. 한순간 선잠에라도 빠지면 금세 소스라치며 깬 의식이 무의식을 제압했다. 자다가 죽기 전에 잠에 못 들어 죽을 것 같은 나날이 이어졌다.

아, 그 남자. 잠결에 비명횡사했다는 그 남자. 그의 죽음에서 떨어져 나온 모종의 부정한 기운은 징검다리를 건너

듯 통통 튀어 내게 안착했다. 그건 정말이지 생물로서의 기본권을 박탈하는 지독히 악랄하고도 절대적인 저주, 바로 그런 저주였다.

2 차수지

그는 내가 지금까지 본 모든 사람 중에 생선을 가장 깨끗하게 발라 먹는 사람이었다. 딱히 의도하거나 공을 들이는 것도 아니었다. 그저 가를 부분을 가르고 드러낼 부분을 드러내고 솎아낼 부분을 솎아내는 것뿐이었다. 살을 깨끗하게 바르겠다는 생각 같은 건 애초에 하지도 않았다. 그에게는 단지 그런 식으로 생선을 먹지 않을 이유가 없었던 것이다.

"어떻게 잔가시 하나 없이 그렇게 완벽하게 발라내는 거야? 비법이라도 있어?" 언젠가 마주 앉은 저녁 식탁에서 도준에게 물었다.

"별생각 없는데. 그냥 왠지 여길 찌르고 이렇게 들어내면 되겠다 싶은 거지. 이게 신기해?"

"엄청 신기하지. 오빠 쪽 생선을 보면 내 접시에 있는 건 불쌍해져. 깨끗하게 먹히지도 못하고 너덜너덜하니."

"맛있게 먹기만 하면 되지, 뭐. 근데 네 말 듣고 보니 나 생선 바를 때 진짜 아무 생각을 안 하네. 하다못해 반찬 집을 때도 이거랑 저거랑 같이 먹으면 맛있겠다거나 다음에는 저거 먹어야지, 이런 생각 하잖아. 근데 생선 바를 때는 완전 무無야. 그냥 자연스럽게 젓가락이 움직여." 도준은 새삼 놀라운 사실이라도 발견한 것처럼 눈을 반짝이며 말했다.

"불공평하다. 난 젓가락 들기 전부터 이번에는 반드시 깨끗하게 발라야지, 하는데. 그런 게 타고난 건가 봐. 애써도 안 되는 사람이 있고 아무렇지 않게 거뜬히 해내는 사람이 있고."

"타고난 게 이런 거면 더 슬픈 거 아니야? 생선 잘 잡기나 잘 굽기 같은 것보다도 훨씬 쓸모없어 보이는데." 도준이 웃으며 답했다.

"혹시 모르지. 거기에서 파생될 수 있는 뭔가 다른 능력 같은 게 있을지도? 아무튼 나는 좋아. 앞으로 생선 가시 바르는 건 평생 오빠한테 맡기겠어."

도준은 내 말에 오른 주먹을 불끈 쥐어 보이며 그 정도쯤이야, 하고 대답했다. 그날 저녁 우리 두 사람의 앞접시 위에는 허연 가시를 정직하게 남긴 생선 잔해만 덩그러니 남았다. 붙어 있던 것이 너무도 깔끔하게 분리되었다. 제 세상에서는 결코 드러날 일 없던 단면이 드러났다. 함께 몸통을 이루고 바다를 누비던 살과 가시 중 한쪽은 완전히 사라지고 말았다. 그러나 헐벗은 채 홀로 남겨진 쪽은 외려 온전해 보인다. 마치 이제서야 오롯이 자신의 본모습으로 존재할 수 있게 됐다는 것처럼.

그때 그 접시를 들여다보며 내가 느낀 찰나의 위화감은 일종의 예고 같은 것이었을까. 가장 처음 만들어진 부분이 가장 마지막을 장식한다는 것. 시작이 끝을 지배한다는 것. 나는 그 뒤로 생선구이를 먹지 않았다.

"차 기자님, 왜 안 드십니까? 고등어 기름이 좔좔 흐르는데요, 아주."

멍한 정신을 파고드는 시청 홍보 팀장의 말에 순간 움찔하며 고개를 들었다.

"아, 아침에 먹은 게 소화가 덜 됐나 봐요. 팀장님 많이 드세요. 천천히 먹겠습니다."

나는 입가의 평행선을 금세 사회생활용 호선으로 바꾸며 말했다. 아침 같은 건 먹지 않은 지 10년도 더 됐다.

"늘씬하신 데는 다 이유가 있다니까. 나 좀 봐. 벌써 반 공기나 비웠잖아. 우리 딸이 차수지 기자님 반만 닮아도 좋을 텐데."

홍보 팀 주무관이 사람 좋게 웃으며 치켜세웠다. 난 멋쩍게 가벼운 미소를 지었다. 이런 기분으로는 멋쩍지도 가볍지도 미소 짓고 싶지도 않았지만, 그녀는 어느 쪽도 알아차리지 못할 터였다.

하반기 인사 발령으로 출입 기자들과 홍보 팀 간에 잡힌 점심 자리였다. 장소가 한정식집이라는 걸 보고 어떤 구실을 꾸며서라도 피하고 싶었지만, 연례행사 같은 간담회인 데다 인사가 절반 이상 바뀌어 한 번쯤 필요한 자리였다. 필요한 것과 원하는 것은 보통 잘 일치하지 않는 법이다.

한정식집에 생선구이는 빠지지 않는다. 오늘도 그랬다. 원치 않는 상황은 허옇게 익은 생선 눈알처럼 지독히도 무심하게 들이닥쳤다. 오래전 생을 잃은 고등어는 초점 없는 한쪽 눈으로 날 응시했다. 그것은 눈을 피하지도 깜빡이지도 않고 내게 또렷이 시선을 던지고 있다. 훤히 들여다보고 있다. 그것 봐, 넌 결국 다시 내 앞에 앉아 있잖아, 하는 것만 같다. 눈을 돌리는 건 결국 아직 살아 있는 내 쪽이다.

그 자리에 있던 누구도 도준만큼 생선을 정갈하게 발라 먹을 줄 몰랐다. 내 세계에서 그건 그만이 할 수 있는 일이었다. 두번째, 세번째 같은 건 없다. 100이 부재하다고 해서 83이나 17이 그 자리를 대신할 수 있는 건 아니다. 100이 아니라면 남는 건 그저 제로다. 유有의 반대는 두말할 것도 없이 무無다.

리포트 일정이 없는 금요일이다. 이런 날에는 짬을 내 머리를 자를 수 있다. 부리나케 간담회에서 식사만 마치고─

내 도리는 대개 1차까지만 허용한다—커피 타임은 핑계를 대 빠져나왔다. 차를 몰고 단골 미용실에 갔다. 짧은 커트 머리인 탓에 한두 달에 한 번은 찾는 곳이다. 이번에는 한 달만이다. 요즘은 이상하게 머리가 더 빨리 자라는 것 같다.

이 세상 모든 미용사는 두 종류로 나뉜다. 말 붙이기 좋아하는 쪽과 그렇지 않은 쪽. 이건 일종의 법칙이다. 내가 이 작은 미용실을 선호하는 이유는 원장이 후자에 해당하기 때문이다. 물론 머리가 딱히 마음에 들지 않았던 적도 없었고. 늘 사람을 찾아다니고 이야기를 묻고 들어야 하는 직업 특성상 혼자 있을 때는 웬만하면 '정말' 혼자이고 싶다. 그리고 이 미용실은 내게 충분히 그런 느낌을 줬다.

"안녕하세요. 아, 좀 기다려야 할까요?"

문을 열자마자 에어컨 바람과 함께 찌르르한 염색약 냄새가 몰려들었다. 세 개밖에 없는 의자 중 두 개가 차 있었다. 흔치 않은 상황이다. 찐득한 약이 묻은 장갑을 낀 원장이 선이 주렁주렁 달린 기계 양쪽을 분주하게 오가는 중이라 난 문가에 어정쩡하게 서 있었다. 이 미용실의 가장 큰 장점이 오늘은 약간 사그라들 모양새다.

"한 20분이면 될 것 같은데 괜찮으세요?"

원장이 두 손을 엉거주춤 들고 돌아서며 답했다. 진한 눈썹 한 쌍이 쑥 올라갔다. 그건 벌써 5년째 만나는 단골에게 그녀가 보일 수 있는 최대치의 반가움이었다. 난 웃으며 괜찮다고 말한 뒤 가게 한편의 긴 소파에 앉았다. 시간은 넉넉했다. 오늘은 리포트 일정이 없는 금요일이니까.

요란한 머리의 여자들로 표지를 장식한 패션 잡지 네댓 권이 유리 테이블 위에 어지럽게 놓여 있었다. 지난번에 왔을 때도, 지지난번에 왔을 때도, 저 여자들은 같은 모습으로 같은 곳에 똑같이 어지럽게 놓여 있었다. 최신 트렌드와는 명백히 대척점에 있는 이것들을 누가 들춰 보기나 하는 건지 궁금했다. 아마 마땅한 필요 같은 건 없을 가능성이 크다. 그저 왠지 미용실 한쪽의 유리 테이블 위에는 이런 것들이 있어야 할 것 같아서 놓아두었을 뿐이리라.

미용실 안에는 기계 돌아가는 소리와 벽걸이 시계의 초침 소리, 원장이 커튼 뒤에서 물로 뭔가를 씻는 소리 그리고 느린 에어컨 소리만이 감돈다. 이 공간에선 살아 있는 것들이 아니라 살아 있지 않은 것들이 오히려 존재감을 드러낸다. TV도 없고 흔한 가요 하나 흐르지 않는다. 어지간하면 원장이 손님에게 말 붙이는 일도 없다. 세상에서 가장 고요한 미용실 순위 같은 게 있다면 100위 안에 거뜬히 들 것 같다.

나는 곳곳을 별 뜻 없이 찬찬히 훑다가 결국 눈앞의 두 손님 쪽으로 시선을 옮겼다. 두 중년 여성의 머리 뒤에서 똑같은 기계가 붉은빛을 내며 천천히 돌고 있다. 얌전히 머리를 맡긴 그들은 미동도 없이 지그시 눈을 감고 있다. 덩치는 다르지만 같은 가운을 입고 같은 보를 두르고 있어 마치 같은 회사의 인형 같다. 고개는 꼿꼿이 들고 있지만 일상의 모든 긴장을 내려놓은 편안한 모습이다. 꼭 머리를 하러 온 게 아니라 온전히 편안하고 싶었던 것처럼. 어쩌면 저들의 평온을 깨고 나타난 내가 오히려 방해꾼일지도 모른다.

잠을 자는 걸까, 생각하던 참이었다. 잠. 떠올린 짧은 단어 하나와 함께 순간 숨이 턱 멈췄다. 그것이 내 의지인지, 뇌나 심장의 의지인지, 호흡의 의지인지 판단할 수 없었다. 숨이 막혔다, 그뿐이다. 기계처럼 규칙적으로 비공을 뚫고 들락거리던 숨이 발부리가 걸린 듯 정지했다. 가벼운 고통이 현현했다.

그래, 아직도 모든 게 선명하다. 내 옆에서 자는 듯 목숨을 잃은 도준이. 숨이 멎은 채 너무도 온유히 미소 짓고 있던 그의 얼굴이.

도준은 살해됐다. 입증할 길 같은 건 아직 없다. 경찰도, 도준의 가족이나 은행 동료들도 믿어줄 리 없었다. 다들 멀쩡했던 청년의 날벼락 같은 죽음을 그저 운 나빴던 건강상의 이슈 정도로 치부하고 있지만 난 분명히 알고 있다. 누군가가, 뭔가가, 어떤 존재가 의도적으로 도준의 생사를 갈라놨다는 걸. 회오리 얼굴을 한 남자의 말 때문만이 아니다. 도준은 절대 '우연히' 죽어버린 게 아니다.

호흡을 되찾으려 애쓰며 한 손으로 유리 테이블을 짚고

다른 손으로 가슴팍을 움켜쥐었다. 이건 슬픔도 괴로움도 아니다. 분노다. 차갑게 끓어오르는 분노. 누구도 모르는 걸 홀로 감지한 자만이 느끼는, 결코 최후의 순간까지 본모습을 드러내지 않는 아주 첨예한 분노. 그 사슬을 끊어내기 위해 해야 할 일은 한 가지다. 난 도준을 죽인 '것'을 반드시 찾아낼 것이다.

"이쪽으로 앉으시면 돼요." 내가 입을 가운을 주섬주섬 들고나오다 멈춰 선 원장이 말했다. "혹시, 어디 안 좋으세요?"

"아뇨, 괜찮아요. 아침 먹은 게 탈이 났나 봐요."

난 멋쩍게 헛기침을 한 뒤 가벼이 웃으며 답했다. 여전히 멋쩍지도 가볍지도 미소 짓고 싶지도 않았고, 아침 같은 건 10년 넘게 먹지 않았다.

3   진율

  동트기 직전의 여름 하늘은 한 겹이 아니다. 아직은 옅은 빛다발이 구름 틈새로 겹겹이 장막을 이루며 일렁였다. 어느 층엔 먹구름이 자욱했고 어느 층엔 흰 구름 조각이 잘게 흩뿌려져 있었다. 가장 아래의 거대한 구름 군단은 전장에라도 나가는 듯 묵직하게 전진했다. 그들은 보이지 않는 사선을 각오한 것처럼 차분히 창공을 가로질렀다.

  이런 하늘을 본 적이 있었던가. 33년 내내 똑같은 하늘 아래에서 살아왔건만, 눈에 담긴 광경은 실로 낯설고 비현실적이었다. 어쩌면 업무와는 상관없이 이 시간에 이렇게 멀거니 침대맡에 앉아 하늘을 올려다본 적이 없었던 탓이리라. 잠이 부족해 얼굴이 뻐근했다. 눈을 질끈 감고 두 손으로 연신 마른세수를 했다. 밝은 것, 어두운 것, 빠른 것, 느린 것, 거대한 것, 자잘한 것. 온갖 것이 뒤섞였다. 감았다 뜬 눈앞은 물에 퍼진 기름띠처럼 알록달록했다. 하늘도 나도 온통 뒤죽박죽이다.

침대에 누워 한참을 뒤척이다 암막 커튼을 젖히고 통유리창 밖을 내다봤다. 곧 동녘부터 환히 밝아들고 아침 새가 지저귀고 도로에는 차들이 늘어날 것이다. 일찌감치 하루를 시작하는 사람들이 잰걸음으로 옮겨 다닐 모습이 벌써부터 눈에 선했다. 이쪽에서 저쪽으로, 저쪽에서 이쪽으로.

벌써 열흘째다. 진정 괴로운 건 잠이 오지 않는 게 아니라 아침이 온다는 사실이었다. 내가 얼마나 험악한 밤을 보냈든 해는 뜨고 새는 울고 차는 늘어난다. 지금 어떻게든 눈을 붙이면 출근 준비 전까지 두 시간 반 정도는 잘 수 있다. 하지만 정신은 그 어느 때보다도 맑고 투명하다. 누구든 와서 훤히 꿰뚫어 볼 수 있을 정도로. 하품조차 나올 기미가 보이지 않는다. 이 상태라면 밤새 그랬듯 남은 두 시간 반도 무용하게 흘러갈 게 뻔하다. 내게 밤이 무용했던 적은 한 번도 없었는데.

천문연구원에 들어온 지는 2년이 조금 안 됐다. 아직은 서브 역할이긴 하지만 국가재난대응체계의 일부인 우주위험감시센터에서 레이더 추적 장비의 개발을 맡고 있다. 소행성과 인공 우주 물체, 또는 우주 쓰레기 등이 지구에 위협이 될 상황을 막는 게 목적이다. 우주 쓰레기의 속력은 초속 7천 미터다. 아주 작은 파편이라도 지구에 떨어지면 가공할

속도 때문에 그 즉시 재앙이 된다. 지름 1킬로미터의 소행성은 이 별을 초토화할 수도 있다. 멸종이라는 비극 앞에서 인간 역시 예외일 수는 없다.

원래는 천문학 분야 교수가 될 생각이었지만, 2013년 학부생 시절 러시아 첼랴빈스크 유성체 폭발 사건을 접하고 방향을 틀었다. 직경 17미터 정도의 유성체가 대기권에서 폭발해 1천 6백 명이 다치고 주택 7천 채가 파손됐다. 자연적인 우주 물체의 위협에 UN 차원에서 대비를 본격화한 것도 이때부터였다.

밤의 길이는 정해져 있다. 볼 수 있는 시간과 영역도 제한돼 있다. 그러나 그 실체는 실로 무궁하고 무진하다. 우리는 분명 보고 있지만 제대로 보지 못하고, 막연히 짐작할 뿐 완전히 읽어내지 못한다. 암흑은 빛을 품고 있고, 빛은 어둠에 둘러싸여 있다. 유有와 무無가 혼재한다. 어쩌면 평생 발 한 번 못 디뎌볼 광대한 공간과 도달할 수 없을 부지의 영역에 온 혼을 다해 매혹된 이유다.

밤은 내게 늘 뭔가를 알려줬다. 보여주고 속삭였다. 지나온 모든 밤이 다정하고 유용했다. 그러니까 내가 잠을 잃기 전까지는. 그토록 동경해 마지않던 밤하늘은 이제 거꾸로 수천수만 개의 번뜩이는 눈으로 나를 감시하는 듯했다. 어느샌가 일몰을 두려워하고 있다는 걸 깨달은 난 서글픈 분노를 느꼈다. 목적지 없는 분노였다.

오늘이 금요일이라는 사실만이 유일한 위안이었다. 오후에는 반차를 신청했으니 오전 업무만 정리하면 한숨 돌릴 수 있을 것이다. 정체 모를 걱정에서 시작됐던 불면은 고작 며칠 새 습관으로 굳어져버렸다. 한 번 문전박대당한 손님이 같은 식당에 다시는 찾아가지 않는 것처럼. 말이 며칠이지, 듬성듬성이지만 하루가 240시간째 흘러가고 있는 것이 아닌가. 자다가 죽을지도 모른다는 기우 같은 건 이미 불면의 괴로움 탓에 의식 저 너머로 사라졌는데도, 그토록 흔하디흔하던 수마는 행방불명이라도 된 듯했다.

 육체가 삐그덕대는 게 느껴졌다. 심박수가 높아지고 반응속도는 느려졌다. 눈은 벌건 실핏줄을 드러내며 메말라갔다. 손가락, 귓바퀴, 날갯죽지 할 것 없이 모조리 열흘 전과는 딴판으로 완벽한 불협화음을 내고 있었다. 여기까지는 잠을 잃은 신체가 겪는 지극히 당연한 반응이다. 이해가 안 가는 건 정신 쪽이었다. 날이 갈수록 가중되는 육체의 고통과 달리 혼탁하던 정신은 점점 한겨울 호수처럼 청명해지는 것이었다.

 극단적 각성 상태에 이른 내 정신이 언제까지 온전히 유지될지, 이런 식이라면 어디서부터 어떻게 망가질지 짐작도 되지 않는다. 이제 잠이 오고 안 오고의 문제가 아니다. 이러다 진짜 죽을 수도 있다. 약물에는 괜한 거부감이 있어 오늘은 퇴근 후 무슨 수를 써서라도 의지로 곯아떨어질 작정이다. 그래야만 한다. 그리고 예상대로 잘 수 있는 마지막 기회였던 150분은 증발해버렸다. 무용하게.

오피스텔에서 연구원까지는 걸어서 20분 정도 거리지만 난 늘 차로 오갔다. 걷는 걸 좋아해도 어쩐지 발길의 목적지가 일터가 되는 건 영 내키지가 않는다. 난 연구실이 있는 3층까지 계단으로 느릿느릿 걸어 올라가면서 크게 한숨을 뱉었다. 몸은 지쳤는데 정신은 생생하다. 생동감이랄까. 내 것이 아닌 듯한 어색한 흐름이 침범한 것 같다. 육체와 영혼이 따로 노는 기분이다. 끈끈하게 맞닿아 있던 양면이 분리됐다. 나라는 존재 자체가 반으로 뚝 갈라져버렸다. 가시가 잘 발린 생선처럼.

"왔구나. 어이구, 얼굴 보니까 어제도 잘 못 잤나 보다."

조금 이른 시간이라 출근한 건 선임 연구원인 문영오뿐이었다. 그는 잠자다 죽은 친구의 직장 동료의 조카 얘기를 열흘 전 카페에서 들려줬던 문제의 장본인이다. 이야기 속에 잠복하고 있던 저주를 내게 전이시킨 사람. 하지만 딱히 그를 원망하지는 않는다. 일이 이렇게 될 줄 누가 알았으랴.

"거의 못 잤어요. 근데 희한한 게, 보기엔 이래도 별로 안 졸린 거 있죠? 생물학적으로 진화한 거 아닐까요, 저." 나는 노트북이 든 가방을 책상 위에 내려놓으며 너스레를 떨었다.

"젊어서 그래. 난 하루만 덜 자도 다음 날 정신을 못 차리는데. 잠이 보약이라는 말이 괜히 있는 게 아니야. 그러다 병난다. 몸 상해."

"안 그래도 오후 반차라서 퇴근하면 무조건 자려고요. 오늘은 진짜 결판을 내야겠어요."

"수면제라도 처방받으라니까. 그게 나쁜 게 아닌데. 그보다, 도대체 왜 그렇게 못 자는 거야. 한참 되지 않았어? 젊은 애가 무슨 고민이 그렇게 많아?"

문영오는 진심으로 걱정하는 듯한 표정으로 물었다. 속정이 깊은 사람이다. 사십대 초반인 그는 벌써 정수리가 훤히 드러나 제 나이보다 열 살은 더 많아 보였다. 아내와는 몇 년 전 이혼해 초등학생 아들을 혼자 키우고 있는데, 어쩐지 결핍이나 결락의 분위기는 느껴지지 않았다. 되레 필요한 건 모두 갖추고 있는 듯한 인상을 준달까. 한쪽이 떨어져 나감으로써 오히려 온전해지는 것도 있는 법인지. 아무튼 난 그의 쾌활한 에너지를 좋아했다.

"음, 우주 평화?"

난 웃으며 답하고는 책상 앞에 앉았다. 업무 시작 전에 늘 하던 대로 가방에서 다이어리를 꺼내 펼쳤다. 다이어리를 펴고 연필꽂이에 꽂힌 여섯 자루의 파스텔 톤 펜 중 하나를 골라잡아 스케줄을 정리한다, 짤막한 일기를 쓴다, 차가운 물에 우린 히비스커스차를 마신다. 여기까지가 내 아침 루틴이다. 루틴이 끝나야 진짜 하루가 시작된다. 모든 일이 그렇지 않나. 뭔가가 끝나야 다른 뭔가가 시작된다.

제일 아끼는 연보라색을 막 집어 든 순간, 펜의 수명이 얼마 남지 않았다는 걸 알았다. 잉크는 펜의 투명한 심지 바닥에 위태롭게 들러붙어 있었다. 이면지에 동그라미 몇 개를 휘갈겨 그리자 점선처럼 단속적 공백이 생겼다. 연분홍도 연파랑도 연녹색도 마찬가지였다. 그러고 보니 마침 일기장도 맨 뒤의 모눈종이를 빼면 남은 장이 없었다. 내가 아끼는 작고 소소한 것들이 죽기 직전의 별처럼 동시에 타오르고 있다. 다 함께 최후의 발광이라도 하는 것처럼.

이렇게 한꺼번에는 너무한 거 아니야? 난 입술을 비죽이고는 필통에서 검정 펜을 집었다. 이내 서너 글자를 쓰다 규칙이 깨져버린 종이를 내려다보며 손을 멈췄다. 다이어리 속 파스텔 빛깔로 이어진 다리가 툭— 하고 검은 절벽에 막힌 것만 같았다. 질서 정연한 벽돌이 깔린 인도 위, 하나만 색이 다른 보도블록 같다. 흐트러졌다. 뭔가가 무진 흐트러진 기분이다.

난 크게 숨을 토하고 미간을 찡그렸다. 등받이에 깊이 기대 눈을 감았다. 물기 없는 눈은 여전히 뻐걱거렸고 얼굴 근육은 뻑적지근했다. 본격적인 업무가 시작되기 전의 조용한 연구실, 몇몇 큼직한 장비들이 내는 기계음을 빼면 들리는 건 연구원 개원 기념일이 적힌 벽걸이 괘종시계 추의 고른 숨소리뿐이다. 그 소리는 호젓한 이 시간에만 들을 수 있다. 누구도 일과 중에 시계 소리 같은 걸 의식하지는 않으니까.

귀를 기울인다. 이 시간에 어울리는 규칙적인 소리를 기다린다. 그러나 소리는 들리지 않는다. 아무리 기다려도. 번쩍 눈을 뜨고 괘종시계가 걸려 있을 벽을 쳐다봤다. 거기에는 벌건 LED 빛을 뿜는 디지털시계가 들어앉아 있다. 시간은 이제 막 8시 17분으로 넘어갔다.

"선배, 저기 걸려 있던 시계 누가 바꿔놨어요?"

난 멀찍이 떨어진 문영오의 자리를 향해 물었다. 하지만 아무 대답도 들려오지 않았다. 앉아 있던 바퀴 의자를 굴려 문영오의 자리 부근을 살폈지만 그는 없었다. 화장실이라도 간 모양이다. 난 멀쩡히 제 할 일을 잘하고 있는 디지털시계에 괜히 못마땅한 눈길을 보내고 책상 앞으로 돌아왔다. 인간은 뭔가가 사라져봐야 비로소 그것에 대한 진심을 깨닫는다. 내 진심이란 건 칙칙한 직장에 걸린 한낱 시계에까지 미쳐 있었던가.

아끼던 것들이 일제히 소멸해간다. 촘촘히 아침을 열어주던 자그마한 열쇠들이 맥없이 부러져버린 느낌이었다. 균열은 도미노처럼 차례로 퍼져 나갔다. 파스텔 펜에서 일기장으로, 일기장에서 벽걸이 괘종시계로. 애초에 잠을 잃은 것부터가 시작일지도 모른다. 난 밤을 제대로 닫지도 못했고 아침을 제대로 열지도 못했다. 해의 시간과 달의 시간 모두 하나같이 모조리 죄다 엉망진창이다.

  따뜻한 뭔가가 절실했다. 오늘은 아이스 대신 따뜻한 차를 마셔야겠다. 히비스커스 티백이 든 책상 위의 상자를 열자 보이는 건 종이가 떨어져 실만 달랑거리는 티백 하나뿐이었다.

4   차수지

 일종의 징조 같은 거였다고 생각한다. 아주 미묘한 동시에 지극히 일상의 얼굴을 하고 있어 미처 눈치채지 못했을 뿐이다. 그러니까 그저 가벼운 위화감에 불과했을 따름이다. 조금이라도 더 파고드는 쪽이 오히려 별나다고 느껴지기 충분한. 그것들은 예고였을까 경고였을까, 아니면 원인 그 자체였을까. 어느 쪽이든 분명 그날은 달랐다. 마치 그 일이 어쩌다 일어난 게 아니라 처음부터 그렇게 정해져 있던 것처럼. 그저 벌어질 일이 순리대로 벌어진 것처럼.

 설명하자면 이렇다. 엘리베이터를 타고 방송국 건물 1층으로 내려가면 어딘가 망가지고 손상된 차들이 즐비한 카센터가 바로 보인다. 이 근방에서 가장 큰 카센터다. 이내 작은 잔디 공원을 가로지르면 사계절 내내 파라솔 두 개를 펴고 구수한 냄새를 풍기는 옥수수 노점상 앞을 지나게 된다. '찐 옥수수'라고 적힌 엉성한 플래카드가 꽂혀 있고 통통한 체형의 아주머니가 늘 그 앞에 앉아 손님을 기다린다. 내가 지나다니는 동안 손님이 있는 걸 본 건 다섯 손가락 안에 꼽지만.

바로 옆에는 문 닫은 지 한참 된 처량한 여행사가 있다. '미리내 여행사'라는 간판의 글자는 거의 떨어져 나가, '미리'와 '행'만 겨우 목숨을 부지하고 있다. 횡단보도를 건너기 몇 걸음 전, 버스 정류장과 굴참나무 가로수 사이 덤불에는 어린이용 킥보드가 껴 있다. 자그마한 데다가 좁은 틈에 숨어 있어 설핏 스쳐 지나가면 보이지 않는다. 그러나 그건 몇 년째 줄곧 그 자리에 있다. 보이지 않는다고 존재하지 않는 건 아니다.

여기까지가 내가 회사 근처 카페에 제보자를 만나러 갈 때마다 보는 광경이다. 말하자면 루틴이랄지. 내가 정한 건 아니니 어쩌면 이 동네가 짜놓은 루틴이라고 해야 할지도 모른다. 게임에서 이쯤이면 점프를 해 금화를 먹어야 하고 저쯤이면 괴물이 나오기로 돼 있는 것과 같은 이치다. 이미 거기에 길들여진 난 어디에서든 카센터가 보이면 절로 옥수수를 떠올리게 된다. 인간의 의식이란 생각보다 단순한 모양이다.

골목 안쪽에 숨은 아담한 카페지만 대화하기에 눈치 보지 않아도 될 만큼 테이블 간격이 널찍하다. 은밀한 이야기를 나누는 데 안성맞춤이다. 걸어서 10분이면 충분해 제보자를 만날 일이 있을 때 적어도 일주일에 두 번은 이용하는 곳이다. 이미 다들 취재를 나간 뒤라 사무실에는 사람이 몇 없었다. 난 지난주부터 약속을 잡아두었던 인테리어 사기 피해자와 만날 예정이었다.

약속 시간은 10시 반. 장마는 끝물이었지만 하루에도 몇 번씩 소나기가 푸진 토악질을 해댔다. 출근할 때부터 어두운 낯빛을 띠고 있던 하늘은 자리에서 일어나기 전까지도 내내 우중충했다. 난 10시쯤 창밖을 내다본 뒤 우산과 백팩을 챙겼다. 이제 비라면 정말이지 지긋지긋했다.

엘리베이터를 타고 내려가면서, 만나기로 한 제보자에게 출발했다고 문자를 보냈다. 엘리베이터 안의 거울을 보며 매무새를 정돈한 다음 기껏 정리한 머리를 무심코 휙 쓸어 넘겼다. 가지런한 머리보다 어쩐지 살짝 흐트러진 상태를 좋아하는 내 버릇이다. 난 아차, 하고는 다시 방금 했던 것과 똑같은 작업을 거쳐 머리칼을 가다듬었다.

엘리베이터가 1층에 도착하자 웬 새소리가 들렸다. 낯선 등장에 당황한 나는 눈을 굴리며 소리의 출처를 찾아 헤맸다. 1층입니다,라거나 떵동— 같은 것도 아니고 새가 지저귀다니. 실어 나르는 거라고는 회색빛 직장인들뿐인 쇳덩이의 안내음으로는 영 어울리지 않았다. 그런 쇳덩이라 이런 소리로 바꿔놓은 걸 테지만. 어느 작업자가 만들어놓은 감상적인 변화에 난 피식 웃으며 밖으로 향했다.

몇 분 전까지도 말라 있던 하늘은 어느 틈에 비를 퍼붓고 있었다. 난 고개를 절레절레 흔들며 우산을 펴고 빗속으로 들어갔다. 카센터에는 고장 난 손님들이 한가득이었다. 그 앞을 지날 때마다 엉망이 된 차들에게 벌어졌을 비극을 상상하며 차체 곳곳에 남은 상흔을 하나하나 훑곤 했다. 안쪽은 이미 만석인지 석 대는 길가로 밀려나 얌전히 제 차례를 기다리고 있었다.

막 잔디 공원 쪽으로 몸을 틀려는 순간, 걸음을 멈췄다. 제일 앞에 놓인 건 앞 범퍼가 떨어져 나가고 거대한 철퇴로 얻어맞은 것처럼 옆구리가 움푹 들어간 흰색 구형 소나타였다. 거기까지는 이상할 게 전혀 없었다. 험한 꼴을 당했을 게 분명한 여느 카센터의 여느 차들과 같았다. 그런데 그런 게 석 대나 있었다. 차종도 색도 같은 구형 소나타들이 똑같은 모양으로 앞 범퍼가 떨어져 나가고 똑같은 형태로 옆구리가 움푹 들어가 있었다. 마치 처음부터 그렇게 찍어 내기라도 한 것처럼. 조금이라도 다른 점을 찾으려 애썼지만 아무리 봐도 영락없는 일란성 세쌍둥이의 모습이었다.

얼마간 그 앞에 가만히 서 있던 난 희한하네, 이럴 수가 있나, 하고 혼잣말을 중얼대며 빗물을 잔뜩 머금은 잔디 광장으로 발길을 옮겼다. 대체 사고가 어떻게 나야 저런 일이 가능할지 모든 상상력을 동원해봤지만, 당최 이해가 가지 않았다. 뜨끈한 옥수수 냄새가 비 사이를 뚫고 코끝을 파고들기 전까지 머릿속은 세쌍둥이 차로 혼란스러웠다.

웅덩이를 밟지 않기 위해 바닥을 보며 걷다 고개를 든 나는 이번에는 멍하니 입을 벌리고 옥수수 노점에 시선을 고정했다. 늘 한산하던 곳에 손님이 셋이나 있던 것부터 놀라웠지만, 보다 비현실적이었던 건 그 세 남자가 하나같이 세련된 검은 양복을 입고 비 오는 날 선글라스를 낀 왜소인이라는 사실이었다. 이상하리만치 정교한 획일성이랄까. 마치 한 사람을 복사-붙여 넣기라도 한 것 같았다.

왜소인 전문 회사 같은 게 있는 걸 수도 있다. 짙은 갈색 아타셰케이스를 왼손에 하나씩 든 그들은 노점의 파라솔 밑에 옹기종기 서서 꼭 누군가를 기다리는 것처럼 같은 방향을 보고 있었다. 누구도 우산을 쥐지 않은 걸로 보아 파라솔에서 비를 피할 요량으로 옥수수를 사려는지도 모른다. 그런데 단비 같은 단체 손님을 앞에 둔 아주머니는 그저 멀뚱히 앉아 지루한 부채질을 이어가고 있었다. 꼭 그들을 전혀 의식하지 못하는 것처럼.

잘 차려입은 평일 오전의 비즈니스맨이라고 길거리에서 옥수수를 사지 말라는 법은 없지만, 눈앞의 광경에는 분명 신경을 잡아끄는 기이한 뭔가가 있었다. 그때 그들 중 한 명이 고개를 돌려 내 쪽을 쳐다봤다. 선글라스에 가려져 있었지만, 그 너머에서 목적이 있는 차가운 시선이 느껴졌다. 난 당황해 서둘러 걸음을 옮겼다. 이상한 날이네, 진짜 이상한 날이야, 하며.

완전히 같을 수 없는 것들이 완전히 같은 모양을 하고 있었다. 앞서 카센터에서 본 똑같이 망가진 차들의 주인이 저들일지도 모를 일이었다. 난 퇴근 후 도준에게 오늘 본 것들에 대해 이야기해줘야겠다고 생각하며 막 초록불로 바뀐 횡단보도를 향해 뛰었다. 횡단보도를 다 건넌 뒤 힐끔 돌아본 길 건너 옥수수 노점은 어느덧 다시 텅 빈 채였다. 빗발은 점점 더 거세지고 있었다. 우산 없는 비즈니스맨들이 곤혹스럽다고 느끼기 충분한 정도였다.

카페는 횡단보도를 건넌 뒤 골목을 두 번 꺾으면 나온다. 밖에서 얼핏 들여다본 카페 안은 비 때문인지 유독 한가로웠다. 우산을 접어 문 앞의 우산꽂이에 넣고 휴대폰을 꺼냈다. 시간은 막 10시 15분으로 바뀌었다. 만나기로 한 제보자에게선 아직 답장이 없었기에 난 먼저 들어가 음료를 시키고 기다리기로 했다. 해결되지 않은 궁금증이 산적한 탓에 어딘지 모르게 찜찜한 기분이 가시지 않았다. 날씨만큼 눅눅하고 꿉꿉했다. 질척거리는 빗물에 내 주변으로 이상한 것들이 섞여 들어온 것만 같았다. 이럴 때는 시원한 커피 한 잔이 절실할 수밖에 없다.

딸랑거리는 종소리와 함께 안으로 들어갔다. 손님이라고는 창가에 앉아 있는 내 또래의 남자 한 명뿐이었다. 새 손님의 등장에 남자가 내 쪽으로 고개를 돌렸다. 지난주에 몇 번 통화했던 제보자는 중년 여성이었기에 난 그에게 잠깐 시선을 던졌다가 구석진 자리로 들어가 가방을 내려두었다. 카운터에 주문을 하러 가기 위해 막 돌아선 순간, 난 조금 전 눈이 마주친 이후부터 그가 줄곧 나를 쳐다보고 있었다는 걸 알아차렸다. 그는 찻잔 하나를 올려둔 테이블 아래로 두 팔을 가지런히 내려뜨리고는 실로 아무런 표정도 없이 — 무無가 형상을 가진다면 바로 이런 얼굴일 거라고 생각했다 — 나를 뚫어져라 보고 있었다. 마치 겉으로 드러난 부분보다 훨씬 더 안쪽을 투시하는 듯이.

사람 얼굴을 잘 기억하지 못하는 편이긴 하지만, 아는 얼굴은 분명 아니었다. 취재하다 만난 적이 있었을지도 모르나 그런 종류의 표정과는 거리가 멀었다. 당혹감에 잠시 머뭇거리던 나는 이내 제보자가 아들 얘기를 꺼냈던 걸 생각해냈다. 나이 먹은 우리가 뭘 제대로 알았겠냐, 부모가 사기당한 걸 알고 아들이 노발대발하면서 방송국에 제보하라고 했다, 나중에 통화 한번 해보시라. 아마 이런 일에 서툰 중년 부부가 아들을 대신 보낸 모양이었다.

"혹시 김인숙 씨 가족분이신가요?" 여전히 잠자코 나를 보고 있는 그에게 다가서며 조심스럽게 물었다.

"기다리고 있었습니다." 그가 말했다.

"아, 아드님이시죠. 통화로 말씀 들었습니다. 어머님 대신 나오셨군요." 난 추측이 맞았다는 생각에 안도하며 살짝 미소를 지었다. "잠시만요. 음료만 시키고 오겠습니다."

보통 제보자들은 자신의 이야기를 들어준다는 사실만으로도 일면 위안을 받기 때문에 초면에도 과한 친절이나 호의를 표하는 경우가 많다. 혹은 나를 설득해 꼭 뉴스에 내보내고야 말겠다는 일념으로 감정을 과장하거나. 그러나 그는 어떠한 색채도 드러내지 않았다. 지극히 잠잠하고 건조했다. 잠깐 마주한 게 다였지만 전체적으로 묘한 분위기를 풍기는 남자였다. 아무것도 묻어나지 않는 뻥 뚫린 표정부터 나른한 목소리며 눈빛까지 죄다 낯설기 짝이 없었다. 오늘 처음 봤으니 낯선 사람인 건 맞지만, 굳이 따지자면 낯선 '생물' 같달까. 확연한 이물감이 섞여 있었다.

카운터에서 주문과 계산을 하며 서 있는 짧은 시간 동안 내가 긴장하고 있다는 걸 깨달았다. 제보자를 만날 때 긴장하는 이유는 대개 내용 때문이지, 제보 당사자 때문인 경우는 없었다. 마치 그가 지닌 어떤 불확실한 요소가 내게 불편함을 유발하는 듯했다. 상성이 맞지 않는 두 에너지가 맞부딪친 것처럼. 오늘은 어쩐지 요사스러운 일투성이네, 생각하며 다른 자리에 내려뒀던 가방을 가져오겠다고 그에게 말하려 몸을 돌렸다.

기껏해야 1, 2분 정도에 불과했는데. 텅 빈 눈으로 내게 기다리고 있었다고 말했던 남자는 온데간데없었다. 가게 안을 두리번거렸지만 남자는 증발이라도 해버린 것처럼 흔적도 없이 사라졌다. 별로 크지도 않은 동네 카페다. 화장실이라면 내가 서 있는 카운터를 지날 수밖에 없고, 밖으로 나갔다면 종소리가 울렸을 텐데 카페 안에는 줄곧 나직한 재즈 선율만 흘렀다. 표정이 빈 그 남자에게는 기척마저 철저히 부재했다.

"사장님, 저기 있던 남자분 나가셨나요?" 난 창가 쪽을 가리키며 포스기를 누르는 카페 사장에게 물었다.

"어? 언제 가셨지? 나가시는 건 못 봤네요. 오늘 처음 본 손님인데 우산도 안 갖고 오신 것 같더라고요. 비가 많이 오는데." 사장은 턱을 긁적이며 말했다.

"오늘 만나기로 한 제보자였거든요. 근데 주문하는 사이에 없어지셨네요. 아무 소리도 못 들었는데…… 갑자기 마음이 바뀌어서 가버리신 건지."

"그래요? 이상하네. 아침에 카페 오픈하자마자 바로 오셨거든요. 저 자리에 두 시간 반은 앉아계셨어요. 휴대폰 한번 안 들여다보고 꼼짝 않고 계시길래 누구 기다리나 했는데 기자님 제보자였군요? 저 손님 히비스커스차만 연달아 다섯 잔을 시키셨어요." 사장이 눈을 동그랗게 뜨며 말했다.

약속 시간은 10시 반이었는데 8시부터 와서 나를 기다리고 있었다니. 시간을 잘못 알았다고 해도 그사이에 내게 아무런 연락도 하지 않았을뿐더러, 그렇게 오래 기다려놓고 감쪽같이 사라져버린 이유는 대체 뭐란 말인가. 난 테이크아웃으로 바꾼 커피를 받아 든 다음, 그가 앉아 있던 테이블로 갔다. 짐이라도 두고 갔다면 잠깐 급한 전화를 받으러 나간 걸 수도 있을 터였다. 그러나 자리에 남은 거라곤 빈 찻잔과 웬 새끼손가락 반토막만 한 돌뿐이었다.

순식간에 제보자를 잃어버린 난 일단 맞은편에 앉았다. 덩그러니 놓인 연한 회색빛의 반질반질한 돌은 새알 모양이었다. 엷은 빗금무늬 하나가 그어져 있을 뿐 메추리알보다도 작았다. 그가 있었을 때부터 이런 게 올려져 있었는지 떠올려보려 했지만, 기억이 나지 않았다. 난 단서 하나라도 찾기 위해 돌을 집어 들고 이리저리 살폈다. 그러나 이 작달막한 물건에 그의 정체를 알려줄 흔적 같은 게 남아 있을 리 만무했다. 애초에 다 큰 남자가 이런 걸 왜 갖고 다닌 건지도 의문이었지만.

그저 그가 날 본 뒤 제보할 마음을 접은 거라는 생각이 들자 괜스레 께름칙한 기분이 들었다. 제보자가 말없이 잠적하는 경우는 있어도 얼굴을 보고 이렇게 떠나버린 경우는 처음이었다. 무엇보다도 무색무취의 표정, 완전히 다른 종 같은 그 이질적인 표정이 진한 잔상을 남겼다. 혹시 그가 다시 돌아올지도 몰라 얼마간 앉아 기다리던 난 결국 포기하고 돌을 사장에게 맡기기 위해 몸을 일으켰다.

"기자님이 맡아두시는 게 어때요? 제보자면 다시 연락할

일 있지 않겠어요? 제 감인데, 여기 또 오실 손님은 아닐 듯해서요." 사장이 말했다.

나 역시 그를 다시 볼 일은 왠지 없을 것 같았지만, 제보자 물건을 그냥 버리기도 애매한 건 사실이었다. 난 어깨를 으쓱이며 돌을 재킷 주머니에 넣었다. 오른손에 머문 작고 차가운 돌의 감촉과 함께 날 기다리고 있었다는 그의 말이 계속 신경에 거슬렸다. 한참이나 기다렸지만 나를 보자마자 뭔가를 단념하고 떠났다는 게. 당장 내가 할 수 있는 건 더 없었다. 난 사장에게 인사를 하고 문 쪽으로 손을 뻗었다. 그때 문이 밖에서 먼저 열렸다.

"아, 와계셨군요. 차수지 기자님이시죠? 죄송해요. 비가 너무 많이 와서 차가 심하게 막혔어요." 몸에 묻은 빗물을 막 털며 들어온 중년 여성이 허둥대면서 말했다. "걱정돼서 아들 녀석도 데려오려고 했는데 평일이라 아무래도 시간을 못 낸대서요. 말씀하신 서류랑 이것저것 챙겨 오기는 했는데……"

김인숙 씨였다.

5   진율

 유리컵에 맺힌 물기가 컵 안에서 스며 나오는 거라고 믿던 때가 있었다. 초등학교에 들어가기도 전이었을 거다. 마당에 유독 자두가 많이 열린 해였다. 소나기가 훑고 지나간 한여름 주택가는 참매미 소리에 점령당한 채였다. 엄마는 옆집에 자두를 나눠 주고 오겠다며 잠깐 외출한 상태였다. 식탁 위에는 엄마가 만든 차가운 자두에이드가 놓여 있었다. 자두와 뒤섞인 얼음은 꼭 붉은 보석 같았다. 작은 눈을 사로잡기에 충분히 고운 빛깔이었다. 그 시원하고 달콤한 액체를 당장에라도 벌컥벌컥 목구멍에 흘려 보내고 싶었지만, 난 왠지 컵 앞에 턱을 괴고 앉아 가만히 그 안을 들여다보고만 있었다.

 유리컵 표면에 송골송골 물방울이 맺히기 시작했다. 자 둣빛일 거라고 생각했던 물방울은 투명했다. 내용물과는 전혀 상관없다는 듯이. 컵에 담긴 게 뭐든 그것이 속한 세계에 아무런 영향을 미치지 못한다는 사실은 어린 내게 퍽 흥미로운 현상이었다. 난 점점 몸집을 부풀려 하나둘 옆의 방울과 합쳐지는 물의 움직임을 관찰하고 있었다. 합쳐져 흘러내리고, 다시 샘솟아 합쳐져 흘러내리기를 반복했다.

여름 복판의 여느 한적한 동네 주택가답게 현관과 창문은 전부 활짝 열려 있었다. 거실에는 선풍기가 규칙적인 소리를 내며 돌고 있었지만, 밖에서 간간이 불어 들어오는 바람 쪽이 좀더 시원했다. 그때 눈앞의 물방울들에 뭔가가 비쳤다. 큰 물방울에는 큰 형상이, 작은 물방울에는 작은 형상이. 형상의 주인이 엄마가 아니란 것쯤은 아무리 어리고 어리석은 아이라도 알 수 있었다. 등 뒤쪽의 열린 현관문으로 뭔가가 들어온 것이었다. 누군가가 아니라 '뭔가'가 말이다.

그저 눈을 한 번 감았다 떴을 뿐이었다. 그 짧은 순간, 투명했던 물방울들에 미지의 그림자가 새겨졌다. 그것은 아무런 기척도 내지 않았다. 소리도 냄새도 느껴지지 않았다. 기껏해야 물방울에 비친 잔영이어서 남자인지 여자인지, 키나 체형은 어떤지, 무슨 옷을 입었고 뭘 들고 있는지 읽어낼 수 없었다. 그러나 이상하게도 난 무섭지도 두렵지도 않았다—또래에 비해 대범한 편이라고 생각한 적은 전혀 없었음에도. 그렇다고 고개를 돌려 돌아볼 용기가 있던 것도 아니긴 했지만, 겁에 질려 울거나 소리쳐 엄마를 부를 생각

역시 없었다.

어린아이 혼자 있는 집에 불쑥 찾아든 존재는 대개 악의를 갖고 있다고 봐야 할 것이고, 아이는 공포를 느꼈어야 마땅했다. 그러나 내가 느낀 기분은 그런 유의 것이 전혀 아니었다. 그때 작고 짧고 느린 나에게 닥쳐든 건 이제껏 단 한 번도 느껴본 적 없는 분노, 어른들의 세계에서 끌어모은 온갖 부아와도 비교할 수 없을 만큼 차오르는 혐오감이었다. 공포라면 오히려 내 안에서 느껴지는 그 낯선 감정 자체가 공포였다. 그때는 도저히 이해할 방법이 없었지만.

얼음이 녹으면서 달그락 소리를 냈다. 귀가 저릴 만큼 매미가 울어대고 선풍기가 돌아가고 시계 초침이 넘어가고 있었다. 시간은 분명하게 흐르는 동시에 무한히 정지한 듯했다. 내 눈은 쭉 자두에이드에 고정돼 있었다. 정확히 말하면 물방울에 서린 불상의 존재에. 컵의 내용물이 바깥 세계에 전혀 영향력을 행사하지 못하는 것과 마찬가지로, 알 수 없는 거친 감정이 용솟음쳤음에도 난 표정 하나 일그러뜨리지 않고 '그것'을 응시했다. 난 알고 있었다. 그것은 그저 내 뒷모습을 바라보고 있는 게 아니었음을. 물방울 속에 거꾸로 실린 그것의 뒤집힌 시선은 정확히 내 시선에 꽂혀 있었다. 알알이 매달린 작은 물방울들을 매개로 그것과 난 그렇게 눈을 맞추고 있었던 것이다.

얼마간 이어진 침묵의 대치 끝에 한순간 물방울이 다시

그림자를 잃고 투명해졌다. 그것은 처음 나타났던 때와 마찬가지로 순식간에 모습을 감췄다. 이번에도 눈을 한 번 깜박인 찰나에 사라져버렸다. 그제야 난 고개를 휙 돌려 거실을 살폈지만, 익숙한 공간에서 달라진 건 아무것도 없었다. 그 자리에 남은 거라곤 폭풍처럼 지나간 분노의 잔재뿐이었다.

대체로 희뿌옇고 왜곡되기 십상인 어린 시절의 단편들과 달리, 그 기억만은 한동안 또렷하게 보관하고 있었다. 그러나 아직도 그때 내가 느낀 거대한 혐오의 이유를 적확하게 설명할 길은 없다. 그건 나와 내 가족의 영역에 들이닥친 침입자에 대한 반감 같은 게 아니었다. 보다 원초적이고 본능적인 감정의 발악이었다. 내 짧은 생애의 경험 이전에 나라는 인간 자체의 유전자, 혹은 더 깊숙한 영혼 한쪽에 새겨진 뿌리 깊은 거부감이랄까.

난 멍하니 빈집 안을 응시하며 식탁 의자에 앉아 있었다. 옆집에 갔던 엄마는 얼마 지나지 않아 돌아왔다. 자두에이드는 그대로였다. 아니, 녹은 얼음 탓에 오히려 양은 더 불고 색은 옅어져 있었다. 엄마에게는 아무런 말도 하지 않았다. 믿음의 문제가 아니라 직감 같은 것이었다. 왠지 입 밖으로 뱉어버리고 나면 그 존재가 구체화되고, 그로 인해 더욱 견고해질 것만 같았기 때문이다.

여전히 매미가 울고 선풍기가 돌아가고 시곗바늘이 넘어

가고 있었다. 옆집에 갔던 엄마가 왔고 일하러 간 아빠도 올 거고 우리 집은 무사했다. 모든 게 제자리를 찾았다고 생각했다. 그걸로 충분했다. 그러나 내 어딘가에는 심각한 균열이 가버렸다는 걸 그때는 눈치채지 못했다.

당시에는 목적도 동기도 알 수 없는 침입이었다. 동기는 여전히 미지수지만, 그것의 목적은 오래 지나지 않아 드러났다. 난 그 뒤로 꿈을 잃었다. 더는 꿈을 꾸지 않게 됐다. 의식과 무의식이 뒤엉켜 구축하는 밤과 잠의 세계가 송두리째 사라지고 만 것이다. 따지고 보면 내 꿈의 상실이 그것의 목적인지, 목적을 위한 조건인지, 혹은 어떤 목적에 따른 부작용인지 확인할 길은 없다. 분명한 건 그것이 내 무의식의 통로 하나를 틀어막아버렸다는 사실 뿐이다.

누구에게도 말한 적 없는 기억이었다. 심지어 타인의 경험처럼 느껴지도록 나 자신조차 오랜 세월 세뇌시켜온, 생각 한 자락 새어 나오지 않게 철저히 망각시킨 기억. 그 기억이 왜 지금 갑자기 비수처럼 날아들었는지 의문이었다. 불쑥 난입한 낡은 과거에 미간이 절로 구겨졌다. 스스로 봉인시켜버린 해답 없는 옛 조각은 그저 불청객일 따름이었다.

서둘러 오전 업무를 마치고 구내식당에서 대충 점심을 때웠다. 짐을 챙겨 나가자마자 동시에 빗방울이 떨어지기 시작했다. 집까지는 얼마 걸리지 않지만, 이건 한 번도 신호에 안 걸렸을 때의 얘기다. 나는 신호 대기 중인 차 안에서 이어졌다 갈라졌다 하는 물줄기를 무료하게 바라보고 있었다. 와이퍼가 팔을 휘저으며 분주히 움직였고 앞 유리창에는 연신 빗물이 흘러내렸다. 아마 거기에서 나도 모르게 어린 시절 자두에이드를 연상한 모양이었다.

뭐든 정답이 분명한 걸 좋아하는 나였다. 딱 맞아떨어지는 명쾌한 답을 찾아내는 과정에서 희열을 느꼈다. 내가 속한 별과 그 별이 속한 우주의 현상을 하나하나 들춰내는 일에 매료된 것 역시 그 때문이리라. 그러나 아무리 고심해도 내 등 뒤에 있던 존재와 그 존재가 내게 일으킨 변화, 그리고 그때 휘몰아쳤던 버거운 감정에 대한 어떤 것도 밝혀낼 수 없었다. 그리하여 난 어느 여름 길 잃은 기억 하나를 통째로 파묻어버린 것이다.

"우리 율이 어제는 꿈에서 뭐 하고 놀았을까."

엄마는 항상 일어나야 할 시간보다 조금 먼저 내 방에 들어와 옆에 눕곤 했다. 아직 잠이 묻은 아담한 눈을 들여다보며 꼭 껴안고 아이의 꿈 얘기를 물었다. 막 꿈에서 깬 나는 간밤에 내내 속해 있던 가공의 세계에서 엄마라는 현실의 품으로 옮겨 들어가 따끈따끈한 이야기를 재잘거렸다. 그건 우리만의 장난이자 규칙이었다. 엄마의 눈은 이내 부드럽게 휘어졌고 검은 반원 안에는 줄곧 작은 얼굴이 비쳤다. 내 꿈은 밤에서 잠으로, 엄마의 눈동자에서 아빠의 입가로,

작은 머릿속에서 세 식구의 아침 식탁으로 꾸준히 이어지곤 했다.

"어제도 없었어."

난 시무룩한 목소리로 말했다. 침대에 누워 흐트러진 머리카락을 가만히 정리해주던 엄마는 입술을 삐죽 내밀며 "이상하다, 율이 꿈이 다 어디로 간 거지"라고 말했다. 꿈을 도둑맞은 난 눈물이 왈칵 쏟아지려 하는 걸 억누르고 엄마에게 파고들었다. 엄마, 내 꿈은 앞으로 두 번 다시 돌아오지 않아, 하고 속으로 중얼거리며. 우리의, 우리만의 소박한 장난을 망가뜨린 그것에 견딜 수 없는 적의를 느끼며.

꿈 같은 건 안 꾸는 편이 수면의 질 측면에서는 훨씬 좋을지도 모른다. 게다가 꿈이 없어졌다는 사실은 낮의 시간과 의식의 영역에 불편은커녕 미미한 반향조차 일으키지 못한다. 그러나 범인을 알고 있는 나로서는 도저히 꿈의 상실을, 분명하게 나라는 존재를 이루고 있던 한 영역의 붕괴를 무감하게 받아들이는 게 쉽지 않았다. 정체를 알지 못하는 대상을 향한 무위한 저주와, 상대도 없고 실체도 불분명한 혐오의 감정은 이를 간직한 아이에게 실로 잔인한 것이었다. 꿈을 잃은 와중에도 그때의 기억이 꿈이었기를 수도 없이 바랐을 만큼.

수면 부족은 인간을 생각보다 더 엉망진창으로 만드는가 보다. 영문 모를 옛 기억의 불쾌한 등장에 제정신이 아니긴 한가 보네, 하고 읊조리며 오피스텔 지하에 차를 세우고 집으로 향했다. 엘리베이터 안 거울에 비친 내 모습은 초췌하기 짝이 없었다. 실핏줄이 툭 불거진 두 눈은 잔뜩 메말랐고, 퍼석한 피부와 머리칼에 생기라고는 남아 있지 않았다. 오늘은 기필코 잠에 들어야 한다. 반드시 자야 한다. 반드시.

양손으로 볼을 감싸 쥐고 가만히 거울을 들여다보고 있던 그때, 엘리베이터가 3층에 멈춰 섰다. 위로 올라가는 엘리베이터가 지하 주차장이나 1층이 아닌 다른 층에 서는 일은 잘 없기에, 의아하다고 생각하며 왼쪽 구석으로 자리를 조금 옮겼다. 야구 모자를 푹 눌러쓴 암적색 트레이닝복 차림의 젊은 남자가 탔다. 1층 편의점에서 두어 번 본 적이 있다. 얼굴은 못 봤지만 늘 같은 복장이었다. 그는 상의 주머니에 손을 찔러 넣은 채 들어와 문이 닫힐 때까지도 가만히 서 있었다. 버튼을 누르지 않는 걸 보니 나와 같은 층에 가는 모양이었다. 버튼 누르는 걸 잊을 만큼 중대한 상념에 빠진 게 아니라면.

엘리베이터는 5층에 멈춰 섰다. 한 손으로 뻐근한 어깨를 주무르며 엘리베이터에서 내린 난 그가 따라 내리는 기척이 느껴지지 않자 슬쩍 뒤를 돌아봤다. 트레이닝복에 어울리지 않는 고동색 정장 구두가 먼저 눈에 들어왔다. 구두는 박제된 동물처럼 움직임 없이 철제 사각지대 안에 잠자코 멈춰 있었다. 내 시선은 무심코 구두를 타고 위로 올라갔다. 검붉은 트레이닝복 주머니에는 여전히 양손이 꽂혀 있었고, 야구 모자에 가려진 남자의 얼굴은 바닥을 향해 비스듬히 기울어져 있었다.

그는 내릴 생각이 없어 보였다. 그의 턱이 치켜 올라간 건 순식간이었다. 순간 당황한 나는 서둘러 고개를 제자리로 가져왔지만, 시간과 시간의 아주 좁은 공극 사이로 두 눈이 마주쳤다. 그 찰나의 눈빛에 주뼛 머리칼이 곤두섰다. 흠칫 놀라 다시 그가 있는 쪽으로 눈을 돌렸다. 그러나 문은 이미 닫힌 뒤였고, 시선은 산산이 분해됐다. 여전히 엘리베이터는 5층에 가만히 멈춰 있었다. 그는 아직도 버튼을 누르지 않은 것이다.

생김새를 찬찬히 훑어볼 시간도 안 되는, 고개를 돌리기 직전의 짧은 순간에 불과했다. 타인의 시선에 이 정도의 위화감을 느낀 적은 없었다. 그건 논리와 이성보다 훨씬 앞선 본능과 직감의 작용이었다. 나는 조금 전 느낀 괴괴한 시선을 곱씹으며 닫힌 문 앞에서 층수의 변화를 기다렸다. 그러나 기대와 달리 엘리베이터는 올라가지도 내려가지도 않았다. 난 그리 두껍지 않은 금속 문을 바라보며 고목처럼 서서 그 너머에 있을 남자를 응시했다. 긴장감이 조용한 복도를 가득 메웠다. 어쩐지 그도 나를 보고 있는 듯한 기분이 들었다. 닫힌 문과는 상관없이.

문득 문이 다시 열릴까 두려워졌다. 난 침을 꿀꺽 삼키고는 재빨리 걸음을 옮겼다. 534, 535, 536, 537…… 군데군데 젖은 우산이 놓인 복도를 지나 익숙한 호수에 가까워질수록 발을 더 재게 움직였다. 이내 그 안에 타고 있던 사람이 내가 편의점에서 실제로 몇 번 봤던 남자가 아닐 수도 있다는 생각이 스쳤다. 이유 같은 건 스스로에게도 설명하기 어려웠다. 몇 날 며칠 잠을 못 잔 탓에 머리가 어떻게 돼버린 건지도 모를 일이다.

난 당장 538호라고 적힌 문을 열고 들어가 안도의 숨을 뱉고 싶었지만, 어쩐지 이대로 집에 들어가면 안 될 것 같은 기분이 들었다. 단 한 번도 의심해본 적 없는 내 아늑한 보금자리가 더는 안전하지 않을 것만 같달까. 등 뒤에선 아직도 엘리베이터 문이 열리는 소리 따위 들리지 않았다. 난 문 앞에 엉거주춤하게 서서 고개를 돌리고 방금 걸어온 방향을 쳐다보고 있었다. 언제부터였는지 모를 손끝의 떨림을 의식하면서.

옆집 대학생 커플이 때마침 나와주지 않았다면 그 자리에 얼마나 더 굳어 있었을지 모른다. 편하게 입은 젊은 남녀는 싱거운 입씨름을 하며 문을 열고 나왔다. 말을 섞은 적은 없지만, 오며 가며 얼굴 정도는 익힌 이웃이었다. 커플은 나를 보자 나누던 대화를 멈추고 쌩하니 앞을 지나쳐 걸어갔다. 커플의 등장을 신호 삼아 현실감각을 되찾은 난 괜한 상상력에 사로잡힌 자신에게 우스움을 느끼며 도어 록에 손을 갖다 댔다. 잠을 잃어버린 사람이란 대체 어디까지 망가질 수 있는 건지.

"저기." 갑자기 남학생이 이쪽을 돌아보며 말했다. 여학생은 당황한 얼굴로 그의 팔꿈치를 잡아당겼다.

"네?" 난 남학생이 할 법한 말을 머릿속으로 빠르게 추리며 답했다. 인사를 던지려고 한다기에는 은근히 쭈뼛거리는 태도였다.

"다음에는 외출하실 때 전화 좀 어떻게 해주시면 감사하겠습니다. 오전 내내 전화가 서른 번도 넘게 오더라고요. 방금 전까지도 그렇고. 집에서 좀 쉬려다가 벨 소리 때문에 너무 시끄러워서 나가는 거거든요."

차분하면서도 짜증이 잔뜩 섞인 말투였다. 옆에서 어쩔 줄 몰라 하던 여학생은 죄송해요, 다음에는 좀 부탁드립니다, 하며 남학생을 끌고 가려 했다. 난 얼빠진 사람처럼 커플을 쳐다보다 순간 우리 집에 정말 전화기가 있다고 생각할 뻔했다.

"저희 집이 아닌 것 같아요. 집에 전화가 없거든요. 전 휴대폰만 쓰고."

난 휴대폰을 든 오른손을 얼굴까지 올려 커플에게 살짝 흔들어 보였다. 그러자 남학생 팔을 붙잡고 있던 여학생도 걸음을 멈추고 고개를 갸우뚱했다.

"어, 아뇨. 538호 맞아요. 하도 전화가 울리길래 나와서

문에 귀까지 대봤거든요. 진짜 못 참겠어서 경비실에 연락하려고 확인한 거라서요. 결국 얘기는 안 했지만."

아무리 생각해도 집에 있는 소리 나는 기계라고는 기껏해야 TV뿐이었다. 화재경보기라면 이 정도 선에서 끝날 리 만무했고, 내 집에서만 울릴 리도 없다. 시계라고는 선물받은 아날로그 손목시계 하나가 전부라 알람 소리를 낼 만한 건 전혀 없었다. TV가 켜져 있었던 건지, TV에서 전화벨 소리가 끊임없이 나올 수 있는 건지 생각하며, 우물쭈물하는 젊은 커플에게 일단 까닭 모를 사과를 했다. 그들은 전화가 없다는 내 말이 의아한지 시야에서 사라질 때까지 연신 속닥거렸다.

커플이 떠나자 복도는 다시 정적에 휩싸였다. 땀이 스며 나온 오른손은 차마 도어 록에 닿지 못하고 허공에 붕 떠 있었다. 집 안에서 정말 전화벨이 울렸다면 들어가 확인해보면 그만이다. 평소라면 응당 그리했을 테다. 억울하게 핀잔을 준 옆집 커플에게 증명할 길은 그것뿐이니까. 그러나 난 엘리베이터에서 만난 수상한 남자와 그의 선득한 눈빛과 방금까지 내 집에서 풍긴 원인 모를 위화감을 떠올렸다. 그 모든 것이 어우러져 다음 행동을 막아서는 듯했다.

내 주변의 흐름이 교묘하게 뒤틀렸다, 나도 모르는 새 어쩌다가 그렇게 돼버렸다, 정확히 그런 기분이었다. 그리고 그런 기분은 이내 어설픈 가설에서 진화해 보다 현실적인 경고 신호를 보내왔다. 조용하던 복도가 갑자기 침묵을 잃은 것이다. 잠시 평정을 찾았던 손끝은 다시 요동했다. 아까보다 더욱 적실하게.

문 너머에서 분방한 소리가 시끄럽게 터져 나오고 있었다. 누가 들어도 전화벨이었고, 누가 들어도 출처는 내 집이었다. 의심의 여지는 없다. 정확히 그런 소리였다.

6 차수지

"모르는 걸 떠올려봐." 내가 말했다.

같은 과 선배였던 도준을 우연히 만난 건 점심시간, 방송국 근처 식당가에서였다. 학교 다닐 때는 딱히 멀지도 가깝지도 않은 사이였는데, 돌고 돌아 다른 길 위에서 마주치니 제법 반가웠다. 대학교를 졸업한 뒤 처음 조우한 우리는 그날 함께 저녁 식사를 했다. 그는 내 기자 생활에 관심을 가지며 '잘 질문하는 법'에 대해 알려달라고 했다. 모르는 걸 짐작해보는 건 나에게는 꽤 도움되는 방식이었지만, 도준은 모르는 걸 어떻게 떠올려, 하며 웃었다.

"너무 어려운데. 떠올릴 수 있는 거면 실은 모르는 게 아닌 거 아냐?"

"듣고 보니 그렇네. 사실 뭘 모르는지도 모를 때가 진짜 모르는 거잖아. 그럼 어떻게 해야 되지?" 난 도준을 따라 웃으며 답했다.

시작부터 끝까지 내내 물음표투성이인 오늘 하루에 내가 도준과 나눴던 이 대화를 떠올린 건 지극히 자연스러운 전개였다. 분명 전부 모르겠는데 내가 모르는 게 정확히 뭔지 알 수 없었다. 아스팔트에 붙은 껌처럼 찐득한 체증이 뇌간에 감겨왔다. 복잡다단한 생각의 흐름을 겨우 부여잡고 카페에서 김인숙 씨와의 대화를 마치고 나니 시간은 어느덧 12시에 가까워졌다. 커피 한 잔을 다 마신 데다 통 입맛도 없어 일단 사무실로 돌아가려 카페를 나섰다.

별난 남자이긴 했다. 역시 이상한 사람이었나. 그는 그저 카페에 주구장창 앉아 연거푸 히비스커스차를 마시고, 마침 들어오는 아무 손님에게나 알은 체를 하는 편집증 환자였던 걸까. 그러나 흔히 겪어왔던 '이상한 사람'치고 차림새는 너무도 말쑥했고, '기다리고 있었다'라는 말 역시 허투루 뱉은 것 같지는 않았다. 어쩐지 그를 간단히 정신이상자로 치부하기에는 6년 차 기자로서의 감이 슬쩍 제동을 거는 듯했다.

카페 입구의 초록색 차양에서 빗물이 연신 팝콘 튀는 소리를 내며 터지고 있었다. 어둑어둑한 하늘은 여전히 원 없이 비를 뿌려대는 중이었다. 선뜻 그 속으로 발을 뻗기가 망설여져 멍하니 하늘을 올려다보고 있던 그때, 배달 오토바이가 코앞을 아찔하게 질주하는 바람에 정장 바짓단에 별자리처럼 흙탕물이 튀었다. 이어 바짓단 아래로 길게 풀려 지저분하게 젖은 흰색 단화 끈이 눈에 들어왔다. 진심 어린 한숨을 푹 내쉰 다음, 한쪽 무릎을 꿇고 신발 끈을 꽉 조였다.

겨우 반나절밖에 지나지 않은 하루에 왜 이리 울퉁불퉁한 것들이 가득한 건지. 때마침 주머니에서 울린 휴대폰에서 도준의 이름을 발견한 건 오늘 일어난 모든 일들 중 가장 큰 위안이었다. 그의 이름은 그저 거기에 있다는 사실만으로도 소행성이 지구로 날아드는 정도의 어찌할 수 없는 위로가 되었다. 거기에 있다, 그리 멀지 않은 곳에 네가 있다, 잘 있다, 그것만으로도.

"오빠, 되게 타이밍 적절했던 거 알아? 마침 내 편이 무지 필요했거든." 신발 끈을 묶느라 손에 묻은 물기를 대충 닦으며 말했다.

"엄청난 우연이네. 마침 나도 내 편이 무지 필요했는데. 점심은?"

휴대폰 너머로 들려오는 익숙한 존재의 익숙한 음성. 귀에 익은 온기에 뭉그러졌던 기분이 조금 달래지는 듯했다. 종종 끼니를 거르는 내 습관을 어지간히도 걱정하던 그였다. 이른 점심을 먹었다고 적당히 둘러댔다.

"하여간 말 진짜 안 듣지. 아침에 급히 나가느라 말 못 한 게 있어서 전화했어. 별건 아닌데." 그는 내 핑계 따위 훤히 보인다는 듯이 다정하게 웃으며 말했다.

"진짜 잘 챙겨 먹었어. 그래서 말 못 한 게 뭔데?" 난 들킨 걸 알면서도 무의미한 발버둥을 쳐본다.

"사랑한다고."

"뭐야, 싱겁기는."

차양 아래로 구슬져 떨어지는 빗물에 안면 가득한 미소가 번져 묻었다. 그는 곧바로 나를 따라 작게 웃었다.

"사실 좀 신경 쓰이는 게 있어서 기자님 생각은 어떤지 물어보려고. 나 원래 꿈 같은 거 잘 안 꾸고 엄청 깊이 자잖아. 근데 간밤에는 진짜 이상한 꿈을 꿨어. 근데 그게 하루 종일 생각나더라?"

"그래? 무슨 꿈이었는데?"

"이상한 게 바로 그거야. 무슨 꿈이었는지 하나도 기억이 안 나. 꿈은 깨고 나면 까먹는 게 당연한 거긴 한데, 꼭 오래전에 했던 중요한 약속을 잊어버린 것처럼 엄청 신경 쓰여. 왜 신경이 쓰이는지도 모르겠는데 신경이 쓰여. 딱히 좋았다거나 무서웠다거나 어떤 암시를 받은 것 같았다거나 하는 실마리가 하나도 없는데도, 내내 나한테 엉겨 붙은 느낌이야."

어린아이처럼 꿈 얘기를 풀어내는 도준이 꽤 천진하다고 생각하면서도, 손톱 옆 거스러미처럼 은근하게 감각을 자극하는 불분명한 요소가 그 속에서 느껴졌다. 아마 오늘 내가 겪었던 일련의 해답 모를 난제들 탓이리라. 정말이지 여러모로 이상한 날이다. 난 괜히 방울지고 낙하하기를 반복하는 빗줄기를 노려봤다. 온갖 찜찜한 것들이 바로 거기에 섞여들기라도 했다는 듯이.

"흠, 뭘까. 어쨌든 어느 한 부분이라도 마음에 걸리는 게 있으니까 그런 걸 텐데. 잘 생각해봐. 단서가 전혀 없어?"

"진짜 모르겠어. 나 그래서 오전 내내 컨디션도 되게 별로였다? 웃기지. 딱히 아무 일도 없는데 기분이 엄청 다운되는 게 다 그 꿈이 계속 거슬려서 그런 것 같아. 이런 적 처음이야. 너도 알잖아. 나 이런 거에 신경 쓰는 성격 아닌 거."

"뭐, 나도 그렇고 누구나 찜찜한 꿈 꿀 때는 있으니까. 근데 오빠는 진짜 꿈 잘 안 꾸는데 어제는 꽤 피곤했나 보네?"

난 무의식의 부스러기인 꿈 같은 것에 큰 의미를 부여하는 성격도 아니고, 기억도 안 난다는 꿈 얘기에는 더더욱 대응할 도리가 없었다. 하지만 도준의 이야기를 별 대수롭지 않은 에피소드 정도로 웃어넘기기 어려운 이유는 어쩐지 명쾌하게 설명할 수가 없었다. 그건 단순히 그와 관련된 일이라서가 아니었다. 순간 카센터에서 본, 같은 흉터를 가진 세쌍둥이 차가 떠올랐고, 옥수수 냄새가 나는 듯했고, 나를 쳐다보던 키 작은 남자와 카페의 표정 없는 남자가 연이어 뇌리에 스쳤다. 재킷 오른쪽 주머니에서는 자그마한 새알 모양 돌의 뭉툭함이 느껴졌다.

"이상해. 고작 꿈 하나가 시원하게 해소가 안 된다? 심지어 무슨 꿈이었는지도 모르겠는데. 네 말대로 알게 모르게 스트레스가 좀 많았나 봐. 어떻게 이 정도로 걸리적거리는 꿈이 이렇게까지 기억이 안 날 수가 있지?"

"엄청나게 좋은 꿈이라서 나한테 제대로 말 못 하는 건 아니고?"

난 그의 근심을 잠재우고 싶어 가볍게 장난을 던졌다.

"아, 들켰네. 이게 기자의 촉이라는 건가."

내 장난을 맞받아치는 애정 어린 웃음. 난 그의 그런 웃음을 퍽 좋아했다.

"그나저나 장마도 끝났는데 비가 너무 많이 오네. 먹구름 보니까 아직도 여름이야, 한여름." 난 카페 입구의 카펫에 고인 물웅덩이에 괜스레 발장구를 치며 말했다.

"여름." 도준은 갑자기 흥에 겨운 듯이 목소리 톤을 높였다. "여름 하니까 뭔가 생각나는 것 같아. 매미 소리, 꿈에서 매미 소리가 엄청 시끄럽게 들렸어. 진짜 내내."

"매미?"

"응, 확실해. 정확히 매미 소리였어. 배경은 모르겠지만 나무마다 매미가 아주 덕지덕지 붙어 있는 것마냥 고막을 가득 메우는 느낌이었어. 소리가 꼭 비처럼 쏴아아아—하고 쏟아지는 것 같았어. 하루 종일 아무리 애써도 뭐 하나 생각나는 게 없었는데 갑자기 떠오른 게 너무 신기하다. 정말 딱 매미 소리였어."

"무슨 퀴즈 같네. 그럼 매미가 울었으니까 일단 여름이었을 거고, 날씨도 맑았을 거고. 더 없어? 장소나 보였던 물건이나 느낌이나. 딱 하나만 더 기억해봐."

도준을 괴롭히고 있다는 꿈의 꼬투리 하나를 잡은 나는 오늘 수두룩하게 덮쳐든 불가해한 사건들 중 처음으로 해결의 기미가 보인다는 이유만으로 괜히 들떴다.

"기억나는 건 그냥 매미 소리뿐이야. 여름이었는지도 잘 모르겠어. 매미가 울었는데 왜 여름 같은 느낌이 안 들지? 주체가 나였는지도 가물가물하고. 뭔가 한 사람이 더 있었던 것 같기도 한데 전혀 생각이 안 나. 잠깐만. 근데 이런 거 다 떠나서 나 이 얘기 너한테 했던 것 같은데?"

도준은 번뜩 떠오른 뭔가가 실은 제일 중요한 사실이었다는 것처럼 어조에 힘을 실었다.

"나한테?"

"천둥소리에 내가 새벽에 확 깼고, 마침 너도 동시에 깼고. 옆에 보니까 네가 살짝 눈떴길래 내가 방금 되게 희한한 꿈 꿨다고 분명히 말했는데? 그것도 엄청 자세히, 전부. 지금은 다 까먹었지만."

확신에 찬 도준의 음성에 잠깐 생각을 더듬어보았지만, 지난밤 내 기억 속에는 관련된 어떠한 단편도 남아 있지 않았다.

"진짜? 전혀 모르겠어. 잠결에 들었나 봐. 대체 무슨 꿈이었길래 오빠가 이렇게까지 전전긍긍하는지 너무 궁금하다. 혹시 꿈에 나도 나왔어? 나한테 무슨 큰일이라도 생긴 거야?"

위화감. 불거진 침묵에서 느껴진 스피커 너머의 낯선 기운에 나는 순간 고개를 들고 정면을 바라봤다. 눈앞에는 불법 주차 된 차들의 행렬과 무채색 우산을 쓴 몇몇 사람들뿐이었다. 기분 나쁜 예감이 조금 전 내게 흙탕물을 튀기고 간 배달 오토바이처럼 날쌔게 시야를 가로질렀다. 도준은 분명 불안해하고 있다.

"오빠?"

난 정적을 꺾고 도준을 불렀다. 전화가 끊어진 건지 화면을 확인해봐야 했을 정도로 두터운 공백이 순식간에 우리 사이를 가로막았다.

"수지야." 얼마간의 침묵을 깨고 도준이 말했다. "방금 내가 했던 말 다 못 들은 걸로 해줄 수 있어?"

"갑자기? 꿈 얘기 더 생각난 거야?"

"아니, 내가 착각한 것 같아. 혁수 대리가 주말에 할 거라고 무슨 외국 게임 얘기 엄청 늘어놨었는데 내가 오늘 좀 피곤해서 그거랑 헷갈렸어. 어떻게 그걸 착각하냐. 미안해. 괜히 걱정했지?"

장난기 섞인 어투였고, 그건 내가 아주 잘 아는 수법이었다. 무려 4년이다. 우리 사이에 네 번의 해가 바뀌는 동안 내가 확실하게 익힌 한 가지 사실이 있다면, 그건 아무리 감당하기 버거운 짐이어도 절대 나에게 그 짐을 짊어지게 하지는 않는다는 것이다.

"뭐야, 솔직하게 말해. 방금 제대로 들켰거든? 왜, 꿈에서 내가 죽기라도 했어? 뭐 어때, 꿈인데." 애를 쓰는 듯한 그의 태도에 난 되레 태연함을 가장해 물었다.

"내가 언제 너한테 거짓말하는 거 봤어? 그런 거 아니야, 진짜로. 나도 내가 왜 그런 착각을 했는지 모르겠네. 꿈 얘기고 뭐고 신경 쓰지 마. 나도 이제 점심 먹으러 가봐야겠다."

좀체 그럴싸한 거짓말을 할 줄 모르는 도준은 갑자기 맞닥뜨린 초행길 커브에서처럼 급히 말을 돌렸다. 어색한 분위기가 둘 사이의 공백을 가득 채웠다. 난 평소와 달리 고작 꿈 얘기에 의뭉한 의미를 부여하는 듯한 그의 태도가 이해되지 않았지만, 아니라고 딱 잡아떼니 달리 반박할 수도 없었다. 다만 신경 쓰이는 건 조금 전부터 미세하게 떨리는 듯한 그의 음성, 단지 그뿐이었다.

"오빠, 왜 그래? 그냥 꿈 가지고. 이렇게 감성적인 사람인 줄 몰랐네, 윤도준. 안 좋은 내용이었어도 꿈은 반대라잖아. 꿈 같은 거 신경 쓰지 말고 점심 잘 챙겨 먹어." 난 그제야 빗속으로 걸음을 옮기며 말했다.

"있잖아, 수지야." 내 목소리가 우산에 튀기는 빗소리에 섞여 들어가던 그때, 도준의 목소리가 이어졌다. "나 오늘 다른 지점에 뭐 좀 전해줄 게 있어서 퇴근 약간 늦거든? 그래도 8시까지는 들어갈 테니까 저녁은 같이 먹을 수 있을 것 같아. 배고파도 집에서 조금만 기다리고 있을래? 대신 맛있는 거 시켜 먹자."

"그래, 알았어. 월요일부터 누가 오빠한테 그런 심부름 을……"

미처 말을 끝맺기도 전에 도준의 전화가 무정한 새아버지처럼 뚝 끊겼다. 그가 그런 식으로 전화를 끊은 건 처음이었다. 휴대폰 화면은 자신과는 전혀 상관없는 일이라는 듯 깜빡이며 짧은 통화 시간을 띄우고 있었다. 점심을 먹으러 간다고 했으니 동료들이 급히 찾았거나 이동하면서 실수로 버튼을 잘못 눌렀겠지. 앞서 도준에게 느꼈던 설익은 불안이 마음에 걸렸지만, 사람들과 함께 있을 그에게 점심 인사 메시지만 간략히 남겨두고 걸음을 옮겼다.

도로 위 배수구에는 나뭇잎 무더기가 잔뜩 쌓여 있었다. 물길은 힘겹게 방해물을 뚫고 좁은 틈새를 비집어 겨우겨우 흘러들어 가는 중이었다. 젖은 낙엽들은 그 흐름에 한데 섞여 내려가기에는 몸집이 너무 커, 뾰족한 방도도 없이 그저 무력하게 고여 있을 뿐이었다. 그 모습을 잠깐 바라보다 문득 옥수수 노점으로 가야겠다는 생각이 들었다. 어차피 사무실 방향이기도 했지만, 우선순위는 사무실이 아니라 옥수수 노점이어야 할 것만 같았다. 점심을 거르기로 해 시간도 여유로웠고 사무실이란 건 그다지 부리나케 찾아가고 싶은 장소도 아니지 않은가. 참고로 난 옥수수를 싫어한다. 매우.

카페에서 나와 골목을 두 번 돈 다음 횡단보도 앞에 섰다. 비가 오는 날은 도로의 소음이 짙어진다. 신호등이 초록불로 바뀌기 전까지 빗물을 잔뜩 흩뿌리며 굴러가는 눈앞의 온갖 바퀴들을 잠자코 훑고 있었다. 세찬 빗줄기 탓에 흐릿했지만 건너편 옥수수 노점에 손님이라고는 없었다. 평소와 마찬가지로. 난 일제히 똑같은 아타셰케이스를 들고 그 앞에 서 있던 세 명의 키 작은 남자들을 다시 떠올렸다. 이어 그중에서도 내 쪽을 본 한 남자를 끄집어냈지만, 이상하게 그의 얼굴이 전혀 생각나지 않았다. 비교적 가까운 거리였던 데다 당시에는 좀체 잊기 힘든 이미지라고 생각했음에도, 얼굴형과 이목구비, 표정까지 뭐 하나 떠오르는 게 없었다. 꼭 그의 형체가 빗물에 씻겨 모조리 흘러 내려간 것처럼.

"아가씨, 옥수수 사시게? 두 개 3천 원, 세 개 4천 원." 등받이 없는 플라스틱 의자에 앉아 멀거니 비 구경을 하던 주인아주머니가 다가오는 나를 보자 잽싸게 몸을 일으키며 말했다.

"두 개 주세요."

선택지에 한 개가 없어 별수 없이 두 개를 주문했다. 사무실 냉장고에 넣어뒀다가 퇴근길에 가져가면 도준의 야식으로 딱이겠다고 생각했다. 모체에 새끼라도 깐 듯 알맹이가 다닥다닥 달린 옥수수는 어릴 때부터 왠지 보는 것만으로도 기분이 나빴다. 그런 내가 손수 옥수수를 사다니. 31년이나 살았는데 아직도 처음 해보는 게 남아 있다는 건 흥미로운 노릇이다.

"젊은 아가씨가 옥수수를 다 사 가네. 비도 많이 오는데."

아주머니는 뜨끈한 김이 나는 노란 옥수수를 비닐봉지에 담으며 말했다. 주위에 산적한 비 내음도 겨우 두 개뿐인 코앞의 옥수수 냄새를 이기지는 못했다. 싫어하는 건 옥수수지, 옥수수 냄새는 아니었다.

"지나가는데 냄새가 너무 좋더라고요. 오전에도 손님이 많은 것 같던데요?"

"오전에? 다른 날이랑 착각하는 것 같은데, 아가씨? 오늘은 도통 손님도 없고 비도 많이 오고 해서 일찍 접으려고 했거든. 근데 꿈자리가 뒤숭숭해서 그냥 꾸역꾸역 있는 거야."

아주머니는 한 손으로 천 원짜리 지폐 석 장을 받아 들고 남은 손으로는 허리를 두들기며 말했다. 그 말에 난 다른 사람은 눈치채지 못할 만큼 살짝 인상을 썼다. 늘 파리만 날리던 노점에 셋씩이나 되던, 그것도 잊기 어려운 이미지의 손님들을 기억하지 못하는 게 말이 되나?

"무슨 꿈이었길래 퇴근도 못 하시고."

난 아까 파라솔 아래에 서 있던 작은 비즈니스맨들의 이야기를 직접 물으려다, 아주머니의 꿈 얘기로 어물쩍 넘어갔다.

"나도 그게 궁금해. 아휴, 아가씨는 젊어서 모르겠지만 나이 먹으면 만사가 가물가물해요. 무슨 꿈이었는지 하나도 기억이 안 나는데 종일 기분이 찝찝한 게 왠지 평소랑 다른 짓을 하면 안 될 것 같은 거야. 살던 대로 살아야지 별수 있나."

난 형식적으로 미소를 지었지만 입꼬리가 휘어진 건 아주 잠깐에 불과했다. 겨우 몇 분 전에 이와 상당히 비슷한 이야기를 듣지 않았던가. 온 세상 사람들이 꿈이란 것에 이렇게까지 막중한 의미를 부여하고 있었던 건지, 아니면 내가 중요한 뭔가를 놓치고 있는 건지. 전자라고 하기에는 오늘 하루가 통째로 비현실적이었고 후자라고 하기에는 지나치게 감상적인 과민 반응 같았다. 도준과 통화하며 스쳐갔던 위화감이 철새처럼 또다시 엄습해왔다. 언젠가 그와 나눈 한 줄기 대화가 떠올랐다.

'뭘 모르는지도 모른다는 것.'

계산도 다 마쳤겠다, 대충 인사를 하고 파라솔을 벗어나면 그만이었지만, 아주머니의 말에 묻은 꺼림칙한 그림자가 발길을 붙들었다.

"오늘 저한테 이상한 꿈 꿨다고 얘기하는 사람이 많네요. 비가 와서 그런가."

"이런 날은 괜히 찜찜하긴 하지. 꿈 하나 갖고 유난이라고 할 수도 있지만, 나이 먹고 느는 건 뱃살뿐이 아니야. 예감이 괜히 드는 게 아니라니까. 아가씨도 오늘 같은 날은 특히 차 조심하고. 옥수수 맛있게 먹어요."

아주머니가 장사꾼 특유의 호쾌한 웃음을 던지며 말했다. 난 가볍게 고개를 끄덕이고는 비닐봉지를 든 반대 손으로 우산을 폈다. 빗줄기가 따갑게 우산을 때렸다. 이상할 건 아무것도 없다. 꿈 얘기는 꿈 얘기이고, 그저 우연히 두 사람의 사연이 비슷했을 뿐이다. 꿈이란 건 누구나 꾸고, 대개 심오한 의미 따위는 없으며, 거의 언제나 잊히는 법이니까.

웅덩이를 밟지 않기 위해 발아래를 살피며 조심스레 걸음을 옮기던 중 언제부터였는지 모르게 새어 나오고 있던 부연 빛을 느끼고 무심코 뒤를 돌아봤다. 노점 바로 옆, 몇 년째 텅 비어 있던 — 적어도 내가 이 회사에 다닌 지난 5년 동안은 — 허름한 단층 건물에 엷은 실내등이 켜져 있었다. '미리'와 '행'만 남은 여행사 간판은 심해 생물이 어둠 속에서 몰래 눈을 부라리듯 끔뻑끔뻑 미약한 숨을 내쉬는 중이었다.

오늘 오전 숱하게 그랬듯이 다리가 덫에 걸린 것처럼 멈춰 서버렸다. 그러나 이번에는 분명 무력감이라고 설명할 수밖에 없는 허탈한 감정이 함께 내려앉았다. 무의식중에 곤두서 있던 신경이 사각지대에서 끝내, 기필코 뭔가를 감지하기라도 한 것처럼. 그것은 예감이라는 것, 확실히 뭔가가 일어나고 있고 난 그것에 대해 완전하고도 철저하게 무지하다는 선명한 자각이었다.

7 진율

연구원 테라스에서 내려다보이는 널찍한 주차장을 좋아한다. 정확히는 스스로 고른 칸 안에 알맞게 쏙쏙 들어가는 차들을. 마치 가장이 퇴근 후 안락한 가정으로 돌아가듯이 마땅히 가야 할 제자리를 찾아가는 것만 같았다. 그럼 얼마든지 안전하고 온전할 수 있다는 듯이. 머리를 식히고 싶을 때면 라운지에 나가 10분이고 20분이고 멍하니 그 광경을 바라보곤 했다. 내가 생각해도 별난 취미다.

대학교와 대학원을 전부 타지에서 다닌 탓에, 내가 성인이 된 이후로 부모님은 하나뿐인 딸과 부대끼며 살아본 적이 거의 없었다. 연구원이 집에서 멀리 떨어져 있는 걸 알고 난 뒤에도 부모님이 '그럼 그렇지' 정도의 반응을 보인 건 어찌 보면 당연했다. 내심 서운해하는 가족에겐 미안한 마음이지만, 난 사실 10년 넘게 이어져온 타향살이에 매우 만족하고 있었다. 삶의 양식이든 생활이든 나 자신의 육체와 정신이든, 모든 걸 직접 제어할 수 있다는 건 내게 꽤 중요한 의미였다. 이렇게 하면 이렇게 되고 저렇게 하면 저렇게 되는 예측 가능한 통제 말이다. 제자리로 돌아간다는 것, 자신이 속한 세계가 명확히 자신의 기준 아래에 존재한다는 것. 주차장의 차들을 보며 느끼는 균형감이란 그런 것이었다.

사택임에도 이 오피스텔에 제법 애정을 갖고 있었다. 감각적으로 가구를 배치하고 꾸미는 것 따위에는 전혀 관심이 없었지만, 필요한 모든 요소를 충분히 갖추고 있는 이곳은 분명 나를 품은 둥지이자 고된 하루를 마치고 돌아갈 수 있는 충직한 요새였다. 그러니까 내 공간에 뭐가 있고 없는지 정도는 크게 힘들이지 않아도 잘 알고 있다는 말이다. 거기에 전화벨 소리를 낼 만한 물건이 전혀 없다는 것도.

여덟, 아홉, 열, 열하나.

전화벨은 문 안쪽에서 정확히 열한 번 울렸다. 삘릴릴리― 하는 단조로운 기본음이다. 전화벨에도 여러 종류가 있겠지만, 그중에서도 높게 찢어지는 소리로 치자면 아마 두세번째 순위에 속할 언짢은 음형이다. 열하나까지 셈이 이어지는 동안 점차 심박수가 빨라지고 호흡은 급해졌다. 차가운 긴장감이 척추를 타고 발목까지 미끄러져 내려갔다. 일주일 넘게 한숨도 제대로 못 잤지만, 오지도 않은 앞으로의 잠기운까지 죄다 달아난 듯 정신은 한없이 매서워졌다.

가능성은 두 가지뿐이다. 내 집에 지금 누군가 있다는 것, 혹은 있었다는 것. 벌건 대낮이다. 복도 곳곳에 CCTV가 달려 있고 오가는 이도 간간이 있다. 문을 열어본다고 당장 큰일이 날 것 같지는 않았다. 집 안에서 전화벨이 울린다는 이유로 경찰에 신고하거나 경비실에 찾아가는 것도 썩 내키지 않았고. 옆집 커플이 서른 번도 넘게 전화가 왔었다고 했으니—방금 들린 벨 소리가 정말 오전 내내 울렸다면 아까 그들의 반응은 상당히 신사적이었다고 본다—아마 첫번째 가능성은 희박할 것이다. 두번째 가능성을 따져봐도 일단 좋은 의도는 아니었을 게 분명했다. 도둑이 들쑤셔놔 난장판이 된 내 사랑스러운 보금자리를 상상하며 한껏 인상을 구겼다. 불순한 마음으로 오피스텔 방들을 전전하다 휴대폰을 두고 가는 멍청한 도둑이라니. 신고는 증거를 확보한 뒤에 해도 늦지 않을 터였다. 큰맘 먹고 계획했던 모처럼의 수면은 아무래도 그른 듯하다만.

심호흡을 하고 도어 록 패드에 손바닥을 갖다 댔다. 최대한 멀찍이서 집 안 상태를 먼저 볼 생각이었다. 비밀번호를 누르는 다섯 번의 전자음이 끝나자 띡—띠리릭 하는 짧은 멜로디와 함께 고리가 돌아갔다. 난 땀이 배어나 촉촉해진 오른손에 힘을 주고 천천히 문손잡이를 끌어당겼다.

문틈이 벌어짐과 동시에 쏴아아아— 하는 겹겹의 소리

가 다짜고짜 귓가를 덮쳤다. 소리가 머문 시간은 1초도 안 되는 찰나에 불과했다. 파도 소리 같기도 하고 빗소리 같기도 했다. 그저 문이 열리면서 난 바람 소리일지도 모른다. 워낙 오래 수면 부족에 시달렸으니 이명이라고 해도 이상할 게 없긴 하다. 뭐가 됐든 이런 짤막한 의문의 소리 따위 생각할 겨를이 없다. 더 난해한 소리를 내는 존재가 지금 당장 내 집 안에 있으니.

조심스럽게 안쪽을 들여다봤다. 전화벨이 언제 다시 울릴지 몰라 어깻죽지의 근육은 잔뜩 경직돼 있었다. 각도 때문에 방 전체가 한눈에 보이지는 않았으나 일단 인기척은 느껴지지 않았다. 현관 입구에는 아침에 본 마지막 모습 그대로 흰 운동화와 슬리퍼가 한 켤레씩 가지런히 자리하고 있었다. 바닥은 깨끗했고 창 가까이 놓인 침대 역시 나갈 때와 마찬가지로 잘 정리돼 있었다.

특별히 이상이랄 건 없는 듯했다. 이렇게 되면 상황은 더 복잡해진다. 도둑이 든 게 아니라면 전화벨은 대체 뭐란 말인가. 예상했던 그림과 전혀 다른 문 너머의 상황에 처음 벨소리를 들었을 때보다도 더 난감해졌다. 이렇게 된 이상 들어가는 수밖에 없다. 언제고 안락하기 그지없던 내 공간 앞에서, 조금도 원치 않았던 이런 말도 안 되는 고민이나 하고 있다는 사실에 갑자기 짜증이 솟구쳤다.

날씨 탓에 낮인데도 방은 어두침침했다. 난 문가에서 재빨리 스위치를 눌러 불부터 전부 켰다. 그리고 혹시 모를 상황에 대비해 도어 스토퍼를 내리고 현관문을 살짝 열어둔 다음 안으로 한 걸음씩 내디뎠다. 바로 뛰쳐나갈 수 있도록 운동화도 벗지 않았다. 속은 좀 상하지만, 바닥이야 닦으면 그만이다.

방 한복판에 들어선 뒤에도 혼란은 가시지 않았다. 집은 하나같이 내가 기억하는 모습 그대로였다. 리모컨도, 방석도, 화장대 위 화장품들과 건조대의 빨래도, 전부 내가 지정한 자리에 꼼짝없이 놓여 있었다. 누군가 들어온 흔적 같은 건 보이지 않았다. 문 너머에서도 들렸던 걸 보면 낯선 물건이 그리 구석진 곳에 떨어져 있지는 않을 텐데, 어디에도 전화벨 소리를 낼 만한 건 없었다. 하지만 분명 이 안 어딘가에서 울렸다. 그만한 소리를 착각할 수는 없는 법이다.

이불과 베개를 들춰 보고 침대와 책상 아래, TV 뒤쪽까지 샅샅이 살폈지만 별 소득을 얻지 못했다. 난 크게 한숨을 토하고는 주방 쪽으로 돌아섰다. 인덕션 위에 놓인 냄비 두 개와 물기 없이 텅 빈 싱크대, 잘 정렬된 개수대의 접시와 그릇 들, 다소곳한 찻잔 세트와 티 박스. 모두 익숙한 내 것들이었다.

주방을 대충 훑고 난 뒤 선반을 열어보기 위해 몇 걸음 더 가까이 다가간 순간, 심장이 묵직한 닻에 끌려 내려가기라도 한 것처럼 철렁 주저앉았다. 내 지대 안에 놓인 온갖 내 것 중 유일하게 생경한 것이 조리대 옆 가장 구석진 행주걸이 위에 '앉아' 있었다. 새였다. 생전 처음 보는 종류의 아주 작고 어여쁜 새. 결코 초대한 적 없는 손님이 남의 둥지에 태연히 자리를 틀고 있던 것이다.

온몸이 눈송이처럼 흰 새는 안대라도 쓴 것처럼 눈가의 털만 짙은 녹색을 띠었다. 옅은 개나리색 부리와 앙증맞은 발은 가뿐히 균형을 잡고 있었다. 바로 내 집, 내 주방에 놓인 행주걸이 위에서. 대체 어디에서 날아 들어온 건지 알 턱이 없었다. 문도 창문도 전부 닫혀 있어 잠자리 한 마리 들어올 틈이 없는데, 참새보다도 큰 새가 무슨 수로 침입했다는 말인가. 창틀에 타닥타닥 떨어지는 빗소리를 배경으로 난 그렇게 뻔뻔한 불청객과 얼마간 마주하고 있었다.

긴장 섞인 대치 속에서 갖은 경우의수를 셈하던 그때, 산적한 의문 더미 중 적어도 한 가지가 해결되는 데는 그리 오래 걸리지 않았다. 여태 찾던 정체불명의 전화기 말이다. 잘 깎인 조각상처럼 눈 한 번 깜빡이지 않고 날 빤히 쳐다보던 새가 갑자기 조그만 부리를 벌리더니 울대를 떨어대며 요란한 울음을 뱉어냈다. 문밖에서 들은 바로 그 소리였다.

놀랄 새도 없었다. 귀청을 찢는 하이 톤의 소음에 양손으로 재빨리 귀를 막았다. 더 이상의 민원은 곤란했다. 현관문을 열어둔 게 생각나 서둘러 달려가 문부터 닫고 왔다. 그러나 아무리 들여다보고 있어도 내게는 도저히 이 난해한 상황을 해석할 방도가 없었다. 새는 여전히 또랑또랑하게 나를 응시하며 괴상한 소음을 자아내고 있었다. 자신은 그저 자신의 소임을 다할 뿐이라는 듯한 충직한 얼굴로. 난 입을 쩍 벌린 채 요사스러운 불청객의 소란을 멍하니 지켜보고 있었다.

미처 처음부터 세지는 못했지만 소리는 아까처럼 대략 열한 번쯤 이어진 뒤 멎었다. 영락없는 전화벨 소리였다. 당연히 휴대폰일 거라 생각했던 소리의 정체가 새였다니. 이렇게 우는 새가 있다는 얘기는 듣도 보도 못했다. 어쩌면 익히 들어온 평범한 전화벨 소리가 이 새로부터 탄생한 것일 수도 있다. 아니면 이 새가 어디선가 접한 전화벨 소리를 구관조처럼 그대로 따라 하는 것일지도 모른다. 뭐가 됐든 이 사태에 내가 받아들일 수 있을 만한 인과관계라고는 티끌만큼도 없었다.

새에 시선을 고정하고 조심스럽게 뒷걸음쳐 침대 옆 창가로 갔다. 커튼을 활짝 열어젖히고 가려진 창문들까지 다시 꼼꼼히 확인했지만, 열린 곳은 역시 한 군데도 없었다. 날벌레라면 몰라도 이만한 크기의 동물이 드나들 법한 통로는 아담한 오피스텔 방 어디에도 존재하지 않았다. 여전히 날개를 접고 다소곳이 앉은 새는 난처한 기색이 역력한 제 앞의 인간을 뚫어져라 쳐다보고 있었다. 동그란 두 눈에서는 어떠한 경계심도 느껴지지 않았다. 새에게도 표정이라는 게 있는지는 모르겠으나 굳이 따지자면 그야말로 완벽한 무표정이었다.

새가 살던 집에 내가 끼어든 게 아닐까 싶을 정도로 작은 동물은 침착하고 태연자약했다. 지금 이곳에 이렇게 있는 게 지극히 당연하다는 듯이. 어딘가 다쳤을지도 모르니 무작정 창문을 열고 날려버릴 수도 없는 노릇이다. 아무리 날짐승이라도 날개를 못 펴면 위험한 높이다. 새를 직접 잡아서 바깥에 풀어줘야 할지, 동물 구조 단체 같은 곳에 연락해야 할지 고민하다, 일단 이 뜬금없는 상황을 사진으로 찍기 위해 책상 위에 올려뒀던 휴대폰 쪽으로 움직였다.

휴대폰을 집어 들고 고개를 돌리니 방금 전까지 물끄러미 내게 시선을 던지던 새는 별안간 잠들어 있었다. 갑자기 죽은 게 아니라면. 내 절실했던 취침 계획을 망쳐놓고 뻔뻔하게 잠들어버리다니. 단지 눈을 감았을 뿐인데, 그렇게 요란하게 울부짖던 개체는 순식간에 실로 연약하기 짝이 없는 생물로 변모했다. 오전 내내 그만한 울음을 토했다면 지치지 않는 게 이상하긴 할 터였다. 작은 머리가 앞으로 약간 숙여졌음에도 자세는 흐트러짐 없이 여전히 올곧고 꼿꼿했다. 새가 깨어나기 전에 붙잡아야겠다는 생각에 휴대폰을 내려놓고 천천히 걸음을 옮겼다. 최대한 가까이 다가간 뒤 재빨리 양손에 가둘 계획이었다.

저 작은 것도 저렇게 잘 자는데, 하고 조용히 혼잣말을 내

뱉었다. 그때였다. 말을 마치자마자 한순간 무거운 피로감이 덮쳐왔다. 아, 잠이다. 잠기운이다. 그토록 찾아 헤매던 간절한 잠의 도래였다. 코앞에서 잠든 동물을 보고 오래도록 잠을 잊은 뇌가 각성이라도 한 건지, 해소되지 못한 열흘치의 졸음이 유례없는 해일처럼 한꺼번에 온몸을 강타했다. 아마 바짝 졸아붙은 긴장이 풀린 탓이리라. 모쪼록 상상했던 범죄의 흔적이나 괴한의 침입 같은 것보다야 손바닥 크기의 오동통한 불청객 쪽이 더 나으니까.

이성은 어서 새를 잡아 안전한 곳에 옮겨줘야 한다고 속삭였지만, 지금 이대로 잠들 수만 있다면 내가 가진 어떤 것이라도 바칠 수 있을 것만 같았다. 무엇보다도 새를 쥐고 엘리베이터로 1층까지 내려갔다 다시 방에 돌아오는 지난한 과정을 떠올리자 간신히 되찾은 졸음이 산산이 조각날까 두려웠다. 지독했던 불면을 끝낼 수 있는 절호의 기회를 놓쳐서는 안 된다고, 지금이 아니면 또 언제 잠이 올지 알 수 없다고, 내 안의 모든 세포가 한마음으로 외쳐대고 있었다.

창밖에는 여전히 세찬 비가 내리는 중이었다. 잠자는 새는 얌전해 보였고, 사고를 쳐봐야 고작 배설물 정도일 것이다. 새 역시 떠날 때 떠나더라도 빗속보다는 백색의 정결한 깃털에 어울리는 보송한 날씨 쪽을 더 원할 게 분명했다. 난 모처럼 쏟아지는 잠을 택하기로 했다. 우선순위를 따져봤을 때, 지금 당장 지구로 소행성이 날아드는 게 아니라면 현재 내게 이보다 더 중차대한 일은 없었다.

발자국으로 더럽혀진 방바닥에 아무렇게나 운동화를 벗어 던진 다음 방 안의 불을 모두 끄고 서둘러 암막 커튼을 쳤다. 정갈하게 씻고 옷을 갈아입을 정신 따위 없었다. 휴대폰을 무음으로 바꾸는 걸 끝으로 걸인이 주인 없는 밥상에 달려들 듯 침대에 뛰어들었다. 나를 마취시켜줄, 잠에 이르게 해줄 가장 적합한 존재에게.

매분 매초의 흐름을 고스란히 느끼며 달이 해로 바뀌어도 잠들지 못하는 나날이었다. 신체와 의식에 조금의 쉼도 허락하지 못할 거라는 걸 알면서도 매일 밤 똑같이 뜬눈으로 누워 불면의 저주에 시달린 게 무려 열흘이다. 그런 두려움 없이 침대에 누울 수 있다는 건 실로 어마어마한 축복이다. 난 내게서 떠나 있던 잠이 그동안 어디에 머물고 있었을까, 누군가에게 대신 가닿아 있던 건 아닐까, 하는 얼토당토않은 생각을 하며 눈을 감았다.

새 같은 거 될 대로 되라지. 그 작은 짐승이 깨어나 말도 안 되는 전화벨 소리를 내며 울어대면 모든 게 엉망이 될 테지만, 왠지 녀석은 저대로 잠자코 앉아 휴식을 취할 것 같은 예감이 들었다. 귓가에는 듣기 좋은 빗소리가 자장가처럼 감돌았다. 제발 단 몇 시간만이라도 이대로 평온한 잠에 들 수 있길 아주 간절히 바랄 뿐이었다.

건물 전체를 쩌렁쩌렁 집어삼킨 소방 벨에 깬 시간은 새벽 3시 13분. 비유가 아니라 실로 심장이 멎어버리는 줄 알았다. 신축 오피스텔이라 센서가 민감해서 그런지 서너 달에 한 번꼴로 이런 일이 있곤 했다. 처음 몇 번은 혼비백산해 사람들과 함께 잠옷 바람으로 대피했지만, 매번 오작동이니 이제는 개의치 않는다. 또 누군가 집 안에서 담배를 피웠거나 고기를 구워 먹었을 것이다.

놀란 가슴을 진정시키며 이불에 폭 파묻혀 연신 눈만 끔뻑이고 있었다. 몇 분 정도 지났을까. 불이 났으니 대피하라고 열심히 외치는 단조로운 기계음에 익숙해졌을 때쯤 화재 경보가 멎었다. 곧바로 오작동이었음을 알리는 경비 아저씨의 안내 방송이 이어졌다. 평소라면 신경질이 났겠지만, 참으로 오랜만에 취한 잠 덕분에 컨디션은 최상이었다. 침대에 누운 게 낮 2시경이었으니 자그마치 열세 시간을 내리 잔 셈이다. 방해 요인으로 깨버린 데다 그간 못 잤던 양에 비하면 턱없이 부족했지만, 지금은 이보다 더 바랄 게 없을 만큼 충분히 만족스러웠다.

인간의 육체는 생각보다 단순한 메커니즘으로 이뤄져 있는가 보다. 간만의 수면으로 몸 곳곳이 회복된 게 느껴졌다. 뻑적지근했던 눈에 다시 수분이 돌고, 얼굴 근육의 뻐근함도 사라졌다. 하지만 기분이랄지, 딱 꼬집어 말하기 어려운 찌뿌둥함이 머릿속에 얕은 웅덩이를 이루고 있는 것 같았다. 내 어느 부분에 고여 있는지도 알 수 없을 정도로 얄따란 부피감이었다. 그것은 몸이나 정신 쪽이 아니라 보다 시원적인 영역에 들러붙어 있는 것 같았다. 꼭 아주 눅진하고 텁텁한 꿈을 꿨던 것처럼.

여기까지 생각이 미치자 놀라지 않을 수 없었다. 꿈? 꿈이라니. 꿈을 도둑맞은 지는 무려 25년도 넘었다. 어릴 적 자두에이드에 비친 뭔가를 만난 이후—만났다고 하기에는 애매한 구석이 있지만—나에게 꿈이란 건 없었다. 잠에 들면 남는 건 칠흑 같은 무無뿐이었다. 이미지도 냄새도, 소리도 흔적도 없는 냉담한 흑의 영역. 그러나 모처럼의 숙면 이후 남은 음음한 이물감의 정체는 어쩐지 내게서 오랜 시간 벗어나 있던 꿈, 바로 그것인 것 같은 기분이 들었다.

문제는 꿈의 내용이 전혀 기억나지 않는다는 점이었다. 오래된 영사기가 스크린에 쏘는 화면처럼 아슴아슴한 그림자가 언뜻 아른거렸지만, 뭐 하나 형체를 갖춘 게 없었다. 너무 오랜만이었던 탓일까. 그보다 다시 꿈을 꾸게 된 게 맞긴 한 걸까. 꿈이 정말 돌아온 걸까. 대체 왜 지금에서야? 복잡한 마음에 베개에 얼굴을 파묻었다.

도둑맞은 꿈이 돌연 돌아온 게 맞는지 유추하는 와중에도, 시끄러운 소음이 사라진 뒤에도, 귀에는 화재 경보음이 찻잔의 얼룩처럼 남아 있었다. 갑자기 내 방에 그 못지않게 시끄러운 존재가 있다는 사실이 떠올랐다. 자는 동안 새가 잠깐이라도 울었다면 모든 게 물거품이 됐을 텐데, 조그만 게 눈치는 있던 모양이다. 얌전히 있어준 낯선 방문객에게 갑자기 뜬금없는 친근함이 샘솟았다.

기억나지 않는 꿈은 일단 미뤄두기로 하고 우선 침대에서 몸을 일으켰다. 커튼을 살짝 열어보니 세기는 좀 약해졌지만 여전히 비는 그칠 기미가 안 보였다. 푹 젖은 축축한 어둠이다. 생각보다 오래 잤으니 작은 녀석은 물 한 모금 못 먹고 홀로 허기를 버티고 있었을 테다. 요리에는 영 흥미가 없어 밥을 직접 해 먹는 일이 없다 보니 집에 곡류라고는 전무했다. 일단 즉석밥을 돌려서 밥풀을 주면 먹을까, 계란을 삶아서 으깨줄까, 아무리 그래도 동족인데 좀 너무한가, 하는 이런저런 생각과 함께 새를 확인하기 위해 침대 옆 독서등을 켰다.

행주걸이는 텅 비어 있었다. 그러니까 원래 그랬던 것처럼 행주밖에 없었다. 하긴 새는 날개도 있고 발도 있다. 열세 시간 내내 그 자리에 붙어 있는 게 더 이상한 일이다. 난 혀를 차 조심스럽게 새를 불렀다. 기척을 찾으며 방 안을 대충 훑어보았지만, 은은한 독서 등 불빛만으로 구석까지 밝히기는 무리였다. 난 등을 쭉 펴고 가볍게 스트레칭을 한 다음, 그대로 침대를 벗어났다.

새벽의 잠잠하고 아늑한 어둠이 좋았지만, 머리를 긁적이며 어쩔 수 없이 방 안의 불을 모두 켰다. 주방에는 배설물 하나 없었다. 책상과 화장대, 침대 밑도 마찬가지였다. 틈이란 틈은 죄다 들여다봤다. 그러나 새의 흔적은 어디에서도 찾아볼 수 없었다. 나는 새의 아담한 몸집을 떠올리면서 화장실과 드럼 세탁기 안, 심지어 휴지통까지 살폈지만 깃털 부스러기조차 남지 않았다. 마치 어릴 적 그렸던 상상의 동물처럼 어느 순간 소리 없이 증발해버린 것이다.

혹시 새를 봤던 것도 꿈의 일부였나, 하고 기억을 더듬었다. 그러나 녀석을 맞닥뜨린 순간의 충격은 아직도 생생했다. 그래, 착각이 아니다. 새는 분명 이 안에 있었다. 전화벨 소리를 내는 작고 오묘하고 고고한 새. 수수께끼처럼 내 둥지에 나타났던 새. 그것은 왔을 때와 마찬가지로 홀연히 사라져버렸다. 저만 아는 비밀 통로라도 있는 듯 들어온 곳을 통해 조용히 떠난 모양이었다. 여러모로 잘된 일이지만, 내심 서운한 마음이 든 것도 사실이었다. 추적추적 내리는 빗소리가 이름 모를 생물의 숨소리처럼 이어졌다. 그러나 방 안에 살아 숨 쉬는 존재라고는 다시 나 하나뿐이다.

8 차수지

 살아 있는 것의 냄새를 절실히 맡고 싶을 때가 있다. 숨을 쉬는 것, 생을 위해 분투하는 것, 어느 한 부분이라도 팔딱팔딱 뛰고 있는 것, 영혼을 지닌 것 말이다. 사무실 의자의 헤드레스트에 머리를 기대고 질끈 눈을 감고 있던 나는 책상 위에 놓인 관엽식물로 천천히 시선을 옮겼다. 회녹색 잎사귀 가장자리에 소복이 눈이 쌓인 듯한 모양새가 설악초라는 이름과 퍽 어울렸다. 달빛 아래서 유독 빛난다고 해 월광초라고도 불리는데, 난 이쪽 이름에 더 마음이 갔다. 달빛을 머금은 초록이라니.

 어릴 때 햄스터를 키우긴 했지만 동물을 좋아하는 것과 기르는 건 정오와 자정만큼이나 동떨어진 문제다. 식물도 마찬가지다. 직접 식물을 가꾸는 건 초등학생 때 숙제로 했던 콩나물 키우기 이후로 처음이었다. 화원을 운영하던 제보자에게 언젠가 월광초 화분을 선물받고 고민에 빠졌던 것도 그런 이유에서였다. 일부러 찾아다닐 만큼 자연과 녹음을 좋아했지만, 그와 별개로 살아 있는 뭔가를 스스로 키워낸다는 건 꽤 무거운 임무처럼 느껴졌던 탓이다. 말 한마디 못 하는 이 얌전한 식물의 목숨이 말도 할 줄 아는 내 손에 고스란히 달려 있으니.

그저 꼬박꼬박 물을 주고—사실 몇 번 빼먹었지만—한가할 때 볕 아래 옮겨놓은 것 정도가 다인데, 기특하게도 얼마 전 손톱만 한 흰 꽃들이 움텄다. 삭막한 사무실 안, 미로 같은 책상 소굴에서 몇 달을 함께 지낸 녀석을 끌어당겼다. 이파리 가까이 코를 갖다 대고 숨을 크게 들이마셨다. 지금처럼 머릿속에 벌 수백 마리가 날아다니는 것 같은 두통에 시달릴 때는 이만한 위안이 없었다. 별 향기는 없지만 생생한 초록이 내뿜는 싱그러움만으로 충분했다. 심박 따위 느껴지지 않아도 살아 있는 것들끼리는 감지할 수 있는 생동감이라는 게 존재하는 법이다.

"선배, 일찍 들어오셨네요. 식사하셨어요?" 막 점심을 먹고 들어온 옆자리 후배 기자 유은우가 물었다.

"응. 제보자 미팅이 빨리 끝나서."

"밖에 비 엄청 오죠. 저 바로 나가야 하는데 진짜 아무것도 하기 싫은 날씨예요."

세 살 아래인 유은우는 영리하고 일머리가 좋아 아끼는

후배다. 연차에 비해 실력이 좋다는 데에는 모두가 동의했으나, 나는 이 아이의 타고난 감각이 더 눈에 보였다. 열정도 노력도 제 나름 쏟아왔겠지만, 가끔 툭툭 튀어나오는 전혀 다른 파장의 빛깔은 결코 그런 것들로 단련될 수 있는 게 아니다. 무채색투성이의 조직에서 의식적으로든 무의식적으로든 얼마간 환멸을 느껴온 나에게는 실로 즐거운 발견이 아닐 수 없었다.

"아, 은우야. 너 우리 사무실 근처 옥수수 노점 알지? 횡단보도 앞에 있는 거." 나는 두통에 미간을 일그리다 순간 작은 기대감에 차 물었다.

"네, 알아요. 출퇴근길에 그쪽으로 걸어 다녀서 매일 보거든요."

나는 의자에 깊숙이 묻었던 등을 황급히 일으켰다. 지끈거리던 머리가 잠시 고통을 잊은 듯 명징해졌다.

"그 노점 바로 옆에 문 닫은 여행사 하나 있잖아. 간판 다 떨어지고 몇 년째 영업 안 하던 곳."

"자세히 본 적은 없는데 그게 여행사였군요? 근데 거기 뭐 문제 있어요?" 유은우는 고개를 갸웃거리며 대답했다.

"문제라기보다는, 나도 오가다 종종 봤는데 다시 영업을 하는 모양이더라고. 오늘 출근길에 혹시 못 봤어?"

"글쎄요. 별생각 없이 그냥 지나치니까…… 아침부터 비가 쏟아질 것 같아서 후다닥 오기 바빴어요. 망한 것 같던데

영업을 다시 해요?"

"아까 우연히 불 켜진 걸 봤거든. 날이 이래서 그런지 몰라도 뭔가 싸한 게 분위기가 묘하더라고. 아무래도 몇 년을 죽어 있다시피 한 사무실이니까. 생각해보면 그런 데 여행사가 있는 것도 좀 안 어울리고."

"비 오는 날 무서운 얘기 하지 마세요." 유은우는 웃으며 겁먹은 시늉을 하고는 시계를 들여다보며 말했다. "전 이만 외근 다녀올게요, 선배. 아, 복귀하는 길에 들르면 되겠어요. 보고 이따 말씀드릴게요."

난 그럴 것까지는 없어, 하며 가볍게 손 인사를 던지고 다시 스멀스멀 두부를 옥죄는 기분 나쁜 통증에 서랍에서 두통약을 꺼내 삼켰다. 어쩌면 방치된 사무실을 제대로 정리하기 위해 건물주나 공인중개사가 잠시 방문한 걸 수도 있다. 문득 급히 전화를 끊고 가버린 도준이 생각났다. 휴대폰을 확인했지만, 한참 전에 보내놓은 점심 인사 메시지는 아직도 읽지 않았다. 그답지 않았다. 오늘 내내, 그저 알 수 없는 이유로 알 수 없는 것을 고민하고 있는 듯한 도준이 염려될 따름이었다. 한숨을 내쉬고 물끄러미 책상 구석에 놓인 월광초를 바라보며 아까의 상황을 떠올렸다.

나는 왼손에 든 옥수수 봉지의 온기를 느끼며 여행사 쪽으로 반쯤 돌아섰다. 온전히 남아 있는 글자가 반밖에 안 되는 간판은 그마저도 단속적으로 끊어졌다 이어졌다 하며 지지직댔다. 그래도 불이 들어오니 전보다는 간판 구실을 하는 듯했다. 불투명한 시트지 탓에 내부는 거의 보이지 않았다. 그나마 시트지가 붙어 있지 않은 유리창에도 너덜너덜한 여행 광고가 덕지덕지했다. 잠자던 여행사는 아무것도 드러내지 않고 그저 조용히 눈만 뜨고 있는 것 같았다. 뭘 보는지는 모르겠지만.

망한 점포에 불 하나 켜진 게 대체 무슨 대수란 말인가. 당최 별일이라고는 할 수 없었다. 만약 세쌍둥이 차와 기묘한 세 남자와 이상한 제보자와 도준의 평소와 다른 태도가 아니었다면, 그가 기억은 나지 않지만 껄끄러운 꿈을 꿨다며 목소리를 떨지 않았더라면 말이다. 날씨 탓에 오늘따라 신경이 예민해졌거나 감수성이 짙어진 걸까. 그러나 죽은 줄만 알았던 사무실의 부활을 본 그때 나를 덮쳤던 건 이성을 앞서는 직감의 영역이었다. 논리적으로는 도저히 따라잡을 수 없는 감각의 추월. 그것은 오늘 내게 일어난 모든 사건의 끝에서야 확신으로 바뀐 선연한 위화감이었다.

난 옥수수 노점에 가 여행사에 관해 물어보고 싶었지만 아주머니는 그새 새 손님과 이야기하는 중이었다. 비가 자꾸만 손님을 끌어당기고 있는 걸까. 여행사가 다시 영업을 시작한 거라면 의문을 해결할 기회는 또 있을 터였다. 난 당장 답도 안 나오는 문제에 심각한 의미 부여는 하지 않기로

하고 일단 발길을 돌렸다. 어쩌면 자신도 모르는 사이 피로가 쌓여 있던 건 도준만이 아니었는지도 모르겠다.

급격히 피곤이 밀려들면서 발걸음에 맞춰 관자놀이가 저릿해지기 시작했다. 카센터에 있던 똑같은 차 석 대는 이미 어딘가로 보내졌는지 보이지 않았다. 엘리베이터 구석에서 한 손으로 이마를 누르던 난 사무실이 있는 11층에 도착했음을 알리는 전자음에 고개를 들었다. 오전에 1층에 내렸을 때는 새소리로 바뀌어 있던 안내음이 원래대로 돌아온 것이다. 1층에서만 새소리가 나게 돼 있는 건지, 민원이라도 들어와 다시 바꿔놓은 건지 의아했다.

유은우가 나가고 얼마 안 있어 사무실이 조금씩 북적였다. 오후에 처리해야 할 단신 기사들을 마무리하고 내일 할 리포트 취재까지 마치자 퇴근 시간이 다가왔다. 약기운 덕에 두통은 조금 가셨지만, 컨디션은 여전히 난조였다. 안전지대가 필요했다. 어서 집에 돌아가 도준에게 오늘 있었던 일들을 털어놓고 싶은 생각만이 간절했다.

하늘에 번쩍 섬광이 지나더니 귀를 찢는 벼락이 떨어졌다. 먹구름이 지척에 있는 모양이었다. 나는 조금씩 나를 이루는 뭔가가 어긋나고 있는 듯한 초조함을 억누르고 머리를 쓸어 넘겼다. 답이 없는 도준에게 무슨 일이 있는 것 같아 걱정된다는 메시지를 하나 더 보낸 다음, 습관적으로 다시 머리칼을 헝클어뜨리며 기상예보를 뒤적거렸다. 비, 비,

비. 아직도 비 소식이 구구하게 남아 있다. 모든 게 비 탓인 것만 같았다. 적어도 질척질척한 오늘 하루는.

메일함을 정리하고 책상 위를 치우다 주머니 속에 들어 있는 돌이 생각났다. 손 위에 차가운 새알 모양 돌을 올려놓고 가만히 들여다보았다. 그 가면 같은 텅 빈 얼굴의 남자는 내 제보자도 아니었으니 이런 불가사의한 물건 따위 더 이상 보관할 필요도 없었다. 쓰레기통에 버릴지 망설이던 참에 장식용으로 나쁘지 않을 것 같아 마침 휑했던 월광초 화분에 돌을 올려두었다. 비 오는 날 눈 쌓인 잎사귀 아래에 자리 잡은 어느 작은 새의 알. 제법 아늑한 그림이었다.

"얘기가 이렇게 길어질 줄 몰랐어요. 선배, 혹시 폐기물 처리 쪽 취재하신 적 있으세요? 뭐가 이렇게 복잡한지."

슬슬 짐을 챙겨 일어나려던 찰나, 유은우가 몸에 묻은 빗물을 털어내며 들어왔다.

"하도 안 오길래 현장에서 바로 퇴근하는 줄 알았다."

난 책상 옆에 걸어둔 우산을 집어 들고 몸을 일으켰다.

"이 와중에 저 궁금해서 아까 선배가 말한 그 여행사 쪽으로 왔잖아요. 안은 잘 안 보였는데 사람 많은 것 같던데요? 진짜 다시 영업하나 봐요. 이렇게 다 쓰러져가는 여행사를 찾는 사람도 있긴 있네요."

고개를 홱 돌려 유은우를 쳐다봤다. 죽은 줄만 알았던 초라한 사무실은 소생한 게 맞았다. 낮에 불 켜진 여행사 앞에서 느꼈던 알 수 없는 감정이 다시 상기됐다.

"그래? 이 시간에 사람이 많았단 말이야?"

"제대로 영업을 하는 건지, 아니면 공사 같은 걸 하는 건지는 모르겠지만, 안에 그림자가 왔다 갔다 하더라고요. 근데 외관 상태 봐서는 영……"

난 살짝 인상을 쓰고 사무실에 퇴근 인사를 건넨 뒤 문을 나섰다. 끈끈한 덩어리가 가득 엉겨 붙은 듯 생각의 흐름이 되직했다. 엘리베이터는 퇴근길에 오른 직장인들을 맞느라 층마다 띵동 소리를 내며 멈춰 섰다. 내가 차를 세워둔 지하 3층이 가장 마지막이었다. 심란한 마음으로 주차장을 가로지르던 그때, 휴대폰이 울렸다. 도준이었다.

"수지야, 진짜 미안해. 오늘 너무 바빠서 화장실 갈 시간도 없었어. 걱정했지? 이제 막 마치고 이동 중이야."

나는 별일 없어 다행이라고, 특별히 맛있는 거 시켜놓을 테니 너무 늦지 않게 오라고 말했다. 기다리던 목소리를 들으니 싱숭생숭했던 마음이 조금이나마 가라앉는 듯했지만, 일이 많았던 탓인지 그는 어딘지 축 처져 있었다.

"수지야." 도준이 말했다. "너 당장 며칠 연차 내는 건 좀 무리겠지?"

"웬 연차? 무슨 일 있어?" 난 막 시동을 걸려던 손을 멈추고 말했다.

"아니, 그냥. 주말까지 쭉 어디 여행이라도 가면 어떨까 싶어서."

 평소처럼 차분하고 잔잔한 말투였다. 그저 층층이 쌓인 피로감만 느껴졌을 뿐, 낮에 했던 통화와 달리 딱히 목소리가 흔들린다거나 불안한 기색도 없었다. 도준은 나와 마찬가지로 뭔가를 즉흥적으로 저지르는 성격이 아니었다. 가벼운 주말 나들이 정도라면 모를까, 이렇게 갑작스럽게 한 주나 훌쩍 떠나버리자고 말한 적은 이제껏 없었다.

 "오빠, 일이 많이 힘든 거야? 급한 일 생겼다고 둘러대면 연차야 낼 수 있기는 한데. 무슨 일이야, 갑자기 그렇게 긴 여행이라니. 오늘 평소랑 좀 달라서 걱정된단 말이야."

 "미안 미안. 문득 바람이 쐬고 싶어서 그냥 말해봤어. 자세한 건 이따 집 가서 얘기하자. 나 이제 지하철 타야 해서 이만 가볼게."

 도준은 웃으며 말하고는 전화를 끊었다. 그에게서 늘 들어왔던 지극히 평범한 웃음이었다. 난 한동안 벙찐 표정으로 차 안에 앉아 있다가 깊게 숨을 뱉고 핸들을 움직였다. 퇴근길에 음악을 즐겨 듣지만 오늘은 그럴 기분이 아니었다. 왼손으로 괜히 바잡게 입술을 뜯었다. 한창 퇴근 시간이라 도로가 꽉 막힌 데다 비까지 퍼부어 차가 아니라 잠수함을 타고 있는 듯한 기분이었다. 그야말로 빗속의 잠수함이었다. 잠수함은 비에 젖을 일이 없겠지만.

 신호를 기다리며 거푸 몸을 흔드는 와이퍼를 따라 눈동

자가 움직였다. 사방에 깔린 빗소리, 기계 팔이 내는 규칙적인 소리, 간간이 터져 나오는 경적. 주변이 빽빽하게 소리로 차오르자 오히려 뭔가를 잊어버린 것 같은 허전함이 느껴졌다. 이 소리 안에서 내가 놓친 게 있기라도 한 것처럼. 나를 둘러싼 세계가 소란할수록 반대로 내 안은 조금씩 비어가는 듯했다.

"아, 옥수수 두고 왔다."

난 입술을 뜯던 손으로 머리칼을 헤집으며 혼잣말을 했다. 기껏 산 옥수수를 냉장고에 넣어두고 까맣게 잊었다. 마음에 안 드는 하루, 온갖 게 뒤죽박죽인 날이다.

도준과 함께 지낸 지는 1년이 조금 넘었다. 결혼을 전제로 만나고 있던 우리는 서로의 직장 위치를 고려해 방 두 개짜리 오피스텔을 전세로 얻었다. 같이 살며 돈을 아끼고, 작은 아파트 하나를 마련할 정도가 되면 1~2년 안에 식을 올릴 생각이었다. 도준의 부모님은 시골에서 소박하게 농사를 지으며 살아오셨다. 그래서인지 그를 보면 산도 바다도 아닌 고요한 대지가 연상됐다. 비가 오고 눈이 와도 묵묵히 인내하며 싹을 틔워내는 사람. 내일도 모레도 변함없이 거름을 주고 울타리를 치며 어린 생명을 가꾸는 사람. 난 그가 어서 우리의 쉼터로 돌아와 함께 푸근한 식사를 하고 수다를 떨며 종일 서로를 괴롭혔던 이유 모를 근심을 내려놓길 바라고 있었다.

엘리베이터가 7층에 도착했다. 그리웠던 문 앞, 친근한 도어 록 패드에 손을 갖다 대기 직전이었다. 어딘가 창문이라도 열려 있었던 건지 일순간 느껴진 한기에 목을 움츠리고 복도를 두리번거렸다. 이래저래 신경 쓰이는 일이 많았던 탓에 몸살 기운이 있는 걸지도 몰랐다. 난 고개를 갸우뚱하며 문을 열었다. 잔뜩 꼬인 하루 끝에 드디어 집에 도착했다. 집이다, 집. 이 한 글자에 대체 얼마나 거대한 안식이 담겨 있는지.

비 때문에 창문을 열고 환기할 수가 없었다. 에어컨의 제습 버튼을 누르고 가방을 화장대 옆에 내려놓은 뒤 곧바로 옷을 벗었다. 집에 오자마자 뜨거운 물로 샤워를 하는 건 일종의 의식 같은 것이었다. 귀찮든 몸이 안 좋든 기분이 안 내키든 외출하고 돌아오자마자 김이 풀풀 나는 물을 맞으며 몸을 씻는 게 내게는 만유인력처럼 당연한 일이다. 나는 일과를 마친 하루 중 이 시간을 가장 좋아했다.

오늘 겪은 온갖 의문스러운 일들이 마치 꿈에서 겪은 것처럼 망망하고 뿌옇게만 느껴졌다. 도준과 식탁 앞에 마주 앉아 재잘대면 늘 그랬듯 어떤 무거운 고민이라도 아무것도 아닌 게 될 것만 같았다. 난 물기를 닦고 마른 잠옷을 주워 입으며 저녁으로 도준이 좋아하는 알탕을 시켜 먹어야겠다고 생각했다. 창밖은 여전히 침침했지만, 열심히 돌아가는 에어컨 덕에 거실에 감돌던 습기는 사뿐히 날아가 있었다.

뭉쳤던 긴장이 서서히 풀어지는 게 느껴졌다. 소파에 앉아 거실 한가운데의 벽걸이 뻐꾸기시계를 말끄러미 바라봤다. 도준이 본가에서 가져온 건데, 앤티크한 느낌이 마음에 들었다. 지금은 6시 57분. 들를 곳이 있다던 도준이 오려면 한 시간 정도 남았다. 아직 음식을 시키기에는 이른 감이 있어 이런저런 생각을 하고 있던 차에 정면에 놓인 서랍장에 시선이 닿았다. 정확히는 서랍장 위에 놓인 향초에.

동생이 사이판 여행을 갔다가 사 온 것이었다. 해맑게 웃는 거북이가 그려져 있어 얼굴이 중앙에 오도록 배치해두었다. 고기나 생선을 구워 먹고 난 뒤 가끔 켜는 게 전부라 딱히 건들 일도 없었는데, 늘 정면을 보고 있던 거북이 얼굴이 이제 보니 옆으로 휙 돌아가 있었다. 마지막으로 초를 켠 게 사흘 전 고등어구이를 먹은 날이었는데, 그때 분명 거북이가 앞을 바라보도록 정리해뒀다.

다시 얼굴이 정면에 오게 돌려뒀다. 그러자 이내 덜 닫힌 서랍이 눈에 들어왔다. 아마 도준이 서랍장에서 뭔가를 찾다가 초를 건드린 모양이었다. 나보다 더 깔끔한 성격인 도준이 어쩐 일이지, 하고 생각하자 절로 미소가 지어졌다. 그때였다. 난데없는 전화벨 소리가 귀청을 울렸다. 깜짝 놀라 순식간에 온몸에 소름이 번졌다. 휴대폰의 기본 설정에나 들어 있을 법한 구식 멜로디지만 틀림없는 전화벨 소리였다. 우리 집에는 전화기가 없기 때문에 처음에는 휴대폰 설정이 바뀐 건가 싶었다. 그러나 내 휴대폰은 까만 화면 그대로 소파 옆에 얌전히 놓여 있었고, 전화 같은 건 오지도 않았다.

착각할 수 없는 소리였다. 전화벨은 분명 집 안에서 울리고 있었다. 도저히 이해가 안 가는 상황에 몇 초 동안 넋을 놓고 있던 나는 벌떡 일어나 소리의 출처를 찾아 귀를 기울였다. 소리는 아주 가까이에서 들리는 동시에 집 안 전체를 쩌렁쩌렁 흔들 만큼 사방에 산재해 있었다. 방과 옷장, 세탁기까지 하나하나 열어보던 중 전화벨은 뚝 끊겼다. 혹시 전화가 한 번 더 오지 않을까 생각하며 기다렸지만, 소리는 그걸로 끝이었다. 대체 어디에서 벨이 울린 건지 의문이었다. 사방팔방 한참을 뒤적거렸지만 밝혀낸 건 아무것도 없었다.

"잘못 들은 거 아니야?" 도준이 말했다.

"최소 열 번은 울렸어. 멀리서 난 소리가 절대 아니었다니까? 진짜 이상하네. 여기 살면서 이런 적 한 번도 없었는데."

"그러게. 우린 집 전화 안 쓰니까 옆집이나 윗집일 가능성이 크긴 한데, 내가 직접 들은 게 아니라 어떻게 된 건지 잘 모르겠네."

잔업을 마치고 귀가한 도준은 여느 때와 같았다. 생뚱맞은 여행 이야기는 실없는 농담처럼 흘려 넘어갔고, 동료의 게임 얘기와 착각했다던 꿈도 이제는 전혀 신경 쓰지 않는다는 태도였다. 모쪼록 그가 평소의 모습을 되찾은 듯해 안도한 난 오늘 겪은 희한한 사건들에 대해서도 몽땅 털어놓았다.

"아무리 생각해도 이상해. 오늘 혹시 마가 꼈나? 이렇게 미스터리한 날은 처음이야."

"내가 볼 때 너도 좀 쉬어야 돼. 신경이 곤두서 있는 와중에 우연이 겹치고 겹치면서 뭔가 의미 부여를 하게 된 거지. 떨어뜨려놓고 보면 사실 있을 수 있는 일들이잖아. 전화벨은 나도 좀 이해가 안 가긴 하는데."

"진짜 그런가…… 아, 근데 오빠. 혹시 거실 서랍장에서 뭐 찾았었어?"

"아니. 거기 TV랑 리모컨 설명서 같은 거밖에 없잖아. 왜?"

"그래? 아까 보니까 서랍장이 조금 열려 있길래. 거북이도 틀어져 있고. 그래서 오빠가 뭐 꺼내면서 건드렸나 했어. 난 만진 적 없거든."

"아냐, 나도 건든 적 없어. 거기에 뭐가 있는지도 잘 몰라. 뭐지? 우리 집에 귀신 들렸나? 집이 좀 싸긴 했지?" 도준은 겁을 주는 듯한 목소리로 눈을 찌푸리며 말했다.

"내가 이상한 건지, 오빠가 이상한 건지, 둘 다 이상한 건지. 우리 오늘은 저녁 먹고 아무것도 하지 말고 진짜 한 열 시간 푹 자자. 아무래도 둘 다 휴식이 필요해. 진지하게."

"야, 난 멀쩡한데 왜 그래. 괜히 같이 끌고 들어가지 마라."

마주 앉은 식탁 앞에서 도준과 나는 그렇게 한참을 웃고 떠들었다. 간간이 터지는 폭죽 같은 천둥소리와 관중석의 박수 소리를 닮은 폭우 속에서, 애써 감추려 하지만 지친 듯한 도준과 그가 가장 좋아하는 알싸한 메뉴와 함께. 우리는 무탈한 저녁 식사를 마치고 드라마까지 챙겨 본 다음, 열 시간은커녕 자정이 가까워지고 나서야 함께 잠자리에 들었다.

커튼 틈새로 살짝 비치는 햇빛에 알람이 울리기도 전에 퍼뜩 눈이 떠졌다. 아직 덜 트인 시야에 제일 처음 들어온 건 침대맡 협탁의 자명종이었다. 약이 다 됐는지 시계는 엉뚱한 시간에 멈춰 있었다. 그것도 정확히 12시에, 혹은 0시에.

난 잠이 묻은 눈으로 가만히 누워, 신기할 만큼 나란히 겹쳐진 시침과 분침을 빤히 보고 있었다. 그 순간, 한 몸처럼 붙어 있던 시곗바늘들이 갑자기 뭔가에 쫓기기라도 하는 듯 엄청난 속도로 동그란 문자반 위를 내달리기 시작했다. 반쯤 감겨 있던 두 눈이 화들짝 놀라 커졌다. 난 침대에서 벌떡 몸을 일으켜 폭주하는 시계를 멍하니 쳐다봤다.

7, 8, 9…… 몇 초 사이에 벌써 여러 바퀴를 돈 긴바늘을 따라, 짧은바늘 역시 성실하게 몸을 움직였다. 불가사의하고 기이한 광경이었다. 아무리 고장이 났다고 해도 여태 멈춰 있던 게 이렇게 갑자기 움직일 수가 있나. 죽기 전 마지

막 발악 같은 것인가. 홀린 듯 보고 있던 시곗바늘의 질주는 시작했을 때와 마찬가지로 순식간에 멈췄다. 다시 숫자 12에. 혹시 바늘이 또 움직일까 싶어 긴장 상태로 얼마간 더 기다렸지만, 정확히 정점을 찍은 바늘들은 더는 꼼짝하지 않았다. 이번에야말로 진정 숨을 거뒀다는 듯이. 드디어 끝에 이르렀다는 듯이.

오싹한 기분이 들었다. 눈앞의 기계가 다분히 의지를 갖고 있는, 말 그대로 '생물'같이 느껴졌다. 마치 명확한 목적과 계산에 따라 스스로 제 몸을 이끈 것처럼. 아직 알람이 안 울렸으니 조금 더 잘 수 있겠지만, 감겨오는 음산함에 옆에 누워 있는 도준을 마구 흔들었다. 더 큰 공포, 완전무결하고도 진정한 공포를 마주한 건 바로 그때였다. 도준이 죽어 있었기 때문이다.

호흡에 장단을 맞추는 나직한 들썩임이 느껴지지 않았다는 것만 빼면 모든 게 보통 때와 다름없었다. 오히려 더없이 살아 있는 것처럼 생기가 느껴졌고 지금까지 한 번도 만끽하지 못한 안도를 느끼는 듯 씨익 웃고 있었다. 이 세상에서 가장 안온한 꿈이라도 꾸고 있는 듯이 말이다. 그러나 겨우 몇 시간 전까지 두 갈래였던 호흡이 이제는 한쪽만 남아 있다. 너무나 멀쩡했던 저녁을 함께 보냈음에도, 밤은 둘 중 하나를 온전히 집어삼켰다.

도준은 그렇게 죽었다. 죽어버렸다. 죽고 말았다. 한 생의 끝은 그게 다였다. 심장이 멈추는 것, 호흡이 멎는 것, 생체를 움직이던 가장 작은 기관까지 마비되는 것. 겨우 전날까지만 해도 이 세상 무엇보다 다사로운 온기를 제공하던 신체는 모든 동작을 멈추고 차갑게 얼어붙었다. 내 생과 영혼의 절반을 기꺼이 내어줄 수 있던 사람이.

숨이 가빠오고 의식이 저려왔다. 난 바들바들 떨리는 뜨거운 눈으로 방금 전 괴상한 일을 벌인 자명종 시계를 돌아봤다. 마치 전부 0으로 돌아갔음을 알리는 것처럼 그것이 지닌 모든 시간의 시작점에, 혹은 끝점에 죽은 듯이 정지해 있는 바늘을. 그것은 내가 이해하지 못하는 언어였을 뿐, 실로 뭔가의 시작과 끝을 암시하고 있는 것만 같았다.

시곗바늘을 노려보던 눈앞에 별안간 새소리를 내던 엘리베이터와 석 대의 꼭 닮은 차, 괴이한 세 소인, 그리고 눈을 뜬 여행사의 모습이 옥수수 알갱이처럼 다닥다닥 붙어 지나갔다. 그 모든 것들의 마지막에 도달하고서야 도준의 죽음이 결코 우연이 아님을, 그는 분명 무언가로부터 생을 강탈당했음을 본능적으로 알 수 있었다. 아니, 알아버렸다.

연인의 식은 몸 앞에서 내가 다짐한 건 오직 한 가지뿐이었다. 그것이 무엇이든 반드시 찾아내겠노라, 기필코 찾아내 갈기갈기 찢어 죽이겠노라. 그리고 절망의 화구가 나를 장악한 그때, 짤막한 문장이 뇌리를 스쳤다.

'뭘 모르는지도 모른다는 것.'

0시의 새

9 　　　　　　　　　진율

 먼바다의 오징어잡이 배 불빛이 지평선을 수놓고 있었다. 그 빛의 선열은 시커먼 밤하늘과 밤바다를 가르는 유일한 경계였다. 애초에 하나로 이어져 있던 암흑이 갈라져 빛구름이 새어 나오는 듯했다. 난 그 사이로 깊숙이 손을 넣어 양옆으로 어둠을 열어젖히는 상상을 했다. 단단한 껍질 속에 들어 있던 연약한 과즙이 터져 나오듯이 빛의 결정이 폭발하는 모습을.

 대학생 때 동기들과 급작스레 동해 여행을 떠났던 적이 있다. 오래된 기억이다. 기억이라고 하기에도 애매한, 그저 머릿속 앨범 어느 언저리에 꽂혀 있는 사진 한 장이랄까. 물론 당시에는 낯선 광경에 한참 넋을 놓고 있었지만, 문득문득 떠올릴 만큼 충격적인 정도는 아니었다. 미스터리한 전화벨 새가 사라지고 적막만 남은 토요일 새벽, 난데없이 과

거의 밤바다가 뇌중을 침범할 이유 같은 건 전혀 없었다는 얘기다.

새벽 3시 37분. 온 집안을 뒤적거리며 새를 찾다가 포기하고 책상 앞에 앉은 시간이다. 지난 열흘 동안 벌게진 눈을 감지도 뜨지도 못했던 내게 이 시간은 패배감만을 꾸역꾸역 채워 넣었는데, 잠을 보충한 지금은 한없이 포근하게 배열된 숫자일 뿐이다. 다시 방의 불을 모두 끄자 책상 위 LED 스탠드만 좁은 구역을 밝히고 있다. 밤바다를 가르는 오징어잡이 배 불빛과 어두운 방의 LED 스탠드라니. 의식적으로는 전혀 연결되지 못한 존재들이 무의식중에 이어지고 만 모양이었다.

의식도 무의식도 모두 내 안에 있는 영역이지만, 후자 쪽에서는 대체 어떤 종잡을 수 없는 일들이 벌어지고 있는지 평생 알지 못할 수도 있겠다는 생각에 작은 허탈감이 엄습했다. 그 둘은 영원히 맞닿을 수 없는 것인지, 혹시 둘 사이를 넘나들 수 있는 숨겨진 통로 같은 것이 있을지, 모호한 어느 경계에 다다르면 완전히 동떨어진 것 같은 두 영역에도 얄팍하게나마 접면이 존재할지 궁금했다. 난생처음 만난 이와 어디선가 인연이 닿아 있었다는 사실을 우연히 알게 되는 것처럼.

모처럼 단잠을 잔 뒤였던 데다 새벽녘의 빗소리가 좋아 잠시 멍하니 눈을 감고 있었다. 세찬 빗소리는 얼핏 순순한 파도 소리 같아 모두가 잠든 우주에서 나 홀로 유영하는 기분이었다. 되찾은—아마 되찾은 것 같은—꿈에 대해 뭐라도 유의미한 끄트머리를 건져내고 싶었지만, 여전히 미미한 단서 하나 찾지 못한 채였다. 유형무형한 공상에 잠겨 있던 난 이내 조금이나마 더 쉬워 보이는 쪽의 의문을 해결하기 위해 휴대폰을 집어 들었다.

내가 자는 내내 굶주렸을 전화벨 새와 달리 얌전히 충전기에 연결돼 있던 휴대폰은 잔뜩 배가 부른 상태였다. 자그마치 열세 시간 넘게 쌓인 몇 통의 부재중 전화 기록과 알림창을 정리하고, 걱정하던 부모님과 지인들에게 답장을 한 뒤 검색창에 '전화벨 새'를 입력했다. 화면에는 벨 소리를 새 울음소리로 설정하는 방법이나 쉴 '새' 없이 울리는 '전화벨' 해결법 따위의 도움이 되지 않는 정보만 한가득이었다. 비슷한 의미의 다른 검색어를 입력해봐도, 녹색 안대를 쓴 순백의 오뚝한 새는 어느 단락에서도 보이지 않았다.

나는 한숨을 쉬며 의자 헤드레스트에 머리를 기대고 천장을 올려다봤다. 그 위에 있을 어떤 방과 또 그 위에 있을 어떤 방과 그 모든 방들에 살고 있을 낯선 사람들의 뿌연 형상을 상상했다. 그들의 인생에도 풀리지 않는 수수께끼와 해결할 길 없는 난제들이 산적해 있을까. 가령 예고 없는 꿈의 찬탈이나 반환, 전화벨 소리를 내며 우는 새의 난입과 증발 같은.

그때였다. 괴괴한 방 안, 피막처럼 사방을 감싼 빗소리를 가르고 초인종이 울렸다. 단조로운 두 개의 음이 느리게 번갈아 가며 몇 차례 도돌이표처럼 메아리쳤다. 순식간에 평화를 깨고 나타난 소음에 아연실색해 책상 뒤쪽 벽에 붙은 인터폰으로 고개를 홱 돌렸다. 화면에 나타난 건 03:53이라는 숫자와 앞집 문의 절반이 전부였다. 벨을 누른 사람은 화각 밖으로 비켜서 있는 모양이었다.

이 시간에 초인종을 누를 법한 사람은 길을 헤매는 취객밖에 없을 테지만, 혼자 사는 여자에게 닥칠 수 있는 온갖 불행한 상황이 머릿속에서 빠르게 재생되었다. 하나같이 뉴스에 나올 법한 것들이었다. 무기가 될 만한 건 아무리 생각해도 식칼 몇 자루가 다였다. 심지어 잘못 쓰면 더 최악의 상황이 될 터였다. 잽싸게 경찰에 신고를 한다고 해도 일단 당장 비극적인 사태가 벌어진다면 내 보잘것없는 완력으로라도 막아내야 한다. 초인종은 바로 지금 이 순간, 겨우 몇 미터 너머에서 눌렸으니까.

숨죽인 몇 초가 지나자 벨은 사그라들었고 인터폰 화면도 꺼졌다. 그러나 심장은 변함없이 소란하게 고동치고 있었다. 취객은 돌아간 걸까. 여전히 긴장 상태에 놓인 몸을 일으켜 천천히 현관 쪽으로 움직였다. 수상한 기척이라도 느껴지는지 들어보기 위해 차가운 현관문에 가만히 귀를 대보았다. 묵직한 금속 문 바깥은 잠잠했다. 나는 안도하며 가슴을 쓸어내렸다. 다시 책상 쪽으로 몸을 틀고 겨우 서너 걸음 내디딘 찰나, 바로 뒤에서 문고리 돌아가는 소리와 함께 이질적인 바깥 공기가 훅 덮쳐들었다. 경직된 등줄기에 불길한 소름이 후드득 피었다. 충직한 사수들에게 일제히 떨어진 사격 명령처럼.

문이 열렸다. 누군가 문을 열었다.

'위험하다.'

인기척은 물론이거니와 도어 록을 건드리거나 비밀번호를 누르는 소리도 일절 들리지 않았다. 하지만 문이 열렸다. 내 세계와 바깥 세계를 나누고 있던 유일한 방호벽은 조금의 반항도 없이 허물어지고 말았다. 마치 처음부터 줄곧 열려 있었던 것처럼. 단 한 번도 '진짜' 잠겨 있지 않았던 것처럼. 이유는 모르겠지만 아무튼 지금 그런 일이 실제로 벌어진 것이다.

부들부들 떨리는 손을 의식하며 무기가 있는 주방 쪽을 본능적으로 흘긋 본 다음 재빨리 현관으로 돌아섰다. 문은 절반 이상 활짝 벌어져 있었다. 이내 난 천사의 신신당부에도 불구하고 뒤를 돌아봤다가 소금 기둥이 된 소돔의 어느 여자처럼, 우뚝 선 채 그대로 굳어버리고 말았다. 모두가 무방비 상태인 비 내리는 새벽, 내 집의 초인종을 누르고 마음대로 현관문을 연 건 웬 자그마한 남자, 아니, 남자들이었다. 그것도 상당히 젠틀하고 세련된 비즈니스 룩 차림의.

그들을 인식하자마자 기온이 순식간에 영하로 떨어진 듯 몸이 오싹거렸다. 나를 둘러싼 공기의 입자가 모조리 냉각되는 느낌이었다. 이제껏 내 안에 존재하는지도 몰랐던 압도적인 공포가 사지를 점령했다. 그건 그들이 한밤의 침입자라는 사실 외에도 다른 모종의 이유에서 비롯한 반사작용처럼 느껴졌다. 여느 공포 영화의 클리셰에 따르면 이럴 때 여주인공의 첫마디는 으레 비명이기 마련이지만, 나도 모르는 새 무작정 입에서 튀어나온 음형은 도저히 내 의식을 거친 것이 아니었다.

"저는." 말을 뱉은 나 자신조차 당황해 시선이 흔들렸다. "저는 아무것도 몰랐어요."

그 자모의 조합은 내 의지와는 상관없이 절로 목구멍을 빠져나와 미지의 침입자들에게 날아갔다. 난 대체 뭘 몰랐다고 말하는 걸까. 물론 이 상황에 대해 아는 거라고는 하나도 없고 온통 난해한 것들로 뒤덮여 있다는 것밖에 모르지만, 정확히 내가 뭘 모르는지 스스로도 알 수 없었다. 난 그저 빈자리에 어울리는 퍼즐 조각을 별 의식 없이 끼워 맞추듯 그 말을 그 순간 해야 할 것만 같았다. 지극히 당연하게, 필연적으로.

답변이 돌아오기까지 먹먹한 침묵이 허공을 배회했다. 그들은 좀체 서두르지 않았다. 주위를 둘러본다거나 하는 조심성도 없었다. 그저 열린 문 안으로 차례차례 느긋하게 걸음을 옮겼다. 첫번째 소인부터 세번째 소인까지, 꼭 오래전에 약속한 사람을 예정된 시각에 예정대로 찾아온 것처럼. 우리 사이에 일언반구 어떤 약속도 없었다는 점을 빼놓고 본다면 그들의 방문은 실로 당연해 보이기 그지없었다.

그들이 구둣발을 움직여 서서히 침범해 들어온 거리만큼, 나는 후들거리는 다리를 옮겨 뒷걸음쳤다. 나 혼자 수월히 장악하던 공간에 셋이나 되는 남자가 들어서자 좁다란 입구가 가득 찼다. 몸집이 좀 작긴 해도 남자는 남자고 셋은 셋이다. 세상에는 도저히 무시할 수 없는 정량적 요소라는 게 존재하는 법이다. 난 혹시 모를 상황에 대비해 언제든 주방 쪽으로 달려가 날붙이를 집어 들 수 있도록 속으로 빠르게 동선을 그렸다. 공포에 이성이 마비되지 않게 모든 의식을 집중하며.

띡—디딕. 문이 열릴 때는 잠자코 직무를 유기하던 도어록이 닫히는 순간에야 정신을 차리고 수십 수백 번 반복해온 소리를 냈다. 짤막하게 도막 난 시간의 조각들이 내 옆을 촘촘하게 스쳐 가고 있었다. 난 그 조각 하나하나의 흐름을 여실히 느낄 수 있었고, 당장 다음 조각이 지날 때 대체 무슨 일이 벌어질지 짐작조차 하기 힘들었다. 내 공간에, 내 아늑한 동굴에 웬 낯선 생물들이 잔뜩 몰려왔다. 그것들이 뭘 먹는 무슨 종이든, 고기를 먹든 풀을 먹든 생선을 먹든 그 모두를 죄다 먹든, 난 내 세계에 그 온갖 것들의 난입을 결코 허락한 적이 없었다.

이윽고 현관 센서 등이 꺼지자 책상 위 스탠드 조명만 남아 이목구비만 분간될 만큼 조도가 낮아졌다. 그제야 난 처음 그들을 봤을 때 나를 집어삼킨 서늘한 냉기의 정체를 알 수 있었다. 어둠 속에서 내가 마주한 건 시리도록 검푸른 세 쌍의 눈이었다. 그건 위험한 심해 생물의 발광처럼 빛이 있을 때는 드러나지 않던 것이었다. 온몸으로 쏟아지는 그 기분 나쁜 오싹함만으로도 그들이 나와는 전혀 다른, 아니, 나뿐만 아니라 이 세계의 어떤 생명체와도 확연히 다른 '뭔가'라는 걸 알아차렸다.

소름 끼치는 암청색 눈들에 내가 비쳐 있다는 사실만으로도 참을 수 없는 음산함이 들썽거렸다. 이내 난 조심스레 그들을 살피기 시작했다. 그들은 하나같이 검은 양복을 쫙 빼입고 서류 가방을 들고 있었다. 나이는 사십대 초반 정도에, 키도 고만고만해 서로 기껏해야 3센티미터 차이였다. 마치 바닐라아이스크림 위에 올라간 고추장이나 청국장에 섞인 트러플 향처럼 불편하게 도드라지는 요소가 제멋대로 섞인 얼굴들이었지만, 세쌍둥이처럼 어딘지 기묘한 일체감이 존재했다.

"적잖이 당황하셨을 줄로 압니다."

갑자기 맨 앞에 서 있던 남자가 말했다. 거스를 수 없는 무게감이 담긴 음성이었다. 사람에게서 이 정도의 저음을 들어본 적이 있던가. 그러나 날 진정 놀라게 한 건 그 안에 든 믿을 수 없는 양면성이었다. 상당히 매너 있고 점잖은 그의 말투 속 대체 어느 부분에서 치 떨리는 비열함이 풍기는 건지 도저히 알 수 없었다. 그 점을 간파한 주체가 어쩌면 내 무의식이었기 때문일지도 모른다.

그들과는 고작 몇 걸음 떨어진 상태였다. 내가 지닌 모든 근육이 불씨를 애원하는 장작처럼 바싹바싹 말라붙었다. 뭐라도 묻거나 소리치고 싶었지만, 아까와 달리 목구멍에는 질퍽거리는 덩어리 같은 게 걸려 소리가 막힌 것만 같았다. 아무 말도 할 수 없었고, 어떤 음도 만들어낼 수 없었다. 난 그저 어안이 벙벙한 표정으로 입을 끔뻑거리며 작은 인간에게 낮은 시선을 고정하고 있을 뿐이었다.

"이런 실례를 범할 줄은 저희도 몰랐습니다만, 사안이 사안인지라 정중히 양해를 청하는 바입니다."

방금 말을 꺼낸 남자가 앞서 한 말에 덧붙여 말했다. 말 그대로 지층을 뚫고 내려가는 듯한 끝없는 저음이었다. 적어도 표면적으로 그렇다는 말이지만, 그들에게서 파괴적인 의도 같은 건 느껴지지 않았다. 그러니까 야심한 시각 혼자 사는 젊은 여자 집 문을 멋대로 열고 들어온 장성한 남자들치고는. 그러나 어금니 사이에 낀 칫솔모 한 가닥처럼 불편하고 거슬리는 요인이 내 안에서 줄기차게 휘돌고 있었다.

그건 예측 불가능한 침입자를 향한 적대감과는 달랐다.

그 감정은 강렬하게 꿈틀대는 게 아니라 뭐로 자랄지 모르는 낯선 씨앗처럼 고밀도로 응축되어 있는 듯했다. 순간 아주 오래전, 마찬가지로 내 공간을 침범했던 '뭔가'가 떠올랐다. 내 꿈을 말살했던 미지의 존재에게 느낀 맹렬한 감정 말이다. 어쩐지 그때 그 감정의 뿌리에 지금 내가 감지하는 '낯선 씨앗'이 자리한 것 같다는 음습한 기시감이 들었다.

왼쪽 주방에는 칼이 있고, 오른쪽 책상 위에는 휴대폰이 있다. 정신을 바짝 차리고 어떤 일이 발생해도 대처해내야 한다. 이게 무슨 말도 안 되는 상황인지, 한동안 잠을 못 자 머리가 어떻게 돼버린 나머지 현실과 비현실을 혼동하고 있는 건 아닌지 바득바득 정신을 가다듬기도 버거웠다. 무엇보다 여전히 어떤 말도 뱉을 수가 없어, 내가 충격으로 언어를 상실한 건 아닐까 생각했다.

"아, 송구합니다. 습관처럼 그만."

방금 말을 한 남자가 또 나직하게 한마디를 더했다. 그가 이 세 소인 중 지위랄 게 가장 높거나 의사소통을 담당하고 있는 건지. 그가 말을 마치자마자 성대를 가로막고 있던 뻑뻑한 마개가 탁— 하고 벗겨진 듯한 기분이 들었다. 난 이제 말을 할 수 있다, 목소리를 잃은 게 아니다, 하는 감각을 분명하게 실감했다.

"바라는 게 뭐죠?" 작은 기침을 뱉고 목청을 고른 뒤 말했다. 불규칙적으로 가늘게 떨리는 소리의 파형을 의식하며. 내 집에 속한 내 신체와 내 목에서 나는 소리조차 내 것이 아닌 듯했다. "뭐죠, 당신들은?"

존칭이야 그렇다 쳐도 난 '누구'가 아니라 '무엇'이라는 표현을 택한 게 매우 적절한 선택이라고 생각했다. 하지만 누구든 뭐든, 누구가 뭐든, 뭐가 누구든 알 게 뭔가. 태도가 어떻고 방식이 어쨌든 간에 그들이 내 둥지를 잡아 뜯고 나만의 보금자리에 막무가내로 자리하고 있다는 사실에는 변함이 없었다. 남의 둥지에 뻔뻔하게 알을 깐 파렴치한 뻐꾸기처럼.

"찾고 있는 게 있습니다." 역시 같은 난쟁이가 말했다. 위험하게 형형하는 암청색 눈빛과 해저에서 울리는 듯한 깊은 목소리를 가진 남자가. "저희에겐 중요한 물건입니다. 그게 이 집에 있는 듯한데, 허락해주신다면 그것만 찾아 곧바로 떠나겠습니다. 해를 가할 생각은 없습니다."

나는 순간 세상에 이보다 더 적나라한 거짓말은 없을 거라고 확신했다. 내 허락 따위 아무래도 상관없어 보이는 건 둘째 치고, 해를 가할 생각이 없다? 그건 마음만 먹으면 어떤 해도 가할 수 있다는 말과 같은 게 아닌가. 심지어 그들은 이미 내 집 한복판에 서 있고 무려 셋이다. 작은 남자가 작은 성대를 거쳐 내뱉은 말에는 결코 작지 않은 압력이 내포되어 있었다. 내내 창밖에서 쳐대고 있는 우레와도 맞먹을.

어쩌면 세 남자가 하나씩 든 서류 가방 속에 무시무시한

흉기가 있을지도 모를 일이다. 그러나 보다 당황스러운 쪽은 눈앞이 아니라 내 안에서 벌어지고 있는 현상이었다. 그가 대체 한낱 주니어 천문 연구원의 집에서 찾고자 하는 게 뭔지는 몰라도 순순히 그것을 내어주고 싶지는 않다는, 내줘서는 안 된다는 근원 모를 반의가 차올랐던 것이다.

"전 평범한 직장인이에요. 뭔가 착각하신 것 같은데, 뭔지는 몰라도 여기에 그런 물건은 없어요." 목소리를 떨지 않기 위해 잠시 숨을 고르고 최대한 차분하게 음정을 정돈했다. "혹시 몰라서 아까 초인종이 울리자마자 신고했으니까 곧 경찰이 올 거예요. 지금 조용히 나가주신다면 그냥 취객이었다고 무마할게요."

거짓말이었다. 정확히는 신고한 적도 없고, 신고했다고 해도 무마할 생각이 없었으니 거짓말에 거짓말이었다.

"그렇다면 더더욱 서둘러야겠군요. 저희 쪽에서도 일이 빨리 끝나길 원하니까요."

동굴 목소리의 남자가 여유롭게 웃으며 말했다. 진중하고 균형 잡힌 음조였다. 거기에는 그래, 믿는 셈 치지, 하는 듯한 불쾌한 포용감이 서려 있었다. 훤히 들여다보이는 다섯 살짜리 어린애의 변명을 간파하기라도 한 것처럼. 나는 무기를 대용할 날카로운 물건이 있는 주방 쪽에 시선을 던지지 않으려 의식적으로 애쓰고 있을 뿐이었다.

'주방.'

이내 주방 행주걸이에 앉아 있던 날개 달린 작은 동물이 떠올랐다. 몇 시간 전까지 이 안에 분명 존재했던 백색의 새. 그리고 이 불온한 남자들이 찾고 있는 게 바로 그 동물과 관련된 것 같다는 어렴풋한 예감이 들었다. 내 무미건조한 인생에 이토록 극적인 이벤트가 겹겹이 닥치는 일은 많지 않았기에 그 연상에 딱히 엄청난 공을 들일 필요는 없었다.

"그럼 그게 뭔지 말해주세요. 저도 찾는 걸 도울게요. 경찰한테는 한마디도 안 할 테니까 대신 찾는 물건이 없으면 조용히 나가주세요." 난 말했다. 내 안에 이 정도의 강단이 존재했는지 매 음절 탄복하면서.

"아, 그건 분명히, 여기에 있습니다." 동굴 남자가 강조라도 하는 것처럼 중간에 짤막한 쉼표까지 찍으며, 눈앞에 뭉툭한 검지 손가락을 들어 올리고서 말했다. 그러나 이번에는 앞선 일련의 문장들과는 달리 직접적인 한기와 단호함이 섞여 있었다. 그는 천천히 말을 끝내자마자 미소를 지어 보이더니 한마디를 더했다. "아마 알고 계실 테지만."

"네?"

나는 짧은 의문사를 던졌다. 거기에 어떤 의미나 의도를 담을 새는 없었다. 그저 본능적인 거부감이 섞였을 따름이다. 그가 우리 집에 찾아왔던 하얗고 섬약한 새에 대해, 아니, 그 새에 대해 어떤 것도 말하지 않은 나에 대해 알고 있는 건지, 새고 뭐고 보다 근본적인 부분을 남김없이 꿰뚫어

보고 있는 건지 혼란스러웠다. 다른 두 소인은 그저 가만히 이 모든 상황을 관망하고 있었다. 갑자기 동굴 남자가 한 걸음 느리게 안쪽으로 들어왔다. 그는 당황한 내 얼굴을 말없이 올려보다 곧 고개를 한쪽으로 살짝 꺾었다.

"흥미롭네요."

남자의 작은 눈썹이 팔자로 휘더니 입꼬리에 가느다란 기울기가 새겨졌다. 대체 뭐가 흥미롭다는 말인가. 그에겐 어떨지 모르겠지만 내게 이 상황은 조금도, 단 한 부분도 흥미롭지 않았다.

"모쪼록 저희는 선택의 여지가 없습니다. 당신도 그렇지 않나요?"

내내 신사적인 분위기를 위장하던 남자에게서 다른 여지라고는 없는 비열한 면모가 툭 불거졌다. 난 그 검푸른 눈빛에 스친 나지막한—단순히 키 높이가 낮은 것과는 별개로—모멸감을 인식했다. 그건 낮잡아 본다거나 무시하는 느낌과는 달랐다. 그래, 그는 나를 혐오하고 있다. 분명했다. 그것도 온 마음을 다해, 골수 깊은 곳까지. 찰나에 불과했으나 나는 왠지 그걸 감지할 수 있었다. 섬뜩함에 폐부가 날카롭게 얼어붙는 것 같았다. 그 까닭을 알고 싶었지만, 그보다 이 사태를 파악하는 게 우선이었다.

"그러니까 그 물건이라는 게 뭔데요? 그렇게 중요한 물건이 대체 왜, 어떻게 여기에 있다는 거죠?"

난 물었다. 이마에는 식은땀이 맺혀 있었다. 난 땀을 잘 흘리지 않는다.

"글쎄요, 정확히 말하자면 중요한 건 물건이 아니라 그에 담긴 것입니다. 상징이랄까요. 알맞은 존재만이 그 상징을 다룰 수 있죠. 우주가 뒤틀리지 않도록 질서 정연하게 말입니다." 동굴 남자가 말했다. 이 정도쯤은 허용하겠다는 듯한 표정으로. "그게 여기에 있는 건 확실했지만, '왜'에 대한 답은 저도 조금 전에야 찾았죠. 꽤 흥미롭더군요."

상징이니 질서니 우주니 하는 공상적인 그의 말에, 오히려 답을 듣기 전이 덜 휘황하겠다는 생각이 들었다. 난 그와 그를 닮은 두 명의 소인이 정신 나간 어느 광신도 집단의 일원일 가능성을 따져보면서도, 이렇게 노릴 재산 하나 없는 범인의 집에 불쑥 쳐들어와 넋 빠진 소리를 늘어놓는 게 대체 무슨 의미가 있을지 이해가 가지 않았다. 무엇보다 목소리, 심해를 닮은 그의 목소리가 끊임없이 내 귓가를 파슬파슬 훑었다. 어쩌면 그의 목소리는 내 청각 세포를 가장 잘 자극하는 주파수를 지닌 걸지도.

"일단 알겠습니다. 제대로 설명할 생각도 없으신 것 같은데 그럼 그 물건이라는 것만 어서 찾고 나가주세요. 되도록 빨리요."

해를 가할 생각은 없다던 그의 말대로 그들이 물리력을 행사할 것 같지는 않다는 판단이 들자 자포자기한 심정으로 내 터전을 내주기로 했다. 내줄 수밖에 없었다는 표현이 더 적절할 테지만. 그러나 제발 그들이 원하는 게 나타나지 않기를, 작고 여린 흰 새가 무엇을 남겼든 그들에게 발각되지 않고 무탈하게 존재하기를 이유도 모른 채 간절히 바라고 있었다. 그건 결코 그가 나를 향해 무의식중에 드러낸 날선 혐오감 때문만은 아니었다.

내 말이 미처 끝나기도 전에 암팡진 움직임들이 시작됐다. 나를 마주하고 있는 동굴 남자를 제외한 두 명의 남자가 일사불란하게 곳곳에 침투했다. 의자와 테이블을 끌어다 올라서고 책상 위에 발자국을 남겼다. 앞서 내가 작은 새를 찾기 위해 뒤적거렸던 곳들을 샅샅이 살피는 건 물론이고, 하수구 거름망과 에어컨 필터 속도 살피며 대체 왜 이렇게까지 하나 싶을 정도로 그악스럽게 뒤적거렸다.

저 미심쩍은 서류 가방 안에 어떤 위험한 물건이 들었을지 모른다. 저들은 누가 봐도 육체파는 아니니 분명 믿는 구석이 있으리라. 태도부터 그러했다. 그렇게 나는 작달막한 사내들이 내 둥지를 초토화하는 걸 무력하게 방관하고 있을 수밖에 없었다. 새가 조용히 이곳을 빠져나가 무척 다행이라고 생각하며 그들이 어떤 작은 편린 하나 발견하지 못하기를 속으로 수없이 되뇌었다.

그저 내게 왜 이런 일이 벌어진 건지 궁금했다. 평화롭게 잠에 빠져 있던 몇 시간 전으로 돌아가고 싶었다. 이게 혹시 내 잠과 꿈의 일부인 건 아닐까. 그렇다면 악몽이다. 지독한 악몽 그 자체다. 아무리 도둑맞은 꿈을 돌려받고 싶었어도 이 정도의 악몽을 바란 건 아니었는데.

겨우 몇 분이 흘렀을 뿐이다. 구석의 가장 작은 남자가 갑자기 오른손을 번쩍 들었다. 나무 반상을 밟고 올라가 주방 행주걸이 근처를 헤집던 자다. 모두 일제히 동작을 멈추고 같은 곳을 바라봤다. 아까 새를 찾느라 훑어보긴 했었지만 내가 뭔가를 놓쳤던 걸까. 저곳에 있을 만한 '중요한 상징이 담긴 물건'이란 게 대체 뭔가. 심장은 내 귀까지 소리가 닿을 정도로 약동하고 있었다. 가만히 내 앞에 서 있던 동굴 남자의 입가에 가는 미소가 걸렸다. 그는 봐라, 역시 이곳에 있지 않은가, 하는 등등한 시선을 내게 잠깐 던진 뒤 손을 든 남자가 서 있는 반상 위로 올라섰다. 마치 시간이 무한히 주어지기라도 한 듯 여유롭게.

나 역시 그들이 가만히 들여다보고 있는 행주걸이 쪽에 시선을 고정했다. 스탠드형 철제 행주걸이 양쪽에는 흰 행주 두 장이 가지런히 걸려 있었고, 그 아래 그림자 속에 얼핏 케첩 뚜껑만 한 물체가 스쳤다. 나는 거기로 한 발짝 다가갔다. 살짝 눈을 찌푸리며, 이 아득한 시간에 내 집이 키 작은 괴한들로부터 난도질당해야만 했던 이유가 대체 무엇인지 알아내려 애썼다. 이어 아주 작고 반질거리고 매끈한 형체가 눈에 들어왔다.

'안 돼.'

뭔지는 몰라도 흐릿한 실루엣을 분간한 순간, 저 작은 남자가 결국 찾아냈구나, 찾아내고야 말았구나, 하는 생각과 함께 짧은 단말마가 겨울 들녘 한기처럼 쌩하니 가슴 언저리를 지나갔다. 조그마한 인간들에게 둘러싸인 '중요한 상징이 담긴 물건'이라는 건 의외로 익숙한 모양새였다. 구슬. 아니, 알, 새알. 아니, 돌멩이인가. 내 위치와 각도에서는 정확히 파악하기 어려웠지만, 새가 남긴 물건이라면 정황상 알 쪽에 더 근접할 것이다.

그때 나는 이게 결코 끝이 아니라고, 오히려 본격적인 시작일 거라고 생각했다. 그건 어디까지나 내 다듬어지지 않은 예감이었다. 그 역시 언제라도 매몰차게 날 배신할 수 있을 것 같지만, 난 이제 나에게서 느껴지는 이런 감촉밖에 의지할 곳이 없다.

10 차수지

 TV에는 요정굴뚝새라는, 이름부터 앙증맞은 새에 대한 다큐멘터리가 나오고 있었다. 누가 붙인 건지는 몰라도 날개 달린 동글동글한 솜뭉치에게 이보다 더 어울리는 이름은 없을 거라고 생각했다. 먹이사슬 맨 밑바닥 어딘가의 가장 손쉬운 먹잇감 중 하나일 것만 같은 이 여린 생명체에 실은 종족 보존을 위한 천재적인 해법이 숨어 있었다는 사실을 알기 전까지는 말이다.

 진화란 얼마나 위대한 우주의 흐름인가. 남의 둥지에 버젓이 알을 낳고 새끼를 던져놓는 뻐꾸기에 대항하기 위해—물론 뻐꾸기도 생존을 위해 해법을 찾은 걸 테지만—이 솜뭉치는 진화했다. 요정굴뚝새는 독수리처럼 강인한 날개와 발톱도, 까마귀처럼 영특한 두뇌도 갖지 못했다. 그리하여 이 여리고 장악하기 쉬운 개체는 그 너머의 뭔가를 택했다. 종으로서 이루는 다음 국면을 향한 완전한 전환, 진화 말이다.

요정굴뚝새는 알을 품으며 특정한 파장의 울음소리를 낸다. 새끼는 눈 뜨기 전부터 줄기차게 들어온 어미의 목소리, 그에 담긴 파장, 또 그 파장에 담긴 아주 미세한 음형까지 익힌다. 한 줌도 안 되는 동그란 알 속에서. 그리고 마침내 제 세계를 깨고 태어난 순간부터 귀에 익고 익었던 어미의 소리를 흉내 내 목청껏 울부짖는다. 내가 바로 당신에게서 난 가장 적합하고 정통한 존재라고 외치듯이. 일종의 암호인 셈이다. 도태를 거부한 조직의 작은 첩보원들이 주고받는 아주 비밀스럽고 정교한 암호.

어미 요정굴뚝새는 자신이 부여한 코드대로 울지 않는 어린 생명체에게는 단 한 마리의 벌레도 물어다 주지 않는다. 같은 파장의 소리를 내지 못하면 제 세상에서 운다 해도 제 자식이 아닌 것이다. 칼날 같은 날개도, 송곳 같은 예지도 갖지 못한 연약한 동물조차 그렇게 변모하고 변화해 생을 잇고 또 이어 간다. 약육강식 법칙의 허를 찌르는, 이 얼마나 탁월하고 비범한 유전자의 혁명인지.

"이렇게 되면 언젠가 뻐꾸기도 진화해서 방법을 찾아내지 않을까. 뻐꾸기의 세계에서는 뻐꾸기처럼 사는 게 당연한 거잖아." 도준은 말했다. "자연에 선악이라는 건 없으니까."

청장년급사증후군. 병력이 없는 사십대 이하 청년이 갑

작스러운 죽음을 맞는 걸 말한다. 도준에게 붙은 꼬리표이다. 의아하게 종결된 생에 썩 걸맞은 명칭이 아닌가. 노년의 급사는 이상할 게 없다, 그러나 그 하위에 속하는 모든 급사에는 '증후군'이라는 그럴듯한 수식을 붙여주자는 식의.

범죄 혐의점이 없다는 이유로 수사는 기계적인 절차만 거친 뒤 마무리됐다. 어딘지 석연치 않다는 것만으로는 진척이 이뤄질 리 만무했다. 그의 죽음은 그저 원인 불명의 불행으로 취급될 뿐이었다. 그것도 상당히 비극적인 젊은 날의 불행으로. 몸서리나게 공허했다. 발인을 끝내고 형식적인 수순을 모두 마친 뒤, 난 우리가 함께 살던 공간, 그 잔인하기 짝이 없는 터전에 돌아와 거실 한가운데에 우두커니 못 박힌 채 서 있었다.

우리의 공간은 그대로. 그 공간의 냄새도 촉감도 흔적도 그대로. 하다못해 윗집 남자아이의 발길질 소리도, 옆집 남자의 주사도, 앞집 여자의 인공지능 스피커 목소리도 그대로. 그러나 그는 없다. 이 세계를 아무리 헤집고 뒤져도 그의 따스한 일부라도 갖고 있는 존재는 없단 말이다. 앞으로 영원히.

온 우주에 홀로 덩그러니 남겨진 기분이었다. 나는 가슴속에 거대한 주먹이라도 걸린 듯 꺽꺽거리며 연거푸 거친 숨을 토해낸 뒤, 안구 가득 차오른 눈물을 애써 눌러 삼켰다. 보는 이도 듣는 이도 없지만, 처량하게 울고 앉아 있을 때가 아니라는 모종의 책임감을 느꼈다. 청장년급사증후군? 말 같지도 않은 소리다. 도준은 병력이나 유전적 결함 하나 없는, 상당히 이상적인 신체 컨디션을 갖춘 삼십대 청년이었다. 그러나 내가 그의 죽음을 받아들일 수 없는 이유는 그뿐만이 아니다.

난 그날을 똑똑히 기억하고 있다. 기이한 것으로 점철되었던 그날의 모든 장면과 평소와는 달랐던 그의 모습까지. 무엇보다 내게 보란 듯이 두 개의 바늘로 뭔가의 시작과 끝, 혹은 끝과 시작을 알린 고장 난 시계를 말이다. 그 모든 징조나 경고, 혹은 표지 들 틈에서 내가 놓친 게 대체 무엇이었을지 짐작도 가지 않았다. 투명한 바다에 떨어진 붉은 잉크 한 방울을 잡으려는 것처럼 팔다리를 무효하게 허우적대는 기분이었다. 난 여전히 내가 뭘 모르고 있는지조차 알지 못하는 것이다.

그 어느 때보다도 차갑게 벼려진 내 안의 감각을 인지했다. 분명한 목적의식이랄까. 그건 일종의 숨바꼭질, 내지는 보물찾기 같은 것이었다. '나 여기에 있어' 하는 발자취를 선명히 남기고, 최선을 다해 숨거나 기척을 감추지도 않는 오만한 존재. 내가 쫓는 건 바로 그것이었다.

넋 나간 사람처럼 거실 소파에 앉아 있던 내 눈에 들어온 건 천진하게 웃고 있는 거북이 한 마리였다. 일전에 흐트러져 있던 서랍장 위 거북이 얼굴의 향초다. 얼굴 반만 한 눈으로 웃고 있는 거북이를 한동안 물끄러미 들여다보다 정신을 차렸다. 나와 그의 집에서, 우리의 손에서 벗어나 있던 유일한 영역은 바로 누구도 건드린 적 없지만 살포시 흐트러져 있던 저 거북이였다.

나는 초점 없는 눈으로 한참이나 거북이의 해맑은 얼굴을 바라보았다. 꼭 그것이 먼저 내게 입을 열기를 기다린다는 듯이. 그러다 그날 향초 옆에 부자연스럽게 튀어나와 있던 서랍장으로 시선이 이어졌다. 도준은 건드린 적 없다고 했으니 이 집의 누구도 만진 적 없는 셈이었다. 나는 여우구슬에 혼을 뺏긴 나그네처럼 몸을 일으켜 천천히 서랍장 쪽에 다가갔다. 어쩐지 알 수 없는 이 모든 상황에 대한 해답이 그 안에 들어 있을 것만 같았다.

긴장감을 삼키며 서랍장을 열었다. TV와 리모컨 설명서, 회사 로고가 박힌 연도가 다른 다이어리들, 자질구레한 유선 이어폰 꾸러미와 건전지 더미를 헤집고 난 뒤에야 이 안에 어떤 유의미한 요소도 들어 있지 않다는 걸 깨달았다. 난 적막한 거실 귀퉁이에 덩그러니 앉아 무릎을 세우고 얼굴을 파묻었다. 도준이 당장 아무렇지 않게 돌아와 파들거리는 어깨를 감싸안고 위로해주기를 아주 절실히 바랐다.

그때 문득 신경에 거슬리는 요인 하나가 생각의 틈바구니를 빠끔 비집고 나왔다. 다이어리다. 매년 커버 색깔만 달리해 나오는 우리 회사 것들을 제외하고, 도준의 은행 다이어리들 중에서 어딘가 다른 게 있었던 것 같다. 형제들 중 유독 부모를 닮지 않은 자식처럼. 난 퍼뜩 고개를 들었다. 허겁지겁 서랍장 속에 다시 손을 뻗어 다이어리 무더기를 통째로 끄집어냈다. 그중에는 다른 다이어리들과 크기는 비슷하지만 두께는 좀더 얇은, 확연히 사용감 있는 한 녀석이 숨어 있었다.

일기? 도준이 일기를 썼던가? 천 재질의 주황색 커버 중앙에는 작은 단풍잎 하나가 갈색 자수로 새겨져 있었다. 이내 그 낙엽 아래에 뭔가가, 그의 죽음과 그로 인한 나의 상실에 관한 뭔가가 감춰져 있을 것 같다는 강한 예감이 밀려왔다. 다이어리의 중앙을 펼쳐 가르자 빳빳한 새 지면이 나왔다. 앞을 후루룩 넘겨보니 처음 열몇 장 정도만 채워져 있었다. 오래전에 쓴 것 같긴 해도 오래 써온 건 아니었다. 필체는 지금보다는 앳된 티가 났지만 그의 것이 분명했다.

안에는 단어 단위의 짤막한 메모와 알 수 없는 도형들이 그려져 있었다. 날짜나 제대로 된 문장은 없었다. 일기라기보다는 통화 중 메모가 필요할 때 손에 잡힌 아무 종이에나 끄적인 듯한 느낌이었지만, 그보다는 정돈되고 계획적인 분위기가 담겨 있었다. 되는대로 휘갈긴 게 아니다, 필요와 쓸모에 의해 기록한 것이다, 하는.

그러나 그가 남겨놓은 그 기록이란 게 대체 뭔지 해석할 수 없었다. 크고 작은 곡선과 원, 입체가 제멋대로 뒤섞인 알 수 없는 형상들이었다. 디테일만 조금씩 다른, 대체로 비슷한 그런 식의 그림들이 '소리' '비?' '하얀빛' 같은 말들과 함께 종이 곳곳에 걸려 있었다.

어린 시절의 낙서일까. 꾸준히 기록한 흔적은 없는 걸로 보아 도준은 그날, 그러니까 갑작스레 죽기 전날 혹은 그 언저리에 특정한 취지를 갖고 서랍장을 열었다. 아마 이 물건 때문이었으리라. 어딘가 다른 곳에 보관하고 있던 다이어리를 이곳에 옮겨 넣기 위함이었는지, 아니면 한참 전부터 여기에 감춰둔 다이어리를 문득 꺼내보기 위함이었는지는 미지수다. 중요한 건 그가 거짓말까지 해가며 내게 그 사실을 숨겼다는 것, 그리고 사신은 바로 그 지점을 유유히 지나갔다는 은근한 확신이었다.

난 서랍장 앞에 앉아 현재로서는 유일한 눈앞의 단서—라고 믿고 싶은—를 한참 들여다봤지만, 안에 담긴 의미는 도저히 가늠되지 않았다. 그때 거실에 걸려 있던 벽걸이 괘종시계가 작은 종을 일곱 번 울렸다. 아침 7시였다.

연신 뻐꾹거리던 나무 새가 모습을 감추고 나서야 흐릿했던 정신을 부여잡을 수 있었다. 문자반의 숫자들 사이, 뻐꾸기가 들어간 작은 나무 문 너머를 멀거니 쳐다보다 문득 사무실 책상 위에 올려둔 자그마한 새알 모양의 돌이 떠올랐다. 뻐꾸기가 사라졌다, 뻐꾸기는 남의 둥지에 알을 던져놓는 새, 누군가 내게 던져놓은 알, 새알 모양의 돌, 하는 식의 연상이었다.

　다이어리 해석은 일단 보류. 당장 알아낼 방도는 없어 보인다. 일단 지금 내가 할 수 있는 일부터 하나하나 좇아야 한다. 그러다 보면 길을 잃거나 나자빠지거나, 운이 좋다면 어딘가에 도달할 것이다. 어딘가 유의미한 지점에.

　창밖은 물을 잔뜩 머금은 검은 스펀지처럼 탁했다. 먹구름마다 비를 뿌릴 만반의 준비를 갖춘 것 같았다. 일요일 아침이었지만 나는 부스스한 몰골로 홀린 듯이 얇은 재킷과 청바지를 챙겨 입고 일어났다. 이제 내 머릿속에는 굴러들어온 자그마한 돌을 찾아야 한다는 생각뿐이었다. 사무실 책상 위, 아끼는 식물 아래에 얌전히 놓여 있을 돌. 비바람은 피할 수 있지만 태양 빛 역시 온전히 드리워지지 않는 곳에 자리 잡은 서늘한 돌을 말이다.

　지하에 차를 세우고 서둘러 사무실로 올라갔다. 먹구름에 둘러싸인 탓에 실내는 어둑했지만 어쩐지 불을 켜고 싶지 않았다. 당직자가 출근하기에도 한참 이른 시간이다. 휴일의 일터는 생명력을 잃은 거대한 화석처럼 보였다. 꼼짝없이 제자리에 무의미하게 늘어선 차디찬 사무용품들. 마치 식어버린 고대 생물들의 전시장 같았다.

　'살아 있는 뉴스'를 만든다는 곳은 알고 보면 이토록 경직되고, 뻔하고, 실로 죽어 있다. 어쩌면 그 안의 사람들도 별

반 다르지 않을지 모른다. 자신들이 언제 죽어버렸는지조차 알아채지 못한 채 꾸역꾸역 생을 흉내 내고 있을 뿐일지도. 그럼에도 꽤 근사해 보일 거라고 자위할 뿐일지도. 보이고 싶은 모습과 미처 보여지지 않은 모습 간의 거리는 생과 사만큼이나 동떨어져 있곤 하다.

목이 탔다. 입구에 놓인 정수기에서 냉수 한 컵을 따라 벌컥벌컥 들이마신 뒤 칸막이 중간에 자리 잡은 내 책상 쪽으로 눈을 돌렸다. 하루 중 깨어 있는 시간 대부분을 보내는 익숙한 장소였지만, 오늘은 어딘지 기류가 다른 것만 같다. 여러 겹의 투명한 안개가 내려앉은 듯한 아쓱한 감촉이 느껴졌다. 몇 년을 몸담은 사무실인데도 처음 면접을 보러 온 날처럼 생소한 분위기를 풍기고 있었다. 난 꼭 '출입 금지' 표시를 읽을 줄 몰라 엉뚱한 곳에 잘못 들어서고 만 여행객이 된 듯했다.

숨을 고르고 있던 사이, 난데없는 전화벨이 고막을 뒤흔들었다. 예상치 못한 때에 터진 높은 데시벨에 순간 몸이 움찔했다. 절로 미간이 구겨질 만큼 하이 톤이었다. 방송국이니 새벽이든 한밤중이든 주말이든 가리지 않고 제보 전화는 울리기 마련이지만, 당직자는 출근 전이고 난 당직자로 온 것도 아니다. 게다가 이 순간 창문 너머로 하늘을 나는 고릴라가 출현했대도 지금 나에게 중요한 건 따로 있었다. 이 지극히 개인적이고도 말도 안 되는 취재야말로 오직 나만이 종결시킬 수 있고 종결시켜야만 하는 유일무이한 사명이었다.

난 소리를 무시하고 그대로 걸음을 옮겼다. 요란하게도 울린다, 중얼거리던 찰나, 바닥에 닿으려던 오른발이 허공에서 주춤했다. 그러고 보니 이건 우리 사무실 디지털 전화에서 나던 귀에 익은 소리가 아니다. 처음 듣는 소리, 아니, 사무실에서는 처음 듣지만 언젠가 이 소리를 들은 적이 있다. 언제였더라. 이런 전화벨을 어디에서 들었더라.

이내 뜨거운 주전자에 손을 댄 것처럼 기억 하나가 퍼뜩 튀어나왔다. 도준과 마지막 저녁을 먹은 날, 도준이 들를 곳이 있다며 늦게 돌아온 날, 혼자 있던 집 안 어딘가에서 울렸던 바로 그 소리, 그가 숨을 거두기 전날 출몰했다 사라진 소리다. 역시 그날이다. 또 그날이다. 대수롭지 않게 생각했던 실밥 한 자락까지 모조리 그날의 어느 소매 끝과 맞닿아 있는 듯했다.

'저건 전화에서 나는 소리가 아니다. 그때도, 지금도.'

심박이 빨라졌다. 소리는 또 곧 달아날 것이다. 이번엔 반드시 잡아내야 한다. 저건 내가 모르는 무수한 것들 중 유일하게 실체를 드러낸 존재다. 나는 벨이 울리는 방향을 찾아 정신없이 두리번거렸다. 그때와 같다. 소리의 입자는 사무실 안에 고루 퍼져 있는 것 같으면서도 귓속말처럼 내 지척에서도 느껴졌다. 당최 감을 잡을 수가 없었다. 귀가 멍할 정도로 울리던 소리는 열한번째를 끝으로 뚝 끊어져버렸다. 허탈함에 맥이 풀린 다리가 휘청였다. 그때와 같다면 아마 소리는 다시 울리지 않을 것이다. 유일한 실마리가 사라져버렸다. 또다시.

스스로를 이 정도로 한심하게 여긴 적은 없었다. 양손이 매미 날개처럼 파르르 떨리고 있는 게 느껴졌다. 왈칵 눈물이 쏟아질 것 같아 입술을 잘근잘근 씹으며 격정을 내리눌렀다. 모든 게 내 탓인 듯했다. 내가 알지 못해서, 알아차리지 못해서, 알아듣고 알아보고 알아먹지 못해서 일어난 일이라고.

창밖에서 번개가 번쩍이더니 빗방울이 떨어지기 시작했다. 제대로 울지도 참지도 못하는 나와 달리, 내내 먹먹하게 그렁거리던 잿빛 구름들은 일제히 울음을 터뜨렸다. 이대로라면 달라질 게 없다. 난 양손으로 마른세수를 하고 찌부듯한 눈에 물기를 내려 사방으로 눈동자를 굴렸다. 아직 무너질 때가 아니다. 지금 내가 할 수 있는 일을 해야 한다. 하나씩 하나씩 거슬러 올라가자. 곰의 주둥이로 향하게 될 줄도 모르고 무작정 강바닥에서 튀어 오르는 연어 꼴이 될지라도, 그렇게 거꾸로 물줄기를 가르고 나아가지 않으면 안 된다. 그럴 수밖에 없는 것이다. 연어가 살기 위해서도, 내가 살기 위해서도.

이곳에 온 이유부터 해결해야 했다. 나는 심상을 가다듬고 다시 내 자리로 향했다. 어서 눈 내린 잎사귀의 내 초록 식물을 확인해야 한다. 그 아래에 놓인 작은 돌을 직접 봐야만 한다. 그리고 얼마 뒤 발끝이 목적지에 도달한 순간, 양손으로 입을 틀어막았다. 내 숨소리가 있던 자리에는 타박거리는 빗소리만이 감돌았다. 나는 책상 위의 어린나무를 보고 있었다. 엄밀히는 그것과 함께 있던 것을. 거기에는 당연히 있을 거라고 예측했던 것과 꿈에도 예상치 못했던 것이 천연덕스럽게 공존하고 있었다. 다름 아닌 살아 있는 새 말이다.

생전 처음 보는 종이었다. 우리나라 텃새는 절대 아닌 듯하고, 어느 먼 나라에 뿌리를 둔 물선 기운이 역력했다. 윤기가 감도는 매끈한 백색 털 덕에, 녹색 물감을 묻힌 붓으로 날렵하게 찍어 바른 것 같은 눈가 무늬가 한껏 도드라졌다. 몸집은 내 주먹 크기 정도로, 참새보다 약간 컸다. 몽실한 새는 얌전히 날개를 접고 소라게가 제 몸 크기에 맞는 안락한 껍데기를 찾아낸 것처럼 월광초 지붕 밑에 꼭 알맞게 들어앉아 있었다. 눈가의 녹색 무늬는 월광초와 퍽 잘 어울렸다. 내 관엽식물 역시 마치 오래전부터 이 작은 객을 맞이할 준비를 했던 것처럼 평온해 보였다.

날개가 있으니 언제라도 날아가버리면 그만일 테지만, 흰 새는 낯선 사람을 앞에 두고도 조금도 경계하지 않는 얼굴이었다. 따지고 보면 상대는 이보다 더 여유로울 수 없을 만큼 여유로웠고, 경계는 오히려 내 쪽에서 하고 있었던 게 맞다. 언제 어디에서 날아 들어온 건지는 알 수 없다. 그보다 궁금한 건 그 아래에 있는 돌이다. 어느 이상한 남자가 던지고 간 물건. 내가 찾으러 온 단서, 아니 단서이길 바라는 미확인 물체.

간간이 작은 눈이 흔들리지 않았다면 어느 솜씨 좋은 장인이 만든 모형으로 보일 만큼 새의 몸은 정적에 잠겨 있었다. 곧고, 흐트러짐 하나 없이 우아했다. 목탄처럼 검은 두 눈은 정확히 내게 꽂혀 있었다. 도망갈 생각이라곤 전혀 없어 보였다. 더 자세히 말하자면 구름이나 길가의 강아지풀, 실개천의 조약돌과 마찬가지로 아무런 감정도 묻어 있지 않은 얼굴이었다. 겨우 5백 원짜리 동전만 한 얼굴에서 느껴지는 초월적인 초연함은 절로 감탄이 나올 정도였다. 순간 카페에서 만난 의문의 가짜 제보자가 겹쳐졌다. 깊이를 알 수 없는 무색무취의 시선과 어떠한 정서도 찾아볼 수 없는 담담하고 덤덤한 표정. 그 남자도 꼭 그러했다.

희푸른 식물과 어우러진 흰 동물을 가만히 들여다보던 중, '그래야만 하는 이유가 있는 것이다' 하는 내면의 속삭임이 울렸다. 반드시랄지, 이 새는 정확히 이때 이곳에 이렇게 자리 잡은 이유가 있는 거라는 목소리였다. 화분은 내 자리에만 있는 것도 아니었고, 여느 사무실처럼 고무나무나 여인초 같은 성인 키만 한 화분도 여럿이었다. 길 잃은 짐승의 쉼터로 보다 안전하고 쾌적한 선택지도 얼마든지 있었다는 얘기다. 굳이 걸리적거리는 돌까지 놓인 내 월광초 아래에 새가 웅크리고 있을 이유는 전혀 없었다. 그것도 마치 알이라도 품는 모양새로.

알? 그때 싸한 감각의 총알이 뇌간을 관통했다. 내 기억에 그건 어느 모로 보나 영락없는 돌이었지만, 실은 돌이 아닐지도 모른다. 정체 모를 새가 존재하는 것처럼, 정체 모를 새알이 존재하는 것도 무리는 아니라는 생각이 빗소리를 따라 이어졌다. 그렇다면 새는 그저 우연히 내 책상에 불시착해 제 눈가 색을 닮은 월광초 이파리가 마음에 들어 머물던 게 아니라, 확고한 목적의식을 갖고 제 발로—제 날개로—찾아온 것이다. 새알 모양 돌인 줄 알았던 건 실은 진짜 새알이고, 눈앞에서 태연하게 그것을 품고 있는 저 새가 다름 아닌 어미인 것이다.

선연한 기시감이 급습했다. 내 주변에서, 어쩌면 나아가 내가 속한 이 세계 어딘가에서 아주 거대한 태엽이 돌아가기 시작했다는 근원적이고 불가항력적인 무력감이었다. 이런 감촉을 언젠가 느낀 적이 있다. 도준의 죽음이 코앞에 드리워져 있던, 온통 뒤죽박죽이던 그날 어느 꺼림칙한 여행사 앞에서 말이다.

난 새를 바라보며 찬찬히 추론을 시작했다. 아까 울렸던 전화벨 소리는 아마도 이 새의 울음소리였을 것이다—알 수 없는 건 죄다 새와 연결 짓기로 했다. 어미 새는 제 알을 찾아왔다. 그렇다면 일전에 집에서 울렸던 전화벨 소리 역시 이 새가 냈던 걸까? 제 알이 한동안 나에게 있었다는 걸 감지하고 찾아왔다고? 그런 게 가능한가? 지구상에 그 정도로 고등한 생물이 존재했던가?

그보다 표정 없는 남자는 역시 그토록 쉽게 '이상한 사람'이라 단정 지을 인물이 아니었다. 그는 알 수 없는 생물의 알 수 없는 알을 그저 우연히 자리에 두고 갔던 게 아니다. 남자는 분명 내게 '기다리고 있었다'고 말했고, 그대로 사라졌다. 그 역시 분명한 목적의식을 갖고 돌을, 아니, 알을 두고 갔다. 버린 건지, 맡긴 건지, 숨기려던 건지 또한 알 수 없다. 이 물건이 화근이었을까? 왜? 무엇보다 왜 하필 나인가. 그는 날 대체 무슨 이유로 기다렸으며, 무슨 이유로 상당히 스마트하고 감 좋은 동물의 알을 지극히 평범한 나라는 인간에게 던져놓은 거냐는 말이다. 뻐꾸기처럼.

한없이 이질적으로 느껴지는 내 책상 앞에서, 감겨오는 두통에 절로 인상이 뭉그러졌다. 내 혼란에 아랑곳하지 않는 새는 무구한 눈빛으로 여전히 나를 빤히 들여다보고 있었다. 미지의 새알 모양 돌을 찾으면 뭐라도 실마리가 잡힐 것 같았지만, 되레 거대한 실타래만 발견한 꼴이었다. 그것도 아주 제멋대로 얽힌.

분명 이 공간에 중요한 뭔가가 있는데 그게 대체 뭔지 헤

아리기 어려웠다. 황막한 미로 한가운데에 내동댕이쳐진 기분이었다. 아무리 높이 뛰어도 어디가 출구고 어디가 막다른 길인지 내려다보는 게 불가능한 아득히 솟은 미로. 나는 새를 집으로 데려가야 할지, 새를 쫓고 알을 보관해야 할지, 둘 다 눈앞에서 치워버려야 할지, 아니면 보호해야 할지, 너저분한 경우의수의 늪에 빠져 몸부림치고 있었다.

갑작스레 기계 소리를 내며 사무실 입구의 자동문이 자연스럽게 움직였다. 문이 열린 것이다. 이제 막 7시 30분을 넘긴 참이다. 당직자가 벌써 출근할 리 없었다. 난 놀라 퍼뜩 유리문 쪽으로 고개를 돌렸다. 불안감이 팽배했다. 내게는 이 작은 생명들을 일단 지켜내야 할 책무가 있었다. 좋든 싫든 내가 모아야 할 퍼즐 조각 중 하나인 데다, 이 여리지만 온전히 살아 있는 것들은 당장 내 시선 안에서 숨 쉬고 있으니.

"기자님, 전화 안 받으시길래 올라왔는데요."

경비 아저씨였다. 나이 지긋한 아저씨는 양손을 무릎에 받치고 연신 헉헉거리며 가쁘게 말을 뱉었다.

"무슨 일이세요?"

난 내심 안도하며 답했다. 평소 살갑게 인사를 주고받던 사이라 경계할 필요까지는 없었지만, 대충 봐도 좋은 소식은 아닐 게 분명했다.

"얼른 내려가보셔야 할 것 같아요. 기자님 차를 누가……

저기, 바퀴를……"

"제 차에 뭐 문제 생겼나요?"

불길한 예감은 대개 들어맞는 법이다. 슬프게도.

"주차장에서 갑자기 큰 소리가 나서 얼른 나가보니까 기자님 차 쪽이더라고요" 아저씨는 침을 꿀꺽 삼키고 말을 이었다. "누군지는 못 봤어요. 근데 기자님 차 바퀴를 죄다 터뜨려놨더라고요. 찢어놨다고 해야 할지…… 네 개 다요. 완전히 퍼졌어요."

온갖 말도 안 되는 것들의 구렁텅이에 빠져 있는 내게 차바퀴 터진 것쯤이야 감당할 수 있는 지극히 현실적인 문제였지만—상상했던 것에 비하면 무탈한 편이다—아저씨는 전전긍긍하며 동동거리고 있었다.

"괜찮아요, 아저씨. CCTV만 좀 확인해주시고 저도 이따가 내려갈게요. 걱정하지 마세요."

난 최대한 태연하게 말했다. 재해처럼 나를 덮친 무아의 사건들 덕분인지 실제로 태연하기도 했다. 빠르게 고개를 끄덕인 뒤 달려가는 아저씨의 뒷모습을 보다가 다시 내가 지켜야 했던 새와 그 새가 지켜야 했던 알 쪽으로 얼굴을 돌렸다. 그러나 새는 없었다. 애초에 한 순간도 이곳에 존재한 적 없었다는 듯이, 작은 동물은 신기루처럼 사라져버리고 만 것이다. 등골이 뻐근해질 만큼 당황한 나는 주위를 살폈지만, 어디에도 여린 날짐승의 흔적은 남아 있지 않았다.

새는 떠났다. 정말 그럴까? 그토록 찾아 헤매던 제 새끼를 두고? 그럴 리가 없다. 잠깐 마주친 게 다였지만 영특한 동물이었다. 녹색 안대를 쓴 흰 새는 떠난 게 아니라 도망친 것이다. 나로서는 미처 감지하지 못한 모종의 기척을 느끼고, 제 종자를 남겨두고서라도 이곳을 벗어나야 했던 이유가 있었던 것이다. 스스로 여기에 찾아왔던 것과 마찬가지로 명징한 이유를 갖고서.

주말 아침 방송국 주차장에 침입해 멀쩡한 차 바퀴를 모조리 터뜨린 존재 역시 우연일 리 없었다. 아마 내 발을 묶으려 한 그것은 — 왠지 인칭보다는 '그것'이라는 표현이 어울릴 것 같았다 — 뚜렷한 의도를 갖고 기어들어 와 철저히 계획한 행동을 고스란히 취한 것이다. 내게 던져진 새알이나 그 새알을 찾기 위해 날아든 흰 새처럼. 모든 게 어떻게든 어느 구석에서든 연결돼 있는 듯했다. 아마 새는 여기에 다시 돌아오지 않을 것이다.

대체 뭐가 어떻게 돌아가는 건지 파악하지 못한 상태였지만, 내 차를 망가뜨리고 얌전히 알을 품던 새를 달아나게 만든 게 결코 우호적인 존재라는 생각은 들지 않았다. 빳빳하게 곤두선 내 모든 직감은 흉흉한 그림자가 다가오고 있다는 경고 신호를 보내는 중이었다. 이성적인 판단은 힘을 잃은 지 오래였다. 내 세계에서 작용하던 모든 논리는 도준을 지켜내지 못했다. 본능적으로 움직여야 했다. 이유 같은 건 이제 중요하지 않다. 난 어쩌다 미궁의 문턱을 넘어서버렸고, 답은 뒤가 아니라 오직 앞에 놓여 있다.

둥지를 벗어난 알, 알을 쫓는 어미 새, 어미 새가 겁내는 존재, 그리고 내 차를 망가뜨린 무언가. 뒤섞인 퍼즐 조각을 뒤로하고 일단 내 영역에 덩그러니 놓인 알을 지키기로 했다. 그건 분명 내 선택이었지만, 동시에 완전한 타의 같기도 했다. 순간, 내 안의 어떤 사각지대에 나조차 모르는 낯선 자아가 존재할 수도 있지 않을까 생각했다. 그렇다면 그건 나 자신이라고 봐야 할지, 아니면 전혀 다른 실체라고 봐야 할지 궁금했다.

11 　　　　　　　진율

 집 안 전체에 긴장감이 감돌았다. 가득 찬 정적에 두 귀가 멀 지경이었다. 나뿐만 아니라 난쟁이들도 일제히 숨을 죽이고 한곳, 내 주방을 주목하고 있었다. 행주걸이 아래의 새 알을 바짝 들여다보던 동굴 남자는 자신의 서류 가방으로 천천히 손을 옮겼다. 금속이 딸깍— 하는 소리와 함께 가방 문이 열렸다. 내 집 문이 열렸을 때처럼 난 그것이 피할 수 없는 레이스의 시작을 알리는 신호탄처럼 느껴졌다.
 작은 팔을 가방 안쪽 깊숙이 집어넣은 소인은 이내 손바닥만 한—그가 아니라 내 손바닥 얘기다—정육면체의 상자를 꺼냈다. 그들의 눈과 같은 검푸른 빛깔이다. 사실 총이나 전기 충격기 같은 게 튀어나올지도 모른다고 생각했던 터라 일단은 안도했다. 동굴 남자는 밟고 선 반상 아래에 가방을 내려놓고, 알을 발견했다고 손을 들었던 옆의 남자를 향해 고개를 살짝 끄덕였다. 그 역시 자기 가방을 뒤적거리더니 안경집처럼 생긴 물건을 끄집어냈다. 오래 합을 맞춰 온 숙련된 기술자들처럼 둘은 말없이 각자의 손에 들린 물건을 주의 깊게 열었다.

하나는 역시 안경집이었다. 남자는 테가 없고 알이 둥근 극히 평범한 안경을 꺼내 얼굴에 썼다. 보다 심상치 않아 보이던 검푸른 상자 쪽에서 나온 건 바로 종이었다. 속이 투명하게 비치는 아주 깨끗하고 순수한 유리 종. 종은 얌전히 상자 안에 놓여 있었지만, 상당히 맑고 청량한 소리를 간직하고 있을 게 분명했다. 동굴 남자는 안경 쓴 남자 쪽을 흘금 본 다음, 조심스럽게 종의 손잡이 부분을 잡았다.

분위기상 곧 종을 울릴 것 같았지만 그 행동에 담긴 의미가 대체 뭔지, 내 집에서 앞으로 무슨 일이 더 벌어질지 어림할 수 없었다. 난 그들이 집중하고 있는 틈에 뒤쪽 책상 위에 놓인 휴대폰을 집기 위해 조용히 발을 뗐다. 신고를 하든, 녹음을 하든, 여차하면 무기로 쓰든. 주의를 끌지 않을 만큼 조금씩 이동하면 된다. 그때 종을 막 들어 올린 동굴 남자가 내 쪽으로 시선을 틀었다.

동시에 목 주변에 수천수만 개의 가늘고 뾰족한 바늘이 겨눠진 것만 같은 소름 끼치는 감각이 뻗쳐왔다. 바늘 비슷한 것은 보지도 못했지만, 그것들은 미세한 움직임만으로도 매우 날렵하고 신속하게 내 숨통을 끊어놓을 것이라는 예감이 들었다. 저 검푸른 눈의 남자는 일말의 망설임도 없이 그리하리라는 것을 분명히 자각할 수 있었다. 두번째 자비는 없을 것이다. 그건 설명이 필요치 않은 처음이자 마지막 경고였다.

"오래 걸리지 않을 겁니다. 방해만 없다면요."

동굴 남자의 말이 끝나자 내 숨구멍을 노리던 극렬한 첨예함이 한발 물러섰다. 난 그제야 뻣뻣하게 굳은 목을 부들거리는 손으로 쓸어 내리고, 조심스럽게 발을 다시 제자리로 돌렸다. 이제는 호흡의 움직임도 과하게만 느껴졌다. 내 목숨은 지금 저 작다란 남자 손에 잡혀 있다. 방법이 없다. 난 이렇게 속절없이 붙박인 채 내게 닥칠 일을 마주하는 수밖에 없는 것이다. 종소리 만연한 여느 성탄절처럼 최대한 평화롭고 무탈하게 내 터전을 되찾을 수 있기만을 갈망할 따름이었다.

동굴 남자는 다시 얼굴을 돌리고는 앞 쪽으로 종을 뻗었다. 곧이어 그의 오른손이 좌우로 몇 차례 세게 움직였다. 그러나 종은 예상했던 청아한 울림은커녕 아무런 소리도 내뿜지 않았다. 방 안을 메운 적막이 다른 어떤 소리도 침입하지 못하게 가로막고 있는 것만 같았다. 소리 없는 의문에 의아해하던 중, 동굴 남자가 한 번 더 손목을 흔들었다. 그 자리에 마땅히 있어야 할 음은 여전히 모습을 드러내지 않았다. 난 다른 소인들의 반응을 살피려 살짝 눈을 움직였다.

그들의 표정은 그저 미온했다. 마치 소리를 듣지 못하는 건 오직 나뿐인 듯했다.

그렇게 같은 작업이 몇 분간 반복됐다. 얼마 뒤 동굴 남자는 암청색 상자 안에 유리 종을 살며시 내려놓은 다음 옆에 있는 동료를 바라봤다. 잠자코 있던 안경 쓴 소인이 얼마간 그대로 멈춰 있더니 안경을 벗어 건넸다. 동굴 남자는 받아든 안경을 자신의 얼굴로 가져갔다. 그들이 찾는 물건이 맞는지 확인하기 위해 그들의 방식으로 테스트를 하고 있는 모양인데, 어쩐지 분위기가 스산했다. 왠지 그들의 예상대로 흘러가지 않는 상황 같았다.

실내는 내내 보이지 않는 무지근한 기류에 짓눌려 있었다. 안경을 받아 쓴 동굴 남자는 한동안 굳어버린 것처럼 알을 들여다보며 가만히 서 있었다. 내게는 들리지 않았지만, 저건 아무튼 종소리에 대한—십대만 들을 수 있다는 특정 주파수의 소리처럼 난쟁이만 들을 수 있는 소리 같은 게 있는지 알게 뭔가—알의 특정 반응을 살피기 위해 특수 제작된 안경일 테고, 저 자그마한 알에 그만한 가치가 있다는 얘기다. 러시아제국 세공사가 단 69개밖에 만들지 않았다는 파베르제의 달걀처럼 진귀한 보석일지도 모른다. 모쪼록 양쪽 다 새알이고.

나는 행주걸이 주변 작은 인간들의 다음 행동을 머릿속으로 그리며 마른침을 삼켰다. 순간 물건을 찾으면 바로 떠나겠다고 한 남자의 말이 떠올랐다. 만약 저게 그들이 찾는 물건이 아니라면 어떻게 되는 거지? 어딘가 손상됐거나 변질됐다면? 그들이 원하는 상태가 아닐 경우에도 얌전히 떠나줄지 어쩔지는 알 수 없는 노릇 아닌가. 새가 남긴 걸 찾아내지 못하기를 바랐던 마음은 어느새 눈앞에 닥친 직관적인 위협 앞에 맥없이 무너져 내리고 있었다.

"이거 난감하군요."

한참을 침묵하던 동굴 남자가 동료에게 다시 안경을 건네며 내 쪽으로 돌아섰다. 짙푸른 색을 발산하고 있는 그의 눈에 언뜻 불쾌한 어둠이 한층 농밀해진 듯했다.

"뭐가 잘못됐나요?" 난 조금 전의 불길한 상상력이 증폭되는 걸 자제하며 물었다.

"잘못된 건지 어떤지 알 수가 없습니다. 이런 경우는 처음이라."

"찾던 물건이 아닌가요?"

"맞긴 한데 아니기도 합니다. 저희가 찾던 건 이보다 더 오래된 개체인데, 이건……"

남자의 좁은 미간에 선명한 주름이 잡혔다. 그가 내 방에 들어온 뒤로 인상을 쓴 건 처음이었다.

"이건 생성된 지 얼마 안 됐군요. 산란한 게 불과 몇 시간 전이에요."

"그럼 안 되는 건가요?" 난 말했다.

어딘가에 막혀 매끄럽게 흘러가지 못하는 거북한 감촉이 서서히 목구멍을 옥좨왔다. 이마에 식은땀이 더해지는 게 느껴졌다. 이 알이든 저 알이든 아는 알이든 모르는 알이든 다 갖고 전부 내 집에서 나가주는 것 말고는 더 바랄 게 없었다. 어차피 보물찾기라도 하는 것처럼 알을 모으고 있던 거라면, 오히려 새로운 알을 쫓는 수고도 던 데다 나머지도 이렇게 찾아내면 그만 아닌가.

"달이 두 개인 겁니다. 당신들의 세계에 어느 날 동시에 두 개의 달이 떴다면 그건 되고 안 되고의 단순한 문제가 아니죠. 중요한 건 그 변화가 뭘 나타내는지입니다. 상징이요. 상징 말입니다." 난쟁이는 약간의 초조함이 섞인 말투로 천천히 입을 움직였다.

"그러니까 그 알은 원래 하나밖에 없는 거군요? 저게 당신들이 찾던 거랑 뭔가 다르다는 건 적어도 두 개가 있다는 거고요."

'당신들의 세계'라는 그의 말이 거슬렸지만, 난 주의 깊게 단어를 골라 물었다. 이 왜소한 괴한들이 내게 무슨 짓을 할지 모르는 상황인 건 변함이 없다. 뭐가 됐든 일이 틀어진 게 분명한 마당에 심기를 건드려서 좋을 게 없으니 일단 가능한 한 시간을 끌며 호의적인 태도를 취하자는 전략이었다. 퇴로가 막힌 지극히 약한 동물의 전략이었지만 달리 떠오르는 묘수는 없었다.

동굴 남자는 바로 대답하지 않았다. 정체된 분위기에 미세한 공기의 떨림까지 느껴지는 기분이었다. 날 얼마간 빤히 쳐다보던 그는 어두컴컴하고도 시푸른 눈을 가늘게 감았다 뜨며 느릿한 걸음으로 다가왔다.

"짐작 가는 게 있긴 한데…… 궁금하실 테지요. 애초에 그게 '왜' 이곳에 있었는지."

그의 낮은 음성에 나는 쇠사슬에 묶인 어린 짐승처럼 옴짝달싹할 수 없었다. 어쩐지 아까보다 목소리 톤이 한층 더 내려간 것 같았다. 긴장한 탓에 절로 넘어간 침이 목에서 꿀꺽 소리를 냈다. 눈앞의 작은 남자가 뿜는 압력에 단어들은 목구멍 안에 잠겨 나아가지 못했다. 갈수록 더 이해가 가지 않는 건 사실이었다. 그런 범상치 않은 물건이 도대체 왜 내 집에 있었는지. 난쟁이들의 태도를 보면 볼수록 흐름은 미스터리해지고 있었다.

"새는 분명 이곳에서 알을 낳았습니다." 난쟁이가 말을 이었다. "문제의 '두번째' 알을요."

"그래요, 맞아요. 새 한 마리가 우연히 들어오기는 했었어요. 내보내줄까 하다가 비도 많이 오고 다쳤을지도 모르고 해서……"

수면 부족에 시달리던 중에 잠이 쏟아졌기 때문이라는 말은 굳이 하지 않았다.

"건드리지는 않았어요. 새는 혼자 잠들었고, 알을 낳은지도 몰랐다고요."

"우연이라."

남자가 킥킥거리기 시작했다. 이쪽을 보며 우두커니 서 있던 다른 소인들의 입가도 꿈틀거렸다.

"아, 미안합니다. 실례했군요. 그런데……" 웃음을 참느라 한참을 움찔거리던 남자가 말했다. "'우연'이란 건 없습니다. 당신들이 '우연'이라고 손쉽게 단정 짓는 수많은 것들 중 단 한 가지도요. 보잘것없어 보이는 먼지만 한 나사와 톱니조차 질서를 수호하고 흐름을 사수하는 거대한 설계의 일부입니다. 치밀하고 예술적으로 짜인 '필연'이죠."

동굴 남자는 시종일관 나와 그의 세계가 마치 전혀 다른 영역이라는 듯이 '당신들'이라고 표현했다. 설계니 흐름이니 하는 건 또 무슨 소리인가 싶었지만, 그의 말을 단순히 사이비 집단의 허무맹랑한 헛소리로 치부하기에는 내 쪽에서도 해소되지 않는 의문이 남아 있었다. 아무리 생각해도 그만한 새가 '우연히' 날아 들어오고 '우연히' 증발해버릴 수는 없는 것이다. 게다가 이들은 바로 그 새와 관련된 뭔가를 쫓아 이곳에 왔고. 침입자와, 침입자를 쫓는 또 다른 침입자라니. 그의 말대로 필연에 따라 새가 내게 당도했다고 해도, 사건의 전말에 개연성이라고는 보이지 않았다. 추론은 다시 물음표 앞에서 무능하게 고개를 숙이고 말았다.

"새가 일부러 저를 찾아왔다는 얘기인가요?" 난 두려움으로 흔들리는 음정을 가다듬는 데 각별히 신경을 쓰며 물었다.

"그래 보입니다. 정교한 질서하에 굴러가고 있는 이 세계와, 그 세계를 들여다보는 다른 세계가 맞닿는 지점에서 불가피한 변수가 발생한 걸로 보입니다." 작은 남자가 말했다. "당신은 이를테면…… 돌연변이 같은 거죠."

"전 과학자예요. 지금 당신들이 다른 세계, 그러니까 우리를 들여다볼 수 있는 다른 수준의 차원에서 오기라도 했다는……"

난 차마 말을 맺지 못하고 눈썹을 일그러뜨렸다. 별똥별이나 중력을 숭배하는 종교라고 했어도 이보다 더 황당하지는 않았을 거라고 생각하면서.

"'과학.' 당신들의 진척이 확실히 흥미롭기는 합니다만, 고작 그 수준의 '과학'으로 설명할 수 있는 개념이 아닙니다. 모래 한 알로 바다를 그릴 수 없고 잎새 하나로 숲을 정의할 수 없듯이요. 코끼리의 새끼발가락만 겨우 갉작거리는 형국이랄까요." 동굴 남자는 어깨를 으쓱이며 읊조렸다.

"뭐라고 설명해야 할지. 전체를 도서관이라고 가정합시다. 그중에서 당신들의 세계는 뭘까요. 독자? 책? 글자?"

난 가만히 이어질 말을 기다렸다. 어차피 내 대답 따위는 중요해 보이지도 않았으니.

"여백입니다. 글자와 글자, 문장과 문장, 장과 장 사이에 존재하는 책 속의 공동空洞. 물론 책이 글자로만 채워져 있지는 않으니 여백도 나름대로 의미는 있겠습니다만, 확실히 글자보다는 존재감도, 의미나 가치의 무게도 덜하죠. 책마다 존재하는 완성되지 않은 공간, 필연적이지만 부수적인 역할이랄까요. 하지만 여백으로는 책을 설명할 방법이 없죠. 도서관을 설명할 방법은 더욱 없고요. 여백은 자신이 어디에 존재하는지조차 알지 못하니까요."

"그럼 당신들은요. 당신들이 도서관이라는 건가요." 난 언짢은 말투로 검푸른 눈을 직시하며 말했다.

"그럴 리가요. 도서관은 하나의 거대한 흐름입니다. 실로 아름다운 체계와 질서로 움직이는 유연한 흐름이죠. 그리고 그 흐름은 지금 이 순간에도 무한히 팽창하며 뻗어나가고 있습니다. 살아 있는 것처럼 생동하고 무한하지요. 어쩌면 당신들이 여기까지밖에 보지 못하는 것처럼 저희도 단지 이 너머를 보지 못하고 있는 걸 수도 있지만요." 동굴 남자가 말했다. "답하자면 저희는 도서관을 관장하는 사서라고 보는 편이 좋겠군요. 책을 집어 들고, 장을 넘기고, 읽어내기도 하지요. 물론, 여백도 감상하고."

남자의 아담한 입가에 가벼운 기울기가 생겼다. 거기에 담긴 게 어떤 의미인지는 알 수 없었다. 이 상황에 대한 다른 모든 것과 마찬가지로.

"그래요, 알겠어요. 그렇다면 새의 정체는 뭐죠. 보통 새는 아닌 모양인데."

난 작은 숨을 토해내며 말했다. 어차피 상식의 범주로 이해할 수 있는 자들이 아니었다. 뭐라도 캐보는 게 그나마 도움이 될지 모른다.

"편의상 이 세계에 표면적으로만 '새'로 머물 뿐, 빛이나 소리가 되기도 하고 의식과 무의식 자체이기도 한 규정할 수 없는 존재입니다. 어느 면에서는 당신들이 말하는 '신'이라는 것과 비슷하다고 할 수 있죠. 저희에게도 미지의 영역으로 남아 있는 존재니, 겹겹이 쌓인 차원 가장 위쪽의 무언가라고 짐작만 할 뿐입니다. 혹시 모르죠. 어쩌면 도서관의 주인과 가장 가까운 존재이거나 주인 자체일지도."

"그 작은 새가 그렇게 대단한 녀석이었다니 놀랍네요. 그런 위대한 존재가 저를 택한 이유도 좀 알려주시면 좋겠는데요."

나는 자포자기한 심정으로 물었다. 긴 시간 이성과 논리로 지어 올린 내 과학적 사고의 울타리는 너덜너덜해진 지 오래였다.

"좋습니다. 그 얘기를 해볼까요. 아까 당신을 봤을 때 제가 '흥미롭다'고 했던 것 기억하시겠지요."

남자는 내 쪽으로 실눈을 뜨며 다가왔다. 그 안에 넘실거리던 검푸른 색채가 덩달아 몸집을 줄였다.

"네. 그러면서 알이 '왜' 여기에 있는지에 대한 답을 찾았다고 했죠."

"당신들은 하잘것없는 유기물들로 구성된 육체라는 명확한 형태를 가지고 세상을 보지만, 저희는 다릅니다. 저희가 인식하는 건 파장이에요. 복잡한 얘기는 차치하고······ 이유는 모르겠지만, 당신의 파장은 조금 기묘하더군요."

남자가 할 말을 주의 깊게 다듬는 듯 고개를 기울였다.

"극히 일부에 불과하나, 당신에게 새의 기척과 유사한 흔적이 남아 있어요. 가느다란 울림이나 떨림 같은 게. 그런 것 역시 '우연'일 수는 없는데 말입니다. 영문을 모르겠군요. 자신을 평범한 인간이라고 여기고 있는 듯한데, 평범한 인간의 고유한 파장에 결코 그런 변칙은 허용되지 않습니다."

"저한테 그 새와 닮은 뭔가가 있다고요?" 나는 눈을 크게 뜨며 목소리를 높였다.

"강조하지만 극히 일부가 그렇다는 말입니다. 그렇지만 그 정도도 여태껏 본 적이 없는 건 사실입니다. 짐작건대 예의 '두번째' 알이 등장한 것도 이 현상과 완전히 무관하다고 보기는 어렵겠군요."

"그렇다고 하면, 새는 알을 낳을 때가 된 걸 알고 자신과 비슷한 기척이 있는 저를 찾았다는 건가요? 아니면 알은 목적이 아니라 그냥 어쩌다 우연히······"

난 '우연'이라는 말을 뱉고 흠칫하며 목을 가다듬었다.

"여기까지 하죠. 변수를 만나 계획보다 번잡해졌군요. 모쪽록 집을 내어주신 보답으로 이만하면 충분할 것 같습니다." 난쟁이가 뒤쪽의 다른 난쟁이에게 잠시 시선을 던진 다음 말을 정리했다. "계획보다 즐거웠고요."

"뭐가 뭔지는 모르겠지만 두 개고 한 개고 간에 어쨌든 물건은 찾았으니 약속한 대로 조용히 떠나주세요. 저도 번거롭게 일을 벌이고 싶지도 않고 딱히 피해 본 건 없으니 오늘 일은 꿈꿨다고 생각하고 잊을게요. 약속합니다."

또 거짓말이다. 이미 충분히 번거로웠고 내 집과 정신 모두 피해도 상당한 데다 이 괴상한 인간들을 신고하는 게 그들이 좋아하는 '질서'의 측면에서도 마땅하다. 무엇보다 현재 난 꿈을 못 꾸는 인간이다. 꿈이 돌아왔을 수도 있다는 어렴풋한 여지가 생기긴 했지만.

"당신의 세계입니다. 그 세계에서 뭘 하든 개의치 않습니다. 아무튼 이제 저희 쪽 일은 거의 끝났습니다. 코드만 추출하면 아무 일도 없던 것처럼 사라져드리지요. 개체는 저희 쪽에서 쓸모 있게 처리하겠습니다."

동굴 남자가 말을 마치자마자 등 뒤에서 예의 금속 버클이 열리는 소리가 났다. 난 인기척이 난 방향으로 눈을 돌렸다. 침대를 마구 헤집어놓은 소인이 자신의 서류 가방에 손을 집어넣고 있었다. 세 남자는 저마다 정해진 한 가지 장비밖에 다루지 못하는 건지. 이어 가방 밖으로 나온 작은 손에는 익숙한 물체가 들려 있었다. 얇은 필름 카메라였다. 그것

0시의 새

도 상당히 클래식하고 고급스러운. 그는 카메라를 매우 조심스럽게 들고 동굴 남자 쪽으로 걸음을 옮겼다.

'쓸모 있게.'

떠난다니 더할 나위 없이 반가운 소리였지만, 남자의 마지막 말이 어물어물 귓가를 맴돌았다. 설계며 흐름 같은 얼토당토않은 소리는 중요치 않았다. 그들은 정말 인간이 밝혀내지 못한 고차원에서 온 존재들일 수도 있고, 새는 제 새끼가 태어날 둥지로 '일부러' 나를 택한 건지도 모른다. 그러나 난 내가 본 것만 믿고 합리적인 근거와 데이터에 따라 판단한다. 분명한 건, 내 집에 찾아와 울던 산기 찬 여린 새 ─ 보이는 것만큼 여린 존재는 아닌 듯하지만 ─ 의 쓸모가 그가 말하는 '쓸모'와는 어쩐지 딴판으로 여겨진다는 사실이었다. 마주친 어미 새의 먹처럼 새까만 눈이 떠올랐다. 적어도 뭔가를 해야 했다.

"잠깐만요!" 난 알을 에워싼 세 남자를 향해 소리쳤다. 여섯 개의 검푸른 눈이 일제히 나를 향했다. "그 알은 이제 어떻게 되는 거죠?"

"책장에서 떨어진 책은 제자리에 다시 꽂아둬야죠. 원칙적으로 알은 유일해야 합니다. 저희가 중시하는 건 도서관의 질서니까요."

"없앤다는 말이군요."

"어디선가 변수가 개입했고, 그건 간단한 문제가 아닙니다. 당신들의 세계에도 감당 못 할 일이 생길지 모릅……"

남자가 말을 끝맺기도 전에 소방 벨이 날벼락처럼 귀청을 찢으며 터져 나왔다. 또다. 난 그 소리가 마치 레슬링장의 시작 벨 같다고 생각했다. 링 위에 올라선 두 선수는 벨이 끝나는 동시에 경기에 임한다. 영원처럼 느껴지는 키 작은 적과의 대치 끝에 곧 내 진짜 경기가 시작될 거라고 예고라도 하는 것인가.

내 잠을 깨웠던 소방 벨의 오작동은 기껏해야 한 시간 전 일이었다. 벨이 하루에 두 번이나 잘못 울린 적은 없었다. 한 개뿐이라는 '위대한 알'도 두 개가 되는 마당에 대수롭지 않은 일일지 모르지만, 어딘지 달라진 기류가 느껴졌다. 동굴 남자가 포악하게 얼굴을 일그러뜨리며 갑자기 현관 쪽을 노려봤다. 암청색 눈에는 살기라고 해도 좋을 만큼 날카로운 냉기가 스쳤다. 그 모습에 머리털이 뻗치는 듯했다. 그는 화가 나 보였고, 다른 소인들도 마찬가지였다. 그들은 일제히 동요하고 있었다.

동굴 남자가 카메라를 든 동료에게 재빨리 눈짓했다. 서둘러 '추출'을 하고 떠날 속셈이다. 기회였다. 다시 없을 기회. 난 오른쪽에 있던 바퀴 달린 책상 의자를 집어 던지다시피 하며 난쟁이들 방향으로 힘껏 밀었다. 동시에 카메라 쪽으로 달려들었다. 물건을 낚아챈 다음 유리창에 던져 부숴 버릴 작정이었다. 그러나 뒤에 있던 다른 소인 쪽에서 손가락 튕기는 소리가 남과 동시에, 다리가 액체라도 된 듯 풀어져버렸다.

이내 갑자기 뜬금없는 잠기운이 몰아쳤다. 눈을 한 번이라도 깜박이면 그대로 잠에 빠져들 것 같아 기를 쓰고 참았지만, 상체는 이미 바닥으로 기울어져 있었다. 내 숨소리마저 자장가 같았다. 다가온 동굴 남자는 알 수 없는 표정으로 나를 내려다보고 있었다.

요란한 소방 벨 틈새에서 필름 카메라의 셔터음이 연거푸 들려왔다. 허망함 속에서 점점 정신을 유지하기가 버거워졌다. 내 몸은 내 통제를 벗어나 잠들어버리기를 갈급하고 있었다. 아니다, 어쩌면 잠이 아니라 죽음의 기운일지도 모른다. 이대로 눈을 감은 뒤 다시는 뜨지 못하게 될 수도 있다. 짧은 순간이지만 의문사를 당하고 내게 불면의 저주를 걸었던 한 남자를 떠올렸다.

감각이 희미해져갔다. 소방 벨은 아주 멀리서 들려오는 것처럼 옅어지고 시야는 덮여오는 눈꺼풀에 좁아지고 있었다. 카메라를 든 소인은 계속해서 알을 향해 셔터를 눌렀다. '추출'은 거듭되는 중이었다. 하릴없이 바닥에 눌어붙은 내 앞에 동굴 남자가 한쪽 무릎을 꿇고 앉았다.

"저희는 변화를 달가워하지 않습니다만…… '돌연변이'는 줄곧 진화의 열쇠였죠. 완벽한 톱니에 걸린 티끌 하나가 우주에 어떤 변화를 가져올지 두고 봅시다."

표정은 보이지 않았지만 그는 왠지 비릿하게 웃고 있는 것만 같았다. 나는 더 버틸 수가 없었다. 정신은 잠식되기 직전이었다. 그 순간, 현관 쪽에서 소방 벨을 찍어 누르는 굉음이 들렸다. 누군가 온 것인가. 경찰인가. 이어 소인들의 다리가 분주하게 방 안을 가로지르고 해석할 수 없는 소리들이 희끄무레하게 오갔다.

그게 마지막이었다. 승패가 정해져 있었다는 건 진작 알았다. 결국 난 육중한 눈꺼풀의 무게에 이변 없이 지고야 말았다. 잠시 뒤 내 시야에는 그저 가없는 어둠만이 우주의 심연처럼 펼쳐졌다.

12 차수지

 그림자 안에 도사리고 있는 거대한 짐승이 숨을 죽이고 나를 지켜보고 있는 듯했다. 난 먹잇감일 수도 있고 한낱 장난감에 불과할지도 모른다. 어쩌면 이미 한참 전에 그 아가리가 삼켜버렸는지도. 어미 새는 몸을 숨겼고 알은 무방비 상태로 남겨졌다. 그리고 얌전히 주차장에 있던 내 차 바퀴는 몽땅 터져버렸다. 뭔가 온 것이다. 자신의 존재감을 분명히 드러내고 있는 사늘한 기척의 뭔가가, 바로 근처에. 나는 지금 상당히 중대한 기로에 서 있다, 하는 직감이 고개를 들었다.

 알을 지키는 동시에 스스로도 지켜야 했다. 차가 퍼졌으니 걸어서 움직여야 한다. 집으로 가서는 안 된다. 일전에 새는 내 집을 찾아왔었다. 기괴한 전화벨 소리가 집 안 어딘가에서 요란하게 울리다 조금 전처럼 뚝 그쳤고, 소리의 주인 역시 마찬가지로 간데없이 사라졌다. 그러니 이 근방에 다가오고 있는 그림자 또한 높은 확률로 내 집을 찾아낼 거라고 판단했다.

선택지에서 집과 차가 제외되니 그야말로 방향타가 고장 난 난파선이 된 기분이었다. 이른 주말 아침이라 문 연 가게도 마땅치 않을 거고 남의 집으로 향하기도 어려운 시간이다. 난 일단 월광초 화분에 놓여 있던 알을 들고 수상한 낌새가 있는지 보기 위해 창가로 갔다. 돌인 줄 알았던 것 안에 실은 작은 세계가 숨 쉬고 있다고 생각하자 못내 기특한 마음이 차올랐다.

빗줄기는 한층 더 거세져 있었다. 바깥은 모조리 잿빛이다. 먹구름 탓에 이른 아침이 아니라 늦은 저녁이라고 해도 믿을 만했다. 간간이 우산 몇 개가 움직였지만 도로도 거리도 한산했다. 목적지는 회사 근처 도서관으로 정했다. 도서관에서는 범주를 벗어난 일이 쉽게 생기지 않는다. 또 제법 오래 머무르기에도 적당한 장소다. 8시에 문을 여니 도착할 즘이면 얼추 시간이 맞을 터였다.

시선을 거두고 막 고개를 돌리려던 순간, 멀리서 간헐적으로 명멸하는 희읍스름한 빛이 얼핏 스쳤다. 다시 창밖으로 눈길을 옮기고 빛의 정체를 탐색했다. 컴컴한 빗줄기 속에서 흔들리는 옅은 불빛은 마치 망망대해를 떠도는 선박의 항해등 같았다. 꺼질락 말락 하는 엉성한 빛도 나름 빛이라고, 어둠 속에서 안간힘을 쓰고 있었다. 미리내 여행사였다.

나는 인상을 찌푸렸다. 그래, 저것도 있었지. 끈덕지게 신경을 잡아끄는 저 괴이한 여행사도 어쩌면 내가 찾아야 할 조각 중 하나일지 모른다. 이것저것 재고 따질 시간은 없다. 일단 이곳을 벗어나야 한다. 그리고 암흑 속을 헤매고 있는 지금, 본능은 멀리서 한들거리는 저 작은 불빛을 쫓으라 말하고 있었다. 그건 발광함으로써 먹잇감을 끌어들이는 심해어의 사냥 기술처럼 본능을 자극하는 함정일 수도 있으나, 내가 믿는 건 저 어설픈 광체가 아니라 나 자신이었다. 지금은 그래야만 할 것 같았다.

일할 때 가끔 쓰는 안경을 서둘러 책상 서랍에서 꺼냈다. 알을 휴지 뭉치로 똘똘 감싸 안경집에 넣고, 그 안에도 휴지를 꽉 채워 넣었다. 얇은 재킷 주머니가 안경집 때문에 불룩해졌지만 잡고 뛰면 떨어질 일은 없다. 엘리베이터는 타지 않는다. 상대가 누군지도 모르는 마당에 그 안에서 사고, 혹은 사고로 위장된 사건이 생기면 그대로 금속 관이 될 터였다. 난 사무실 문을 잠그고 재빨리 비상구로 내달렸다. 11층 계단을 뛰어 내려간 다음 카센터와 잔디 공원을 지나 옥수수 노점상 옆 여행사에 가기까지 빠르면 5분이 채 안 걸릴 것이다. 5분, 어떻게든 5분을 버텨야 한다.

한 손으로는 주머니 속 안경집을 잡고 다른 손은 난간 위로 미끄러트리며 서너 칸씩 성큼성큼 건너뛰었다. 최대한 소리를 내지 않기 위해 애썼지만, 발소리는 그대로 벽을 따라 울렸다. 내가 내지 않는 모든 음에 신경이 곤두섰다. 열린 창문이라고는 없는데도 갑자기 귓가에 윙윙대며 바람이 도는가 하면, 빗소리에 나직한 말소리가 교묘하게 섞여 있는 것 같기도 했다. 뭐가 돌고 섞이든 지금은 그저 달리는 수밖에 없다. 다른 건 생각하지 않는다. 지금 이 순간 내가 할 수 있는 걸 해내고 싶다. 해내야 한다. 해낸다.

셋, 셋, 넷, 돌고. 셋, 셋, 넷, 돌고.

층계참에 적힌 숫자가 하나씩 작아지는 걸 보며 오직 같은 작업을 빠르고 안정적으로 수행하는 것에만 집중했다. 이마에 송골송골 땀이 맺히고 몸에 열이 올랐다. 1층까지는 불과 1분밖에 걸리지 않은 것 같다. 난 왼손에 분명하게 느껴지는 안경집의 존재를 재차 확인하며 밖을 향해 달렸다. 장대비까지는 아니었지만 금세 홀딱 젖을 만큼 세찬 물줄기가 쏟아지고 있었다. 우산을 챙겨 들 여유 같은 건 없었다. 난 안경집을 쥔 손에 힘을 주고 빗속으로 뛰어들었다.

빗줄기가 사방에서 따갑게 얼굴을 때리고 헉헉대는 목구멍에 물이 튀어 들어왔다. 아주 어렸을 때야 모르겠지만 비 내리는 도시를 이렇게 무모하게 뛰어다녀본 건 31년 인생에서 처음이었다. 찰박거리는 발소리가 무거워질수록 잔뜩 물먹은 청바지도 점점 더 바짝 달라붙었다. 하지만 기분은 나쁘지 않았다. 물론 상상했던 자유나 해방의 느낌과는 전혀 다른 긴박한 상황이었고 온갖 기이한 것들이 바로 이 비를 타고 녹아들어 온 거라 해도, 잠시 난 빗속을 헤엄치는 한 마리 물새가 된 기분이었다.

혹시 누가 쫓아오지는 않는지 간간이 뒤를 확인했다. 우산을 쓴 몇몇 사람이 이상한 눈으로 보기는 했어도 의심스러운 인물은 보이지 않았다. 아직 문을 열지 않은 카센터를 지나 곳곳에 물구덩이가 잔뜩 생긴 잔디 공원을 가로지르고 나니 신발과 바짓단은 흙탕물로 엉망이 되었다. 난 공원 앞 가로등 아래에 잠시 멈춰 서서 요동치는 심장을 진정시켰다. 거친 숨은 서서히 가라앉았지만 목에 감겨오는 비릿한 쇠 맛은 좀체 사그라지지 않았다. 옥수수 노점도 장사를 시작하기 전이다. 나와 달리 파라솔 두 개는 비닐 막으로 꽁꽁 감싸져 비를 피하고 있었다. 그 옆에는 나를 부른 허름한 여행사 간판의 옅은 조명이 불규칙하게 껌벅였다.

마지막으로 주위를 둘러본 다음 천천히 여행사 쪽으로 향했다. 1층짜리 가건물의 정면은 불투명한 시트지와 낡은 여행 광고들로 추저분하게 덮여 있다. 안은 여전히 제대로 보이지 않았는데 실내에 등이 켜져 있는지 빛이 감돌았다. 혹시 올지도 모를 의외의 손님을 기다리고 있었던 것처럼. 약간의 망설임이 생각의 간극을 오갔다. 직관적인 끌림을 따라 여기에 오기는 했지만, 이후 일이 어떻게 돌아갈지는 어림도 할 수 없다. 내 선택이 나를 데려갈 곳이 부디 지금보다 더 최악은 아니기를 바랄 뿐이다.

일전에 이 여행사 앞에서 느꼈던 위압적인 무력감이 떠올랐다. 이어 도준의 얼굴이 아른거렸다. 이 퍼즐을 풀어야만 그의 죽음에 다다를 수 있다. 어쩌면 그의 죽음 역시 거대한 퍼즐의 작은 조각에 불과할지 모르나 이곳이 정말 '맞는 곳'이라면 단서가 있을 것이다. 아주 작은 것이라도. 난 빗속에 가만히 서서 물미역처럼 얼굴에 들러붙은 머리카락을 쓸어 넘기며 모든 신경을 차갑게 긁어모았다. 뭐든 좋았다. 간판 글자라고는 '미리'와 '행'만 남은 반쪽짜리 여행사가 내게 대체 뭘 말하고 싶은지 알아내야 했다.

미리내가 은하수를 뜻하는 만큼, 간판에는 귀퉁이마다 노란 별이 잔뜩 놓여 있었다. 다섯 개의 모서리를 가진 특별할 거 하나 없는 전형적인 별 모양이다. 별 무더기 이곳저곳을 쏘아보고 있던 그때, 구석에서 전혀 다른 형태 하나가 눈에 들어왔다. 그건 은하수 무리 안에 태연하게 섞여 있지만 결코 별이라고는 할 수 없는 모양이었다. 고리를 가진 행성 여러 개가 겹친 것 같은 모양이었는데 뭘 나타낸 건지 한눈에 해석하기 어려웠다. 그저 곡선과 띠와 입체가 마구잡이로 뒤섞인 듯했다.

순간 찌릿한 전류가 뇌리를 관통했다. 저 모양을 본 적이 있다. 오늘, 내 집에서. 흐트러진 서랍장 속에 들어 있던 도준의 어릴 적 다이어리에서. 그건 분명 도준이 온갖 물음표들과 함께 몇 번이고 반복적으로 그려놨던 그 도형이었다. 그림은 조금씩 달랐지만 모두 비스름했다. 마치 꿈에서 본 장면을 깨어나 허겁지겁 기록한 것처럼, 도준은 어디선가 접한 가물가물한 형상을 그렇게 다시 떠올리고 있었던 것이다. 그는 서랍을 뒤져 자신이 오래전에 남긴 다이어리 기록을 찾아봤고, 머지않아 목숨을 잃었다. 단서였다. 이 형편없는 여행사는 나를 내려다보며 자신이 '맞는 곳'이라고 또박또박 선언하고 있는 것이다.

이렇게 다 쓰러져가는 여행사를 찾는 사람도 있냐던 후배 유은우의 말이 떠올랐다. 그 사람이 바로 나다. 그때는 미처 몰랐던 많은 고리가 이렇게든 저렇게든 훗날의 고리와 이어진다. 나는 물에 젖은 옷과 머리를 되는대로 정리하고 문 앞으로 다가섰다. 가까이 가니 유은우의 말대로 오가는 그림자가 언뜻 비쳤다. 여러 사람의 기척이 있다. 하지만 귀를 기울여봐도 아무 소리도 들리지 않았다. 벽에는 구식 초인종이 달려 있었지만, 고민하다 초인종을 누르는 대신 유리문을 가볍게 두드렸다. 곧 내가 열게 될 게 대체 무엇일지 궁금해하며.

안에서는 어떤 반응도 없었다. 여전히 그림자가 어른대고 여전히 난 빗줄기에 찔리는 중이었다. 찬비를 맞았더니 몸이 움츠러들었다. 가만히 안쪽의 반응을 기다리면서 작은 알을 안심시키기라도 하듯 주머니 속 안경집을 손가락으로 슬며시 문질렀다. 알을 붙들고 있는 건 나였으나 한편으로 알이 나를 붙들고 있는 것 같기도 했다.

다시 한번 노크를 하기 위해 주먹을 올린 순간, 철컥— 하고 잠금장치 돌아가는 소리가 들렸다. 그건 들어오라는 뜻이었다. 문을 잠갔거나 열었거나 둘 중 하나였지만, 나는 조금의 의심도 없이 후자일 거라고 생각했다. 뭔가가 열린 지, 열려버린 지는 이미 오래다. 또 하나가 한 번 더 열렸을 뿐이다.

가볍게 심호흡을 하고 천천히 문을 밀었다. 살짝 벌어진 문 틈새로 을씨년스러운 바람이 얼굴에 훅 불어닥쳤다. 바람이 아니라 다른 무엇이었다고 해도 피할 수 없었을 정도로 순식간이었다. 잠깐 당황했지만 이번에는 힘을 줘 문을 획 열어젖혔다. 그러자 눈꺼풀이 날아갈 만큼 세찬 강풍이 안에서 몰아쳤다. 조금이라도 다리에 힘을 빼면 빗속으로 나뒹굴 것만 같은 위력이었다. 실내에서 이 정도의 바람이 가당키나 한지 생각할 여력도 없었다. 역시 둘 중 하나다. 이대로 문을 닫고 돌아서거나 폭풍우를 뚫고 나아가거나. 물러날 곳은 없다. 답은 이번에도 여지없이 후자였다.

안경집이 날아가버릴까 봐 꽉 움켜쥐었다. 어떻게든 문 사이를 비집고 들어가기 위해 겨우겨우 발을 내디뎠다. 고개를 숙여 최대한 바람을 피하려 했지만 풍압에 숨쉬기가 어려웠다. 난 눈을 질끈 감고, 아스팔트를 뚫고 올라오는 여린 잎의 심정으로 강철 같은 칼바람을 거슬러 안쪽에 가까스로 몸을 던졌다.

문이 닫히고 동시에 잠금장치가 아까처럼 철컥— 소리를 냈다. 안에 들어서니 체온에 딱 맞는 온기가 빠르게 번지는 게 느껴졌다. 들리는 건 바닥에 엎어진 나 자신의 거친 숨소리뿐, 이내 세상에 존재하는 모든 음형이 소멸한 것 같은 무뚝뚝한 고요가 찾아왔다. 몸을 가누고 새 둥지처럼 마구 헤집힌 머리를 대충 만지작거린 다음 벽을 부여잡고 일어났다. 벽은 폭신하고 보드라웠다. 낯선 촉감에 흠칫한 나는 손이 있던 자리를 돌아봤다. 군데군데 엷은 금실이 수놓인 짙은 암적색 벽은 온통 벨벳 패널로 덮여 있었다. 벨벳이라니. 조악한 가건물에 누가 이런 자재를 쓴다는 말인가.

정신을 차리고 내부로 시선을 돌린 나는 일식을 처음 본 인류라도 된 것처럼 아연해 할 말을 잃고 말았다. '평범한 여행사'답지 않은 수준이 아니었다. 언제 쓰러져도 이상하지 않을 초라한 외관과 달리 실내는 고풍스럽고 아늑하기 그지없었다. 조금 전 나를 생생하게 강타했던 폭풍까지 모조리 꿈이었다고 느낄 정도였다. 심지어 밖에서 보이는 것보다 훨씬 널찍했다. 다른 건물에 잘못 들어온 게 아닌가 여러 번 되짚어봐야 했을 만큼 상당히 많이.

램프 몇 개에 의지하고 있는 내부는 어둡고 차분했다. 액

자나 장식도 거의 없다. 바닥에 깔린 두꺼운 와인빛 카펫이 전체적으로 이국적인 느낌을 자아냈다. 왼쪽에는 사무용으로 보이는 큼직한 마호가니 원목 책상이 잔잔한 스탠드 조명 속에 주인처럼 공간을 지배하고 있었다. 바깥에 비친 그림자의 정체는 문가의 웅장한 벽난로였다. 굵직한 장작들 위에서 하늘거리는 불길이 꼭 사람 같은 기척을 냈다. 그것은 나무가 타들어갈 때 으레 나는 냄새나 소리 하나 허용하지 않고 충직하고 정직하게 불꽃만을 틔워내는 중이었다.

벽난로 앞에는 책상과 같은 마호가니 원목 소재의 테이블과 암적색 벨벳이 감싸진 소파와 의자 몇 개가 놓여 있었다. 예상치 못한 전경에 당황하고 있던 내 시선은 테이블 위에 이르러서야 멈춰 섰다. 테이블 위, 김이 피어오르고 있는 찻잔 하나에.

잔에는 벽이나 카펫과 비슷한 검붉은 빛의 액체가 담겨 있었다. 찻잔이 아니었다면 와인이라고 생각했을 테지만, 찻잔이니 분명 차일 테다. 그건 일종의 약속이다. 찻잔에 와인이 담길 수는 없는 노릇이다. 잔은 손님을 맞기 위해 갓 내온 것처럼 충분히 차 있었고 알맞게 데워진 듯했다. 방금까지 누군가 있었던 게 아니라면 곧 당도할 손님을 위해 내어놓은 것이리라. 난 고개를 돌려 등 뒤의 닫힌 문을 지그시 바라봤다가 다시 찻잔으로 시선을 옮겼다. 잠긴 문이 열렸으니 사장이든 누구든 있었다는 얘기인데, 풍랑을 뚫고 겨우 항구에 이른 조각배를 맞아주는 이는 어디에도 보이지 않았다.

일단 소파에 앉아 기다려야 할지 망설이던 중 근처에서 찰랑대는 소리가 뿜어져 나왔다. 말 그대로 '찰랑대는' 소리였다. 서로 다른 높낮이와 음파가 섞인, 흡사 종소리 같았다. 굵거나 여리거나 뜨겁거나 시리거나 부서지기 쉽거나 둔탁한 음이 겹겹이 쌓인 종소리. 정말이지 생전 처음 들어보는 유형의 소리였다. 감각을 모조리 뛰어넘는 일정한 간격의 소리는 오른편의 벽난로 쪽에서 울리는 듯했다. 나는 추진 옷가지의 진득함을 느끼며 기묘한 종소리의 정체를 찾아 한 걸음씩 천천히 움직였다.

벽난로에 가까워질수록 자명종 시계만 한 형태가 눈에 들어왔다. 우직한 종소리의 발원지였다. 그러나 점차 어딘가 익숙지 않은 입체감이 드러났다. 구조상 시계 같지만 평평한 문자반에 숫자와 바늘이 새겨진 일반적인 형태가 아닌, 명확한 구체였다. 구체 안에는 0.3021901과 1003, 71.06 따위의 숫자가 안개 속을 둥둥 떠다니고, 마치 꽃다발처럼 꽂힌 길고 짧은 바늘 무더기가 각각의 수를 향해 뻗어 있었다. 이 구형 시계가 결코 24시간의 범주 안에서 움직이고 있는 게 아니라는 건 안경집 속에서 자고 있는 새알도 알 만한 사실이었다.

"약간의 오차는 날씨 탓으로 돌리죠."

제 나름 정해진 시간을 알리고 있는—뭔지 모르겠지만 일단은 그렇다는 얘기다—동그란 시계를 들여다보다 갑자기 들려온 말소리에 소스라치게 놀라 고개를 틀었다. 혼곤한 몸을 녹여주던 벽난로의 훈기도 당혹감과 함께 순식간에 자취를 감췄다.

"앉으시죠. 기다리고 있었습니다." 남자가 말했다.

조금 전까지도 텅 비어 있던 벽난로 앞 벨벳 소파에 한 남자가 이쪽을 바라보며 앉아 있었다. 그러나 주인 없는 점포에서 튀어나온 목소리보다 날 더 당황시킨 건 그의 얼굴이었다. 정확히는 얼굴에 '든 것'이랄까. 앞다투어 표출되고 싶어 하는 수백 개의 감정과 시시각각 싸움이라도 벌이고 있는 듯, 그의 표정은 초마다 혼잡하게 갈아 끼워지고 있었다. 본모습을 드러내기에는 영 주파수가 달라 지직거리는 모양새였다. 목소리는 실로 차분했으나 그것을 담고 있는 이목구비와 그 각각의 움직임은 뚜껑 열린 믹서기의 내용물처럼 제어되지 못한 채 바깥으로 마구 튀쳐나오고 있었다.

"여기 사장님……이신가요?"

난 최대한 태연하게 물었지만 실은 사방으로 꿈틀대는 그와 눈을—눈이 있는 자리를—맞추기가 쉽지 않았다.

"그렇다고 해두죠. 그보다 차가 입맛에 맞으면 좋을 텐데요." 테이블 위 모락모락 김이 춤추고 있는 찻잔을 향해 남자가 오른손을 들어 올리며 말했다.

"제가 올 걸 알고 있었다는 건가요?"

난 가급적 목소리를 떨지 않기 위해 애쓰며 제자리에 서 있었다. 온갖 표정이 회오리치고 있는 그의 얼굴 안 어디를 바라봐야 할지도 모르겠을 뿐더러, 애초에 이곳에 발을 들이기로 한 게 심히 잘못된 선택이었던 건 아닐까, 하는 의구심이 든 것도 사실이었다.

"당신이 올 걸 알고 있었다기보다는, 당신이 오게 되는 '경우'가 존재한다는 걸 알고 있었다는 게 보다 정확한 표현이겠습니다."

"저를, 그러니까 정말 '저를' 기다리고 있었다는 말인가요?"

나를 기다리고 있었다? 불과 얼마 전에도 내게 이런 말을 한 남자가 있지 않았던가. 카페에서 만난 제보자인 줄 알았던 남자, 뻐꾸기처럼 아무렇지 않게 알을 던져두고 감쪽같이 사라진, 어떠한 표정도 갖추고 있지 않았던 남자 말이다.

그러고 보니 실로 무無 그 자체였던 텅 빈 표정의 남자와 범람하는 표정을 가진 눈앞의 남자는 얼마간 비슷한 분위기를 풍기는 듯했다. 한쪽은 아무것도 갖고 있지 않았고 다른 한쪽은 모든 걸 갖고 있었지만, 따지고 보면 0과 100은 한 끗 차이에 불과하지 않나. 축 하나 반대로 뒤집으면 0은 곧 100이 되고 100은 곧 0이 되는 법이니. 모쪼록 뭔가를 드러내지 않기 위해서는 그것을 철저히 감추는 것 외에 되레 모조리 표출하는 방법도 있다는 걸 깨닫는 참이었다.

"네, 기다리고 있었습니다. 우리가 당신에게 맡긴 것이 당신을 다시 우리에게 데려오기를요." 회오리치는 표정의 남자는 대답과 함께 방금까지 여러 겹의 종소리를 내다 잠잠해진 벽난로 위 구체 시계에 짧은 시선을 던졌다." 생각보다 약간, 빨리 당도하셨습니다만."

그의 말에 순간 재킷 왼쪽 주머니에 숨어 있는 안경집으로 손이 갔다. 나는 안경집을 재차 더듬으며 물었다. 천적으로부터 알을 보호하는 어미 새의 심정으로.

"맡기다뇨?"

"궁금하지 않습니까? 당신이 왜 지금 이 자리에 '그것'과 함께 서 있는지."

회오리 남자가 말했다. 그의 얼굴에는 한여름 낮에 꾸는 꿈처럼 가지각색의 표정이 혼재해 있었지만, 어쩐지 말투에는 명확한 웃음기가 묻어 있는 것 같았다.

"이 모든 게 당신이 계획한 건가요?"

"그럴 리가요. 계획은 제 몫이 아닙니다. 우리 중 누구의 몫도요. 시곗바늘이 계획에 의해 돌아간다고 생각합니까? 바람이 흐르고, 빗물이 고이고, 별이 빛나고, 생명이 노래하는 걸 당신이나 제가 '계획'할 수 있는 걸까요? 우린 그저 흐름을 읽을 뿐입니다. 가는 물줄기가 두터운 수로를 거쳐 강물과 대양으로 나아가는 위대한 여정을 알아채고 순순히 따라갈 뿐이지요."

"하지만 저한테 뭔가를 맡겼다면서요. 그건 철저히 당신들 스스로 만들고 실행한 계획이잖아요." 내가 말했다.

"진정 '우리만의' 계획이라면 말이지요." 회오리 남자가 답했다. "따져볼까요. 우린 단지 알을 남겨뒀을 뿐입니다. 당신 손에 쥐여 주며 부디 지켜달라 당부하지 않았죠. 이 세계에서 그 알이 쓰레기통으로 던져질지, 카페 사장의 주머니에 놓일지, 다음에 그 자리에 앉은 재수생의 필통에 부적처럼 들어앉을지, 그저 굴러떨어져 깨질지, 이 모든 것을 벗어난 다른 어떤 상황에 처하게 될지는 정확히 알 수 없었다는 말입니다."

"그 말대로라면 어떤 상황이 펼쳐질지도 모르는데 당신은 대체 어떻게 저를 기다리고 있었다는 거죠?"

"디테일하게 표현하자면 '어딘가'에서 알이 당신에게 '맡겨지는' 경우가 존재하고, 알과 함께 당신이 이날 이때 우리에게 도달할 거란 걸 알고 있었다는 겁니다." 천의 얼굴을 가진 회오리 남자가 말했다. 순식간에 웃고, 분노하고, 흥분하고, 좌절하고, 즐거워하며. "그중 '이 세계'의 당신이 알을 맡을지는 확실하지 않았습니다. 어느 세계에서는 분명 당신이 알을 맡아 지키고 마침내 우리와 접촉하겠지만, 그게 '이 세계'라는 확신은 없었다는 얘기입니다."

"무슨 평행 우주라도 존재한다는 말인가요?" 나는 되도 않는 소리에 슬슬 언짢음을 느끼고 있었다.

"당신들의 세계에서는 그 개념이 비교적 근접할 거라고 봅니다. 기본적으로 이 세계 수준의 과학으로는 당신을 이해시킬 방도도 없고요. 중요한 건 당신에게 알이 맡겨지는 세계를 우리가 끝내 찾아냈다는 거겠죠. 물론, 중요하다는 건 그 의미를 아는 '우리'한테 국한된 얘기입니다만."

"좋아요. 그 '우리'는 어디에서 오고 어디에 속한 누구신데요? 무슨 과정을 거쳤든 제가 여기에 찾아온 게 당신들한테 어떤 의미에서, 왜 중요하다는 거고요?" 나는 어미마다 짜증이 묻어 있는 걸 역력히 느끼며 물었다.

"조금 빨리 오신 덕에 여유가 생겼으니 그럼 대화를 잠시 이어갈까요." 회오리 남자는 다시 한번 벽난로 위 구체 시계에 눈을 — 눈이 있는 자리를 — 흘긋 돌린 뒤 말했다. "죽은 남자에 대한 것부터요."

그의 말에 순간 불길 속에 철커덕 하고 떨어진 방화문처럼 심장이 무방비하게 주저앉았다. 도준이었다. 그는 도준을 얘기하는 것이 분명했다. 도준과 관련된 옅디옅은 발자국을 쫓아 이른 곳이었음에도, 그의 말로에 대한 비밀이 근접해 있다는 사실에 모종의 두려움을 느꼈다. 그건 절박함에서 비롯된 지극히 불가피한 공포였다.

"일단 좀 편히 계셨으면 하는데요. 차도 식어가고."

아무런 대꾸도 하지 못하고 얼어 있는 내게 회오리 남자가 친절한 음성과 함께 자리에 앉기를 권했다. 그의 감정을 읽기란 불가능하니 호의에 대한 판단은 목소리에 의지하는 수밖에 없었다. 난 테이블 위 찻잔에 담긴 정체 모를 음료 ― 겉보기에는 와인이라고밖에는 할 수 없는 ― 를 잠깐 보다 그의 맞은편에 놓인 붉은 벨벳 의자로 걸어가 앉았다. 물론, 뭔지 모를 차는 마시지 않을 작정이었다. 벽난로 덕인지 젖은 옷은 어느 틈에 바삭하게 말라 있었다.

"죽은 남자라고요." 내가 물었다.

"당신 개인의 관점에서는 무척 안타까운 일이지만, 그의 죽음이 거스를 수 없는 흐름의 일부였다는 사실을 이해하신다면 위안이 좀 될지 모르겠습니다."

"뭐라고요?"

난 남자의 날뛰는 표정을 직시하며 말했다. 이해? 위안? 가까스로 억누르던 감정이 내 안의 보이지 않는 마지막 막을 뚫을 기세로 치밀어 오르고 있었다.

회오리 남자가 말했다. "7억 3천 가지입니다. 당신 세계의 기준으로 반올림해서. 당신이 알을 맡고, 그것을 알아보고, 지키기로 결심한 다음, 빼앗기거나 훼손되지 않은 온전한 상태로 우리에게 오기까지의 모든 경우의수 말입니다. 이 세계의 당신은 그 7억 3천 가지의 가능성 중 단 하나였습니다. 남자의 죽음이 없었다면 경우의 수는 209억 7천 가지로 늘어났을 거고요. 역시 당신 세계 기준으로 반올림해서."

"설마 당신들이 죽인 겁니까." 난 피 맛이 날 정도로 아랫입술 안쪽을 세게 씹으며 말했다.

"누차 말씀드렸듯이 흐름은 우리가 어찌할 수 있는 게 아닙니다. 옳고 그르고의 문제가 아니라는 얘기입니다. 우린 그저 강물 위를 둥둥 떠내려가는 나뭇잎처럼 물줄기의 움직임을 인지하고 몸을 맡길 뿐입니다. '질서'라는 명목하에 그 흐름을 장악하거나 관장할 수 있다고 믿는 세력이 있지만, 우린 다릅니다. 흘러가야 흐름이고, 흐름은 흘러가야 하죠. 막을 수도 제어할 수도 없습니다. 거기에 모종의 의지가 닿는 순간 흐름은 더 이상 흐름이 아니게 됩니다. 길가 배수구에 층층이 쌓이는 낙엽 더미처럼요. 당연히 그의 죽음 어디에도 우리가 개입한 부분은 없고요."

"흐름이라고요. 내 남자친구의 죽음이 신의 섭리라도 된다는 말이에요? 대체 왜 멀쩡히 잘 살고 있던, 아무런 잘못도 없는 그 사람이 죽어야 했는데요. 얼마나 대단한 흐름을 위해서 목숨을 바쳐야 했냐는 말입니다." 난 삐걱대는 음정을 애써 진정시키며 말했다.

"당신 말대로 아무런 잘못도 없는 그 남자가 멀쩡히 잘 살아 있고, 잘 살아가는 경우도 분명 존재합니다. 그 사실 역시 우리는 알고 있죠. 심지어 단순히 그 조건만 놓고 봤을 때 그런 세계는 수도 없이 존재합니다. 아주, 많이요. 그러나 우리에게 필요했던 건 바로 이 세계입니다. 그 남자의 죽음을 겪은 한 인간이 우리가 남긴 것을 지키는 동시에 자신의 고유한 영역을 유지한 채 우리를 만나는 7억 3천 가지 중 단 한 가지 세계."

"무슨 말을 하는 건지 이해는 안 가지만, 이거 하나라도 명확하게 말해주세요. 그 사람의 죽음에는 이유가 붙지 못했어요. 원인을 알아내지 못했다고요. 그는 왜 죽은 겁니까. 그러니까 바로 이 세계에서 내 무고한 남자친구가 정확히 무엇 때문에 목숨을 잃었냐는 말이에요. 아무것도 모른 채 평화롭게 자다가."

난 그의 예측 불가능한 입에서 어떤 예측 불가능한 소리가 나올지 기다렸다. 회오리 남자는 고장난 장난감처럼 폭주하는 눈으로 한동안 내 쪽을 빤히 바라보더니 영겁 같은 침묵을 깨고 말했다.

"그 남자는 알고 있었습니다. 자신이 곧 소멸할 거란 사실을요. 의식적으로든 무의식적으로든 그 중간 어디에서든."

"죽을 걸 알았다고요?" 난 한층 올라간 톤으로 물었다.

"정확한 이유까지도요."

"말도 안 돼요. 평소랑 다를 건 아무것도……"

나는 격분한 상태로 말을 잇던 중 평소와 달랐던 그의 모습과 역시 결코 평소와 같다고 할 수 없던 그날의 장면들이 줄줄이 떠올라 말문이 막혔다.

"그가 짐작하지 못한 건 딱 하나였습니다. 자신의 마지막이 몽중일 거란 사실이요. 직감적으로 생의 끝이 다가오는 걸 느꼈지만, 어리석게도 눈을 뜨고 있는 동안만 버티면 충분할 거라고 생각했죠. 어리석다는 문제는 이 세계에서 비단 그에게만 해당되는 건 아닙니다만."

"그러니까 의문사로 남은 그 죽음에 실은 분명한 이유가 있었다는 거고, 당신은 그 이유를 알고 있다는 거네요. 그가 잠결에 갑자기 죽어버린 이유를." 나는 갈수록 거칠어지는 호흡을 꾹꾹 다스리며 힘겹게 입을 뗐다.

"네."

남자의 짧은 답에는 망설임 하나 없었다. 그의 얼굴에서 매 순간 휘몰아치고 있는 격렬한 춤사위 또한.

13 진율

 기억이 같다면, 그러니까 모든 기억을 그대로 갖고 있다면 같은 존재라고 할 수 있을까. 한 생명을 이루는 건 기억인가, 육체나 영혼인가, 자아 또는 신념인가. 그 모든 것인가 혹은 어느 것도 아닌가.

 이게 나의 기억이 아니라는 걸 알고 있다. 그렇다면 내 무의식이 가공한 상상의 산물일까. 아니다. 이 역시 아니라는 걸 나는 알고 있다. 알고 있다고 생각하는 것조차 자발적인 판단에 의한 게 아닐지 모르지만 일단 그 가능성은 배제한다. 내 몸을 자유자재로 움직일 수 없다. 두 손은 공기 중에 훌훌 흩어져 있고 발끝은 절벽에 부딪힌 벽파처럼 잘게 부서진 것 같다. 모든 감각이 아득하고 아스라하다. 낯설면서도 퍽 능란하다. 그래, 이건 아마도 꿈이다.

 나는 빛과 그림자로 뒤덮인 경계 없는 공간에 놓여 있다. 모든 것이 존재하기도, 부재하기도 한다. 이 세상의 빛을 모조리 투과하는 투명한 물고기가 된 기분이다. 눈으로 자기장을 읽고 돌아갈 곳과 돌아올 곳을 감지하는 철새처럼 온갖 방향과 궤도가 실로 선연하게 느껴진다. 나는 비행하는 동시에 유영하고, 침전된 한편 분출한다. 해면에 닿으면 물을 빨아들이고 지면에 스치면 대지를 뒤흔드는 용오름이자, 갓 태어난 가느다란 풀벌레이기도 하다.

이런 꿈이 가당키나 한가. 문득 이것이 그저 꿈의 형식을 지닌 전혀 다른 무언가라는 걸 직감했다. 이제껏 단 한 순간도 경험해보거나 알지 못했던 무언가. 꿈이 아니다. 내가 축적한 스스로의 각인도 아니다. 이건 착실히 실재했던 다른 누군가의, 또는 무언가의 기억이다. 그만큼 생생하고 분명하다. 그 기억은 모종의 이유로 나에게 흘러 들어왔다. 알지 못했던 때에 보이지 않는 통로를 지나 나의 무의식으로. 내 무의식 속에서 실제 기억의 주인과 얼마간 그 일부를 공유하고 있는 것이다. 나는 그저 대역에 불과한 건지, 의지를 가진 배우나 관객인 건지 분간할 수 없다.

일순간 벼락이라도 맞은 듯 통렬한 감정이 저릿하게 밀려왔다. 그건 어두운 무대 위 프리마돈나를 비추는 단 하나의 핀 조명처럼 뚜렷하게 어느 지점을 향해 있다. 뭔가를 강하게 원하는 감정이었지만, 욕망이나 갈망과는 거리가 있다. 보다 대의적이고 훨씬 원초적이다. 실로 본능적이면서 극히 냉정하다.

도저히 거역할 수 없는 흐름이다. 그 흐름 앞에서 난 폭포수에 올라탄 한 장의 낙엽이나 마찬가지다. 낙엽은 절대 홀로 폭포수를 거슬러 올라갈 수 없는 법이다.

온 신경을 한데 모은다. 그 감정을 따라 찾아야 할 것이 있다. 내 것이면서도 결코 내 것이 될 수 없는 뭔가를 찾아야 한다. 그건 나의—기억의 주인의—유일한 존재 이유이자 숙명이다. 곧 시야가 캄캄해지더니 두 눈이 멀 정도로 무한한 빛이 범일했다. 짙은 파도 소리가 장맛비처럼 쏟아짐과 동시에 내 몸은 먹이를 발견한 청새치처럼 그 빛의 물결 속을 질주한다. 이내 눈을 뜬다. 아니, 눈은 계속 뜨고 있었을 것이다. 다만 아무것도 보지 못했을 뿐.

태양 빛 아래에 서서히 물안개가 흩어지듯 시야가 점차 맑아지기 시작했다. 이제 난 꽤 현실적인 장소에 도착해 있다. 조금 전까지 있던 장소보다는 말이다. 처음 보는 곳이지만 사무실인 듯하다. 옅은 회색과 군청색 파티션이 즐비한 책상 숲, 영락없이 평범한 직장인의 평범한 일터다. 하지만 난 어쩐지 불안하다. 원하던 것을 찾았지만 그것은 과정에 불과할 뿐, 결과라고 할 수는 없다. 목표는 아직 달성되지 않았다.

주위를 둘러본다. 아래에는 건조한 흙더미가, 위에는 녹색 이파리가 창창히 겹쳐 있다. 잎은 백설이라도 쌓인 것처럼 저마다 가장자리가 하얗다. 눈이 아니라 달빛인가. 월광이 비치는 아담한 정원, 그 안에 내가 있다. 난 자그마한 몸집을 지녔다. 여기에 오기 전까지는 실체가 느껴지지 않았던 뿌연 신체 각 부위에서 여리지만 확실한 태동과 감각이 감지된다. 지금은 아까와 달리 내게 육체가 부여되었다. 처음 산 휴대폰을 조작하듯 왠지 어색하면서도 금세 익힐 수 있을 것처럼 익숙하기도 하다. 이 몸은, 그러니까 기억의 주인은 오랜 시간 자주 이런 과정을 겪어왔던 것 같다.

순간 소리를 입히기 적당한 시점이다, 더 이르거나 늦어서는 곤란하다는 강한 집념이 불쑥 들이닥쳤다. 그게 무슨 의미인지 나로서는 알지 못했다. 난 울대를 가다듬고 고개를 치켜든다. 입을 벌리고 내 안에 농축돼 있던 에너지를 있는 힘껏 토해낸다. 그것은 시작과 끝, 처음과 마지막, 재생과 종식의 신성한 의무요, 고통스럽지만 필연적인 절차였다. 하이 톤의 데시벨이 내는 진동 탓에 귓가가 무참히 요동쳤다. 내 귀는 아주 작고 섬세했으니. 그때 기억의 주인이 보여주는 기억과 나의 기억이 민물과 바다의 접면에서처럼 섞여들었다. 어디선가 들어본 소리라는 생각이 들었다. 그것도 아주 자주, 일상적으로. 그래, 마치 전화벨 소리 같다. 일정한 간격으로 울리다 다시 일정한 간격으로 쉬는 정직한 기계음.

난 목청껏 전화벨을 닮은 소리를 터뜨리고 있었다. 그 소리는 나 자신을 위한 것도, 짝을 부르거나 먹잇감을 유혹하기 위한 것도 아니었다. 그저 빛과 그림자의 세계에서부터 줄곧 내가 간절히 원한 단 한 가지 행위였다는 사실만이 명확했다. 곧 소리에 반응해 내 안에서 여린 반사음이 울려왔다. 내 안, 내 육체, 정확히는 사타구니 사이에서 솟는 파형이었다. 소리가 뭔가에 제대로 흡수되고 있는 걸 알 수 있다. 그것은 귀를 통해 감지되는 게 아니었다. 시각이나 후각, 촉감의 영역과도 무관했다.

내 몸 아래에는 아직 미약하지만 숭엄한 생명이 움트는 중이다. 난 그걸 본능적으로 안다. 돌처럼 차가우면서도 별처럼 뜨거운 생명. 알, 그래, 알이다. 난 온기 있는 알을 품고 있다. 불안정한 흐름 속에서 작은 내 몸뚱이보다 더 작달막한 존재가, 아마도 내가 창조한 내 분신, 내 알이 내 목소리를 알아듣고 차곡차곡 응답을 쌓고 있는 것이리라. 마치 거울 속의 나를 마주하듯 그것은 나를 느끼고 나는 그것을 느끼고 있었다.

엷은 고막에 금이 가는 고통을 누르며 몇 차례 소리를 토해내고 입히는 작업을 반복하던 중, 이 공간이 지닌 파장과는 별개의 것이 다가오고 있다는 게 그윽이 느껴졌다. 생경했지만 위협적인 낌새는 없다. 그가 올 거라는 사실을 아주 오래전부터 알았던 것 같다. 그러니 자리를 지키고 아직 알에 충분히 기록되지 않은 파형을 마저 담기로 한다. 난 언제든 떠날 수 있고, 언제든 돌아올 수 있으니.

시간이 얼마나 흘렀을까. 기척이 점차 짙어지더니 곧이어 얇은 감색 재킷과 청바지를 입은 여자가 보였다. 잔뜩 지친 표정을 한 짧은 머리의 여자는 입을 틀어막고 내가 있는 정원을 보며 멀뚱히 서 있다. 적잖이 놀란 모습이다. 난 혼돈이 가득한 여자의 눈동자를 가만히 들여다본다. 여자가 자아를 지닌 한 생명으로서 제법 큰 고비를 넘어가는 중이라는 걸 읽을 수 있다. 눈앞의 핏기 섞인 살덩이로 이루어진 이 세계의 약하디약한 존재는 꽤 잘게 바스러져 있다.

그나저나 내가 저런 걸 볼 줄 알았던가. 내 안에 새겨지는 정보는 그뿐만이 아니었다. 여자를 보는 난 말 그대로 여자를 '보고' 있었다. 그녀의 모든 것을. 마치 그녀의 과거와 현재, 미래가 홍수처럼 내 의식의 좁은 문을 파괴하고 무자비하게 밀려드는 것만 같았다. 나의 언어로는 미처 해석할 수 없는 무연한 함의들이 기억의 주인 안에서는 일목요연하게 자리를 찾아가고 있었다.

나는 나 자신의 무의식 속에서 거대한 허무감에 휘청였다. 뭔가를 진정 '본다'는 건 바로 이런 것이구나. 한평생 두 눈으로 보긴 했지만 보이지는 않았던 온갖 잔영을 고스란히 읽어내고 흡수하는 이 작은 몸의 정체, 기억의 주인은 신일지도 모른다. 나아가 우주 자체일지도.

여자는 마침내 복잡한 심경을 정리하고 격랑에 맞서기로 결심한 듯했다. 그런 결의가 그녀의 탄탄하고 검은 동공에 비쳤다. 저렇게 지친 영혼에 아직도 날카로운 기백이 들어앉을 자리가 남아 있었다는 사실에 난 내심 탄복했다. 일부였지만, 순간 그녀의 신념이 향하는 곳과 나 자신의 신념이 향하는 곳이 믿을 수 없을 만큼 진지하게 겹쳐 보였다. 나는—기억의 주인은—무너지기 직전인 저 가여운 여자가 필요하다고 생각하고 있다.

알을 찾아 먼 항해를 떠나온 터라 지칠 대로 지쳤지만, 여자의 뒤쪽 멀리서 다가오고 있는 께름칙한 흑연이 감지됐다. 그것은 고정된 형태를 가지지 않았다. 한순간 뱀처럼 구불거리다가 벽처럼 단단히 결집되기도 했다. 내 몸은 여름 장미의 가시처럼 바짝 벼려졌다. 이성이 아닌 직관의 발현이었다. 월광이 묻은 머리 위 잎사귀들조차 파리하게 떨고 있었다. 그것은 나와 마찬가지로 확연한 목적을 갖고서 이리로 한 걸음 한 걸음 근접해오고 있으며, 퍽 성가시다.

기억의 주인은 그 기척을 아주 잘 알고 있는 듯하다. 그러나 나 역시 비슷한 결의 음험함을 분명 겪은 적이 있다. 감춰진 의도, 포장된 진의, 그리고 검푸른 냉기. 어디였더라. 누구였더라. 뭐였더라. 어렴풋한 실루엣은 점차 한데 뭉쳐진다. 그리고 조금씩 형상을 갖춘다. 어두운 바다 밑바닥에서부터 아주 낮은 음성이 들려오는 듯하다. 동굴을 닮은 목소리다. 이내 암청색 빛과 어느 소인들, 그리고 한 남자의 얼굴이 떠오른다.

'알을 지키면서 나도 지켜야 해.'

난 꼿꼿한 길고양이처럼 결단을 내린다. 그건 생존 욕구 이상의 순수하고 원초적인 지향, 마치 절대적인 이데아처럼 여겨졌다. 흑연은 일단 피해야 한다. 눈앞의 느른한 여자는 알을 보호할 것이고, 흐름에 몸을 맡길 것이다. 난 망설임 없이 몸을 숨기기로 한다. 본디 내가 속해 있던, 흑연 따위 닿지 못할 망연한 빛과 그림자의 세계로.

지나왔던 빛다발을 거슬러 올라가다 보니 어느새 육체를 잃고 다시 끝없는 적막 안에 놓여 있다. 기억의 주인의 영역으로 돌아왔다. 세계와 세계의 틈이자 차원과 차원의 사이. 존재와 비존재, 의식과 무의식이 공존하는 이곳은 모든 소란한 것들 위에 놓인 경계, 고요의 경계였다.

눈꺼풀에 노을이라도 앉은 듯 감긴 눈 안이 환히 부셔왔다. 햇빛인가. 구겨진 시야에 밝은 창가가 들어왔다. 아침이다. 왼팔에 감각이 없다. 난 한쪽 팔을 깔고 방바닥에 사선으로 누워 있다. 잔뜩 술에 취한 다음 날 희미한 전날의 기억을 더듬듯, 맥없이 널브러져 눈동자만 굴리고 있다. 곧이어 깨질 듯한 두통이 엄습했다. 몽중 잔상이 유리 깨지는 소리처럼 머릿속을 때렸다. 꿈의 부드러운 흐름은 사라지고, 현실의 날 선 감각이 밀려들었다. 두부를 강타한 고통을 외면하고 잔뜩 인상을 쓴 채 천천히 상체를 일으켰다. 몸은 푹 젖은 빨래마냥 무겁고 눅진했다.

뒤숭숭하고 산란한 기분이었다. 어릴 적 자두에이드 컵을 통해 '뭔가'를 접한 뒤 자취를 감춰버린 꿈이 정말 돌아

0시의 새

온 것인가. 하지만 아무리 오랫동안 꿈을 잃었어도 내가 겪었던 옛꿈들과는 전혀 달랐다. 아주 실감 나는 꿈을 꾼 것도 같고, 심히 꿈 같은 현실에 놓여 있던 것도 같다. 현실과 꿈이 뒤바뀌고 사실과 공상이 혼재했다. 꿈에서 깨어난 동시에 더 깊은 꿈에 침잠한 것 같았다.

조금 전까지 아주 작고 소중한 뭔가를 품고 있었던 것처럼 다리 사이에는 미세한 온기의 흔적이 남아 있다. 여리지만 분명하고 정직한 온기. 정신이 서서히 또렷해질수록 단편적인 기억의 편린들이 차례차례 덮쳐왔다. 그러나 하나같이 뿌옇고 경계가 흐릿했다. 눈이 내린 작은 숲, 귀를 찢는 괴로운 소음, 얼굴이 기억나지 않는 지친 몰골을 한 여자. 그리고, 작고 음산한 남자.

기억의 회로가 한 지점에 도달하자 화들짝 놀라 허리를 곧추세웠다. 제대로 피가 돌기 시작한 왼팔이 아릿했다. 오른손으로 팔을 주무르며 앉은 자리에서 집 안을 훑었다. 난장판이었다. 바닥은 온통 발자국에, 책장에 꽂혀 있던 서적들은 속살을 훤히 드러낸 채 나뒹굴고 있었다. 침대 매트리스는 갈가리 찢기고 서랍이란 서랍은 죄다 끄집어내졌다. 칸칸이 나눠 정리했던 여름옷과 겨울옷은 이제 계절 따위 중요치 않아 보였다. 계절은커녕 옷인지도 모를 정도였으니까.

초등학생들의 발길질에 처참히 함락된 개미굴, 내 집은

딱 그 꼴이었다. 규칙과 질서를 갖고 가지런히 정돈돼 있던 안락한 보금자리는 이제 과거의 유물이 됐다. 그러나 의외로 한숨 한 줌 나오지 않았다. 일정 단계를 넘어선 압도적인 상심을 마주하면 인간은 생각보다 침착해진다. 이러다 머리가 정말 쪼개지는 게 아닐까 싶은 두통 속에서 일단 현실을 받아들이는 것에 집중하기만 해도 벅찼다.

제자리를 잃고 떨궈진 집기 하나하나에 헛헛한 시선을 두던 그때, 눈이 마주쳤다. 더 이상 행주는 걸려 있지 않은 행주걸이 아래에 동그마니 웅그리고 있는 작은 동물의 작고 까만 눈과.

그 새였다. 짙은 녹색 안대를 쓴 흰 새. 내 집에 불쑥 발을 들인 온갖 기이한 것들 중 첫번째 침입자. 숨소리 하나 내지 않고 얌전히 주방에 자리 잡은 아담한 새는 예의 무표정한 얼굴로 엉망진창인 집의 엉망진창인 주인을 빤히 바라보고 있었다. 순간 기시감이 밀려왔다. 꼭 다 큰 내가 어린 시절의 나를 우연히 조우한 것처럼 어딘지 친밀한 정감이 느껴졌다. 묘한 인력이었다. 갑자기 사라져버리긴 했어도 일전의 짧은 만남으로 유대감이라도 쌓인 건지. 나는 무엇보다 이 난리통 틈에서 새가 무사히 살아 있다는 사실에 안도했다.

한순간 보얀 감촉이 길 잃은 운석처럼 불시착했다. 새가 자아내는 감촉이다. 그 감촉은 내가 눈을 뜨기 전까지 내내

내 주변을 가득 채우고 있던 것이었다. 꿈처럼 더없이 멀고
도 가까운 어느 시간, 사방이 빛인 동시에 그림자였던 외딴
공간에서. 꿈속에서 저 새를 만난 적이 있었던가. 아니다.
그건 꿈이 아니라 꿈을 타고 녹아든 기억이었다. 다른 존재
의 기억. 이어 불투명하게 덮인 간밤의 기억들이 한꺼번에
베일을 벗었다.

'기억의 주인이다.'

동굴 남자가 말한 규정할 수 없는 존재, 빛과 소리이며 의
식과 무의식 자체인 '신'과도 같은 존재. 꿈과 현실을 혼탁
하게 버무려 내 정면에 들이민 장본인이다. 아직도 내게 명
백히 남아 있는 나 자신의 작은 몸집의 기억, 고막을 파괴할
정도의 울음소리, 그리고 사타구니 사이에서 내 울음의 파
장에 답하고 있던 미완의 생명체. 내게 흘러 들어온 기억의
주인이 바로 눈앞의 저 조그마한 새였던 것이다.

살인적인 두통은 어느덧 천천히 물러가고 있었다. 나는
남아 있는 몽롱한 잠기운을 떨치고 다리에 힘을 줘 일어났
다. 새는 기껏해야 보리쌀보다 약간 큰 눈을 여전히 내게 단
단히 고정하고 있었다. 어찌할 수 없는 상황이었고 애초에
그런 게 있는지도 몰랐지만, 난 새가 남긴 알을 지키지 못했
다는 미안함에 그 눈을 똑바로 바라보기가 힘들었다. 어쩌
면 새는 그래서 내게 자신의 기억을 보여준 것일지도 모른
다. 자신에게 그 알이 얼마나 중요하고 소중한 것인지 알려

주고 싶었던 걸까. 다른 곳에는 위험에 처한 알을 지키려고 하는 누군가가 있었다며 책망이라도 하는 걸까.

가만, 다른 곳의 누군가? 동굴 난쟁이는 분명 내 집에 있던 알이 '두번째'라고 했다. 단 하나뿐이고 하나뿐이어야 한다는 알의 또 다른 분신. 그렇다면 꿈에서 내가—흰 새가—품고 있던 게 '첫번째' 알일 게 틀림없다. 나는 가장자리가 흰 이파리 지붕 아래에서 알을 지키다, 가까워지는 불길한 신호를 감지하고 피신했다. 무턱대고 달아나버린 게 아니다. 그때 내 앞에 서 있던 여자가 알을 보호할 거라는 사실을 난 직각적으로 알고 있었다. 희망 사항이나 기대 따위가 아니라 실로 '사실'로서.

'난쟁이들이 첫번째 알을 찾고 있구나.'

그자들은 내 집에 들이닥쳤던 것처럼 기억 속 여자에게 접근하고 있는 거다. 그러나 새가 보여준 장면이 어느 시점에 벌어진 일인지는 알 수 없는 노릇이다. 범상치 않은 존재라고 했으니 어쩌면 아주 옛날이거나 먼 미래의 상황일 수도 있다. 장소도 흔한 사무실 정도였다는 것만으로는 특정하기 불분명하다. 명확한 건 내가 올라앉아 있던 특이한 식물의 생김새와 작은 몸에서 터져 나오던 전화벨 소리, 그리고 실내에 퍼져 있던 진한 비 내음뿐이다.

의식을 집중하기 위해 가만히 눈을 감았다. 무의식의 영토에서 일어난 일을 의식이 쫓는다. 감촉, 소리, 냄새. 보이지 않는 것으로 보았던 것을 탐색한다. 여자의 얼굴은 여전히 안개에 휩싸인 듯 모호하지만, 차림새는 가벼웠다. 먹구름이 지상까지 내려온 것처럼 바깥은 어둑어둑했고 굵은 빗소리가 들렸다. 코끝에는 옅은 흙냄새가 감돌았다. 계절은 지금과 같은 여름이다. 어쩐지 그녀는 현재 내가 서 있는 시간의 선상에서 그리 멀리 떨어져 있지 않은 것 같은 느낌이 들었다.

난 눈을 뜨고 다시 새를 바라봤다. 왜 내게 자신의 기억을 침투시킨 걸까. 특별한 이유가 있나. 아니면 그저 착각이거나 우연일까.

"우연이란 건 없습니다. 당신들이 우연이라고 손쉽게 단정 짓는 수많은 것들 중 단 한 가지도." 난쟁이는 말했었다.

난 마른 목에 꼴깍 침을 넘기고 입을 열었다.

"나한테 왜 그 장면을 보여준 거야?"

새는 답이 없었다. 물론 새는 원래 말을 할 줄 모른다. 하지만 저 새는 내가 아는 예사 날짐승이 아니지 않은가.

"혹시 도와달라는 거야? 네 알이 지금 위험하다고?"

물으면서도 의구심이 감겨왔다. 미스터리한 소인들조차 '겹겹이 쌓인 차원 가장 위쪽의 무언가'라고 표현할 정도로 초월적인 존재라면 대체 왜 한낱 인간에게, 그것도 하필 나에게 도움을 청한다는 것인가. 이 세상에는 똑똑하고 용감하고 정의감에 불타면서도 전투력 좋은 인간이 얼마든지 있지 않냐는 말이다. 적어도 나보다는.

그때였다. 세상 무엇에도 관심 없다는 듯이 무채색 표정만을 내보이던 새가 천천히 눈을 감았다 떴다. 긍정의 대답이라도 하는 것처럼. 기분 탓인지 모르겠지만 흑진주 같던 새의 눈이 어쩐지 깜박이기 전보다 흐려진 느낌이었다. 총총하던 칠흑이 한 꺼풀 벗겨진 것 같달까. 그보다 새가 내 말에 반응을 보였다는 사실이 중요했다. 그것은 전까지는 어쩌다 기이한 사건에 휘말린 운 나쁜 인간에 머물러 있던 내가, 앞으로는 완전히 새로운 국면에 진입할 거란 예고나 마찬가지였다.

"하지만 내가 뭘 어떻게 돕겠어. 뭐가 뭔지 하나도 모르겠는데. 웬 이상한 남자들이 쳐들어오지를 않나, 갑자기 잠에 들고, 깨보니 집은 이 꼴이고. 애초에 넌 왜 내 집에 와서 알을 낳은……"

그러고 보니 알은 어떻게 됐지? 난 침입자들이 알을 없앨 생각이라는 걸 알고 막으려 했다. 그리고, 소방 벨. 어찌저찌 시간을 끌던 중 마침 소방 벨이 울렸다. 그 틈에 재빨리 움직였지만 갑자기 무지막지한 잠기운이 덮쳤다. 나는 쓰러졌고, 작은 괴한들이 여러 차례 '추출'이란 걸 하는 것도 봤다. 그다음은?

기억을 더듬어 올라가자 가셨던 두통이 다시 파슬파슬 번져왔다. 현관으로 고개를 돌렸다. 잠들기 직전, 소방 벨

보다도 큰 소리가 나자 소인들이 동요했다. 그들은 소방 벨이 울리자마자 현관 쪽을 노려봤다. 뭔가를 감지했던 게 분명하다. 새가 불길한 존재의 접근을 눈치챈 것처럼. 그때 이곳에서 난쟁이들을 저지하려는 다른 움직임이 있었던 것이다.

하지만 누가? 소인들은 하려던 일을 마쳤을까? 실패했을까? 알은 파괴됐을까? 아니면 새로 쳐들어온 자들이 가져갔나? 그들은 알을 지키려는 걸까? 그저 알을 원하는 다른 세력일까? 새를 도우려는 걸까? 그렇다면 새는 왜 그들에게 가지 않고 나에게 왔지?

의식이 스스로의 생각에 빠져 한참 동안 버둥댔고, 난 그 속에서 익사하기 직전이었다. 새는 이 모든 과정을 줄곧 의연한 얼굴로 지켜보고 있었다. '신'적인 존재라고 하지 않았던가. 마음만 먹으면 내게 의사를 제대로 전할 수도 있을 텐데 그럴 생각이 전혀 없어 보였다. 대체 왜 다들 불쑥 얼굴만 들이밀고는 원하는 게 뭔지, 뭘 어떻게 하면 좋은지 속 시원하게 설명해주지 않는 것인가. 일단 알이 어떻게 됐는지 당장 확인할 방법은 하나였다. 새는 알이 있던 자리에 앉아 있다. 그저 기척이 그리워 남아 있는 게 아니라면 알은 분명 품 안에 있는 것이리라.

난 새가 놀라지 않도록 천천히 오른발을 뗐다. 그러자 새가 일순간 날개를 펼쳤다. 처음이었다. 아담한 체구에 어떻게 저런 크기의 날개가 달려 있는지 놀라울 정도였다. 그 절대적인 존재감에 온몸이 마비됐다. 순백의 외관과 달리 날개 안쪽은 짙은 녹색으로 물들어 있었다. 울창한 숲처럼 깊고 푸른빛이 감도는 색채는 새의 기억 속에서 올려다본 눈 덮인 초록 정원을 떠오르게 했다. 그 모습에 넋을 놓고 있던 사이, 새는 한 차례 날개를 퍼덕이더니 가뿐히 행주걸이 위에 앉았다. 새가 떠난 자리에는 작은 알이 오도카니 놓여 있었다.

알이 그대로 있는 이유를 알 수 없었다. 멀쩡해 보이기는 하지만 실제로 알이 무사한 건지도 나로서는 모른다. 혹시나 하는 마음이 있긴 했지만, 고작 저 메추리알 크기도 안 되는 알 하나 때문에 내 집이 초토화됐으니 어느 쪽이 가져갔든 당연히 사라졌을 거라고 생각했다. 주어는 불확실하나 가능한 전개는 크게 세 가지다. 알이 무가치해졌거나 ― '파괴'라는 게 꼭 물리적으로만 이뤄지는 건 아니니 ― 급박한 전개에 어느 쪽도 미처 챙기지 못했거나, 일부러 두고 갔거나.

알은 세계다. 태어나려는 자는 한 세계를 깨뜨려야 한다. 새는 신에게로 날아간다. 머릿속에서 『데미안』의 구절이 튀어나왔다. 키 작은 동굴 남자는 두번째 알을 '파악하지 못했던 변수'라고 말했다. 어느 날 갑자기 두 개의 달이 뜬 거나 마찬가지라고. 나의 세계에도 감당 못 할 일이 생길 수 있다

고. 저 알은 『데미안』식의 비유로서가 아니라 말 그대로 '세계' 그 자체일지도 모를 일이다.

저리 연약한 껍질 아래에서 어떤 일이 벌어지고 있는 것인지 알고 싶었다. 조금만 힘을 줘도 부서져버릴 만큼 가냘픈 알이 지니고 있는 게 도대체 무엇이란 말인가. 지금은 조용히 숨을 죽이고 있지만, 그 속엔 무언가 범접할 수 없는 절대적인 것이 자라나고 있는 것만 같았다.

'컵에 담긴 게 뭐든 그것이 속한 세계에 아무런 영향을 미치지 못한다.'

순간 아주 어릴 적에 했던 짤막한 생각 한 줄이 지나갔다. 매미 울음소리가 지천으로 깔려 있던 여름 한복판, 난 자두에이드 컵에 맺힌 물방울을 뚫어져라 들여다보고 있었다. 컵에 맺힌 투명한 물기는 보석 빛깔의 내용물과는 무관했지만, 오랜 시간이 흐른 지금의 나는 인정하지 않을 수가 없다. 컵에 담긴 것과 세계는 결코 무관하지 않다는 것, 내 세계에 담긴 것이 그 세계 전체를 송두리째 뒤흔들어놓을 수도 있다는 것을 말이다. 거대한 우주의 흐름 안에 속한 나 또한 어쩌면 소리 없이 뭔가를 움직이는 중인지도.

14   차수지

 선악을 가려낼 수 있을 때라면 다행이다. 극한의 선이나 극한의 악에 이르면 그 둘은 결국 같아 보이기 때문이다. 이건 내가 지난 몇 년간의 기자 생활을 통해 정립한 일종의 진리다. 빤한 궤변으로 남을 속였다고 착각하는 범죄자, 약자 편에 선 척하지만 실은 사익만을 노리는 거짓 제보자, 소신을 위해 목숨이라도 바칠 것처럼 큰소리치다 스리슬쩍 고개를 돌리는 위장 언론인. 세상에 환멸을 느끼게 하는 온갖 구역질 나는 상황과 사람을 겪으면서도, 적어도 아직 선악을 가를 수 있는 단계라면 난 일면 안심하곤 했다.

 그러나 회오리치는 안면을 가진 이 비현실적인 남자는 다르다. 물론 나를 비롯한 모든 인간은 선한 면과 악한 면을 고루 갖고 있고, 누구도 그중 어느 한쪽에 온전히 속하기란 불가능하다. 따지고 들면 선이 뭐고 악이 뭔지도 애매할뿐더러 선악을 주차선처럼 깔끔하게 나눌 수도 없는 법이다. 그러니 어디까지나 전반적인 '결'을 놓고 얘기하자는 건데, 회오리 남자 앞에서는 그조차 무용했다. 그는 극한의 선인 동시에 극한의 악이고, 무無이면서 무한이며, 0이자 100이었다. 그에게는 거점이라는 게 없다. 해석할 수 없는 얼굴은 둘째 치고, 애초에 중간이 느껴지지 않는다. 이제껏 이런 인간은 본 적이 없다. 그래서 난 그가 두려웠다.

"당신, 지금 날 시험하고 있군요." 난 그를 똑바로 바라보며 물었다. "아니, 협박이네요. 그 사람의 죽음을 볼모로 한."

규칙 없이 시시각각 돌변하는 남자의 얼굴에선 아무런 대답도 나오지 않았지만, 그 침묵은 곧 긍정 쪽에 가깝다는 걸 나는 알 수 있었다.

"아까 저한테 왜 지금 '이것'과 함께 있는지 궁금하지 않냐고 물었죠. 좋아요, 들어보죠. 제가 원하는 건 뭔지 알고 있을 테니 이제 당신 차례예요. 내가 왜 필요한지."

"당신들에게 일면 경의를 갖고 있던 것도 사실입니다만." 회오리 남자는 긴 다리를 천천히 꼬며 말했다. "그 이상이군요. 상당히 흥미로워요. 당신과 이야기하다 보니 평생을 단 하나의 시공간에서만 보내는 것도 꽤 근사할 수 있겠다는 생각이 듭니다."

난 이어질 그의 말을 조용히 기다렸다. 이번 침묵은 긍정도 부정도 뜻하지 않는다는 걸 그도 나도 알고 있었다.

"답부터 하자면, '우리도 알 수 없다'가 되겠습니다."

"네?"

"당신들이 즐겨 사용하는 표현 중에 '우연'이라는 게 있죠. 어디까지나 이 세계의 사고 체계하에서 말입니다만, 합리적으로 예측 가능한 범위나 추론이 닿는 개연성을 벗어난 모든 상황을 통틀어 그 한 단어로 뭉뚱그리곤 하더군요."

"그게 지금 무슨 상관……"

"당신은 어떻습니까. 당신도 그렇게 생각하나요?"

"무슨 소리를 하는 거예요."

"당신은 언젠가 그 남자를 처음 만났죠. 이 시공간에는 수십억의 인간이 동시에 살아 숨 쉬는데도 불구하고요. 한동안 떨어져 있다 어느 날 길 위에서 또다시 그를 마주쳤습니다. 그 많고 많은 순간, 오만가지 가닥의 오만 사람들 틈에서요. 당신들은 빠르게 가까워졌죠. 이 세계 생물이 다른 생물과 나눌 수 있는 모든 영역을 깊이 공유했습니다. 우연, 인연, 운명, 당신들이 좋아하는 뭐 그런 거였을까요? 이미 어느 정도는 알고 있지 않습니까. 그가 결코 '우연히' 죽은 게 아니라는 걸. 바로 그 지점에 당신의 분노와 죄책감이 깃들어 있고 말입니다." 남자는 나를 향해 덤덤한 목소리로 지그시 물음표를 던졌다. "한데, '우연'이 아니었던 게 과연 그의 죽음뿐이었을까요?"

"그러니까 그 사람과 처음 만난 순간부터 지금까지 일어난 모든 일이 전부 우연이 아니라는 말입니까?"

난 흔들리는 음정을 낱낱이 느끼며 말했다. 그가 우리의 시작과 끝을 훤히 꿰뚫고 있는 것보다, 도준의 죽음이 우연이 아니라고 소리 죽여 확신했던 나 혼자만의 의중을 파악하고 있다는 사실이 더 혼란스러웠다.

"맞습니다. 전혀 이해가 안 가실 테지만 '우연'이라는 건, 실은 없습니다. 솔직히 조금 부럽기도 합니다. 그건 우리에게는 존재하지 않는 개념이거든요. 불완전하고, 부조리하고, 부조화적인 세계에서나 통용되죠. 하지만 그래서 제법 낭만적이랄까요. 낭만은 미처 채워지지 못한, 이를테면 여백에서 탄생하니까요."

"우연 따위 없다, 전부 필연이다? 우리의 자유의지가 쓸모없다는 것처럼 들리는데요. 그렇게 온갖 게 죄다 정해져 있다면서 대체 뭘 얻어보겠다고 당신은 이런 얘기를 하는 건지 모르겠네요."

"바로 그겁니다." 회오리 남자가 갑자기 앞으로 몸을 굽히며 말했다. "변화가 생겼거든요. 완벽한 연주자의 흠잡을 데 없던 악보에 곡 전체를 뒤흔들 치명적인 변주가 등장했다고요. 뜬금없이 말입니다."

순간 갖은 표정을 발산하던 남자의 얼굴에서 가느다란 광원이 반짝인 것만 같았다.

"어디에 무슨 변화가 생겼……"

회오리 남자의 음성이 다시 쏜살같이 내 말을 가로챘다.

"말씀드렸지만 이유는 모릅니다. 그저 착실하게 흘러가고 있던 세계의 항로가 완전히 달라지기 시작했다는 것만 감지했죠. 마치 자아를 가진 덩굴처럼 자유롭게 뻗어나가고 있달까요. 사잇길이 변화하면 그 끝에 있는 게 과연 전과 같은 종착지라고 할 수 있을까요?"

"그런 복잡한 얘기는 '당신들 세계'에서나 하시고요. 그래서 그게 저랑 무슨 상관이라는 거예요."

남자는 얼마간 시간을 들이다 말했다. "그 남자가 꿈 얘기를 한 적이 있죠."

꿈. 별것도 아닌 한 글자, 흔하디흔한 단어 하나가 귓가에 꽂히자마자 가슴이 덜컥 내려앉았다. 그러고는 생각했다. 그거였구나, 뭔가가 정말 움직이고 있구나, 이미 한참 전부터 움직이던 중이었구나, 하고.

"맞아요. 종일 찜찜한데 기억은 전혀 안 나는 꿈을 꿨다고 했어요. 그러더니 또 별거 아니라고 말을 돌리고. 그게, 그 꿈이 뭔가 관련이 있나요?"

"아니죠, 중요한 건 그게 아닙니다. 그는 분명 당신에게 자신이 꾼 꿈에 대해, 그러니까 그 기억나지 않는다던 꿈에 대해 '말했다고' 했을 텐데요."

난 마구잡이로 들이치는 온갖 상념의 바다에서 가까스로 노를 부여잡고 겨우 힘을 줘 내저었다.

"생각해보니 잠결에 꿈 얘기를 했었다고, 천둥소리에 깼다가 옆에 있던 저한테 자세히 다 말했다고…… 근데 전 기억이 전혀 나지 않아요. 아무리 잠에 취해 있었다고 해도 조금도요."

"그럴 수밖에요. 그는 당신에게 그 꿈 얘기를 한 적이 없습니다. 어디까지나, 실제로요."

"그의 착각이었다고요?"

"보다 강하죠. 훨씬 강력하고 목적 역시 명확했던 의지의 산물이었습니다. 아까도 말씀드렸지만, 그는 자신의 생이 곧 치명적인 순간을 맞닥뜨릴 거라고 직감하고 있었습니다. 아마도 무의식의 영역이 의식의 영역에도 어느 정도 영향을 끼친 거겠죠. 그가 꿈을 기억하지 못했던 건 그의 무의식에 영사됐던 게 이 세계의 사고 체계를 넘어선 영역이었기 때문입니다. 하지만 와중에도 그는 새로운 장면 하나를 스스로 만들어냈어요. 꿈속에서 자신이 본 걸 기어코, 기필코 의식의 영역에 있는 당신에게 전해야 한다는 일념에서였겠죠. 그 의지는 차마 무의식을 완전히 넘어서지 못했지만, 경계까지는 도달했어요. 현실 같은 꿈, 꿈 같은 현실 말이죠. 그렇게 남자는 몽중에서 당신에게 자신이 겪은 상대와 상황을 모두 알렸습니다. 그러니 남자는 말을 했고, 당신은 들은 적이 없을 수밖에요."

"하지만 그건 전날 일이에요. 그가 죽은 건 다음 날 밤, 그러니까 그날 밤에서 다음 날로 넘어간 새벽이라고요. 죽기 전날 밤 꿨던 꿈이 정말 상관이 있는 게 맞나요?"

말을 뱉는 중에도 내 목소리에 물기가 차오르고 있다는 걸 느낄 수 있었다. 두려움과 회한과 자책이 녹아 있는 소금기 어린 물기, 꼭 바닷물을 닮은.

"심히 어설프지만, 이 세계에도 차원이라는 개념은 존재한다고 알고 있습니다." 회오리 남자가 말했다. "모든 종과 영靈은 자신이 속한 차원 위쪽은 넘어서지 못하죠. 저 벽난로를 예로 들어볼까요. 당신 눈에는 저토록 규칙적으로 움직이는 불꽃의 뒷면이 보이지 않겠지만, 전 이 가공한 몸의 반쪽짜리 의식을 통해서도 빠짐없이 그 파형을 읽을 수 있습니다. 투명하게, 모든 면에서요."

회오리 남자는 꼬았던 다리를 풀고 무릎 위에 손깍지를 끼며 말했다. 그의 시선은 사방으로 쏟아졌지만, 얼굴은 똑똑히 출입문 옆의 벽난로를 향해 있었다.

"당신들은 당신들이 이 별을 지배하는 가장 완벽한 생명체라 생각하지만, 우리는 우리가 결코 완벽한 존재가 아니라는 걸 여실히 알고 있습니다. 무지와 지의 차이만큼이나 큰 간격이죠. 실제로 앎의 격차에서 비롯된 일이기도 하고요."

난 대답 없이 그의 말을 잠자코 곱씹었다. 그와의 대화에서 난 철저히 약자였다. 그의 말마따나 앎의 격차란 그런 것이니.

"이건 우리로서도 단언할 수 없는 많은 가설 중 하나에 불과하지만, 그는 몽중에서 '뭔가'와 접촉했습니다. 자고 있던 남자가 당신에게 '꿈' 얘기를 하기 직전에요. 그의 무의식에 제3의 존재가 스며든 거죠. 우리를 뛰어넘는. 노파심에 말씀드리지만, 여기서의 '우리'는 당신과 제가 아니라 저와 제 세계를 뜻하고요."

"당신들마저 뛰어넘는 다른 존재요?"

한 글자 한 글자를 또박또박 끊어 말했음에도 나 자신이 미처 말의 속도를 따라가지 못하는 무능한 속기사처럼 느껴졌다. 같은 언어가 입력된다고 해서 같은 의미가 출력되는 건 아니라는 걸 처절히 깨닫는 중이었다.

"아, 참고로 이 붉은 음료는 와인이 아닙니다. 온 은하를 통틀어도 손에 꼽을 만한 격조 있는 차죠." 남자가 말했다. "이런 걸 말하는 겁니다. 이게 뭔지 당신들은 알지 못해요. 그나마 맛을 보기 전까지는 기껏해야 색과 향 정도가 유일한 척도겠죠. 단순히 '찻잔에 담겨 있어서'가 아니라, 이 순수하고도 고아한 파장의 배열이 이걸 차로, 그것도 수준 높은 차로 정의하는 겁니다. 당신이 이 단순한 세계에 속해 있음에도 결코 단조롭지는 않은 것처럼요."

"비유는 차치하고." 난 살짝 인상을 찡그리며 말했다. "당신들을 뛰어넘는 차원의 뭔가가 정말 그 사람 꿈을 통해 스며들었다고 쳐요. 백번 양보해서 그 '흐름'이란 거에 의해 모든 게 이뤄졌고, 그의 죽음에 그 말도 안 되는 존재가 정말 개입돼 있다고 치자고요. 그럼 저는요? 그런 이상한 경험 같은 거 해본 적도 없는 전 왜 여기에 있는 거죠? 왜 절 기다렸다는 겁니까, 도대체.”

"그때, 그가 무의식을 떠도는 희끄무레한 의식을 끌어모아 당신에게 미지의 초고차원적 존재에 대해 이야기한 때 말입니다. 아마 그때였을 겁니다. 흔들려버린 건.”

"흔들리다니요. 전부 그 사람 꿈속에서 벌어진 일일 뿐인데 저한테 무슨 영향이라도 미쳤다는 건가요?”

"네." 그는 짤막하게 답했다.

"하지만 전 달라진 게 없어요. 물론 그가 그렇게 갑작스럽게 떠난 뒤에 어쩌면 생각보다 더 많이 망가졌을지도 모르지만, 일단은 똑같은 저라고요.”

"이해는 합니다. 당신은 불꽃의 뒷면을 전혀 보지 못하니까요.”

"그럼 당신은 제게서 다른 게 보이나요? 흔들린 뭔가가?”

"파장이죠. 그것도 이 시간 선상에 놓인 인간들의 고유한 물결과는 다른, 다소 흐트러진 물결. 물론 극히 미세한 부분에 불과하지만요.”

"제가 남들과 어딘가 다르다는 겁니까?”

"어딘가라. 틀린 말은 아닙니다만, 어딘가 다르다는 건 모든 게 다르다는 것과도 일맥상통하지 않나요. 이 세계에

선 유전자의 염기 서열 하나만 살짝 옮겨져도 전혀 다른 종이 되고 마니까요." 회오리 남자는 말했다. 온갖 표정의 분분한 향연 속에서도 엷은 미소를 내보이며.

"우리를 뛰어넘는 '그 존재'는 남자의 무의식을 통로 삼아 섞여들었습니다. 이후 남자는 초월적인 의지로 당신과 한순간 연결됐죠. 비록 경계를 완전히 벗어나지 못한 꿈속에서였지만, 그 과정에서 당신 역시 '그 존재'와 얼마간 맞닿았을 겁니다. 직접 접했다면 당신의 파장이 소멸했거나 영혼이 폭사했거나, 목숨을 잃었겠죠. 그의 꿈이라는 동떨어진 매개체가 있었기에 작은 흉터 정도만 남은 거랄까요."

"그럼 그는 왜 꿈에서 그 존재를 맞닥뜨리자마자 죽지 않고 다음 날 죽은 건가요? 그것도 자다가." 감정이 북받쳐 목소리가 잘 나오지 않았다.

"글쎄요. 그건 모르겠습니다. '그 존재'의 의도였을 수도 있고, 살고자 하는 남자의 의지 때문이었을 수도 있죠. 어쩌면 무의식에서 대면했을 때부터 이미 서서히 파괴되어가는 중이었을지도요. 당신들이 우리 세계를 모르듯, 우리 역시 우리를 상회하는 세계에 대해서는 무지하니까요."

남자의 말에 문득 아침 햇살에 서리가 녹듯 순식간에 가슴속 혼돈이 정리되는 듯했다. 이 말도 안 되는 장소에서 말도 안 되는 얼굴의 남자를 만나지 않았더라면 난 영영 도준의 죽음에 대한 진위를 ─ 일단 그의 말을 믿어본다면 ─ 알지 못했을 게 자명했다. 대체 누가 이런 걸 안다는 말인가. 그러나 거기까지였다. 더 나아갈 곳은 보이지 않았다. 내가 저 기이한 남자조차 모른다는 비상한 존재를 찾아내고 죄를 물을 방도는 어디에도.

"누구도 그 사람의 죽음에 의문을 갖지 않았어요. 아파한 사람은 많았지만 그게 다였죠. 우리가 설명할 수 없는 많은 일을 우연으로 치부하는 것처럼 그 죽음도 마찬가지였어요. 여차하면 저 또한 얼마든지 그럴 수 있었을 거고. 당신이 말한 '앎의 격차' 같은 거겠죠. 하지만 평소와는 달랐어요. 대수롭지 않게 생각하려 해도 주위의 모든 게 조금씩 엇나가고 뒤틀린 느낌이었어요. 전 아마 그에게 뭔가 심상치 않은 게 다가오고 있음을 유일하게 감지한 사람이었을 거예요. 의식적으로는 아니었지만. 그래서 그의 죽음에 전 책임감을 느껴요. 당신이 아무리 흐름이니 뭐니 해도요. 그렇게 절박하게 꿈속에서 절 기다렸다던 사람을, 그리고 그런 그를 죽인 그 대단하다는 존재를 '이런, 유감입니다' 하고 까맣게 잊을 수는 없다고요."

스스로도 의외일 만큼 어느 때보다 냉정하고 선명한 기분이 들었다. 머릿속에 소복하게 눈이라도 내려앉은 것처럼. 순간 내 평범한 책상 위에 덩그러니 앉아 있을 눈 쌓인 식물이 떠올랐다. 눈이 아니라 달빛이었던가.

"그러고 보니 이 돌인지 알인지 하는 것도 범상치 않은 물건인 것 같은데. 그 '제3의 존재'라는 것과 연관이 있을까요?"

나는 주머니 속에 있는 안경집을 꺼내 들며 말했다. 따져 볼 것도 없이 그 안에 담긴 여린 개체는 제 몸뚱이보다 훨씬 막중한 의미를 지니고 있을 터였다. 가만히 듣던 남자는 시선을 내 왼손으로 살짝 옮겼다. 회오리 남자의 눈은 지금도 내내 산만하게 곳곳으로 산화하고 있었지만, 난 그가 안경집 안에 든 작은 알에 매우 날 서린 초점을 고정하고 있음을 느꼈다.

"이미 만나셨습니다. 정확히 같다고 할 수는 없겠지만, 아마도 꽤 비슷한 존재겠지요."

"만나다뇨? 전 멀쩡히 살아 있잖아요."

"이 세계에 걸맞은 모습을 한 상태로 만났으니까요." 회오리 남자는 가볍게 어깨를 으쓱이며 말했다. "아주 보편적인 모습. 가령, 새 같은 거요."

"이 알을 낳은 새 말이에요? 눈가만 녹색인 하얀 새?"

마시지도 않은 붉은 차가 거꾸로 뿜어져 나올 것처럼 속이 들끓었다. 그야 그런 희한한 소리를 내며 우는 새는 본 적도 없고 그저 어디 먼 나라의 혈통 좋은 동물쯤으로 추측하긴 했지만, 그 정도로 '멀리서' 온 그 정도로 '특별'한 새였다니.

"그 새 또한 우리의 범주를 넘어선 존재입니다. 당신들보다야 물론이고, 우리 역시 그 실체에 범접할 수도 없을 만큼 초월적이죠. 무한히."

회오리 남자가 말을 마치자마자 뒤쪽에서 예의 '찰랑거리는' 종소리가 다시 울리기 시작했다. 새에 대한 정보 탓에 충분히 놀랄 짬도 없었다. 벽난로 위 구체 모양의 시계는 마치 자잘한 모래알이 저마다 다른 음을 내며 부서지는 것 같은 현란한 소리를 흩뿌리고 있었다. 난 보통의 시계와는 영 어울리지 않는 알 수 없는 숫자들이 뭘 나타내는 건지 호기심이 동했지만 말을 아꼈다. 근래의 경험에 의하면 왠지 이상한 소리가 들린 뒤에는 보다 이상한 일들이 잇달아 들이닥쳤으니까.

"이번엔 정확하네요. 역시 아까의 오차는 날씨 때문이었을까요." 남자가 나직하게 말했다. "그림자가 깨끗이 걷혔군요. 달빛이 강했던 탓인지."

또다시 뚱딴지같은 말을 내뱉는 그에게 딱히 대꾸를 않자 여유로운 대사가 뒤따랐다.

"달은 스스로 빛을 낼 수 없지요. 달빛은 태양의 일부가 반사된 것일 뿐이니 말입니다. 물론, 그렇다고 달빛이 무용한 건 아닙니다. 월광은 신중하고 고요해서 일광이 가 닿지 못하는 곳까지 스며들 수 있으니까요. 소리 한 조각 내지 않고."

"그건 그렇고. 이 알을 놓고 간 건 당신들이니 다시 여기에 두고 가면 되겠죠?" 나는 알 수 없는 소리를 하는 회오리 남자를 향해 작은 한숨을 던지며 말했다.

"모든 건 당신의 결정에 달려 있습니다. 우린 흐름을 사수하는 파수꾼에 불과하니까요. 드리운 그림자가 달빛에 물러날 때까지 편의상 짧은 밤을 제공한 거랄까요. 월광이 충분히 짙어질 수 있도록 말입니다."

"그림자요? 역시 뭔가가 이걸 쫓고 있었던 거죠? 사무실에서 알을 품고 있던 새가 한순간 사라졌거든요. 잘은 모르겠지만 왠지 새가 알을 남겨두고 떠날 만큼 우호적이지 않은, 실은 상당히 위험한 게 접근하는 느낌이었어요. 그래서 당장 알을 챙겨 도망친 거고⋯⋯" 난 손에 든 안경집에 간결한 눈빛을 건넨 뒤 말했다.

"당신에게 개인적 흥미가 있는 데다 할 일도 마쳤으니 호기심을 좀 충족시켜드리지요. 우리가 속한 세계에는 우리와 대척점에 있는 세력이 존재합니다. 우린 그들을 '그림자'라고 부르고요. 뭐랄까요. 그들은 우리와 같은 차원에 속해 있음에도 일면 당신들 같아요. 모든 것 위에 군림할 수 있다고 오만하게 확신하지요. 인간을 초월하는 '신'이라는 개념이 있는 이 세계에서도, 당신들 스스로가 만물 위의 유일무이한 권력자라 믿어 의심치 않는 것처럼. 단순하게 말하자면, 그들은 '장악'함으로써 질서를 유지합니다. 그저 흐름을 읽고 받아들이고 그 자체의 아름다움을 자연스럽게 틔우려

하는 우리와는 정반대로요. 우리나 그들이나 당신들이나 모조리 망망한 세계의 일부에 불과하다고 생각하는 우리 관점에서는 개탄스러울 따름입니다."

"그쪽 세계도 복잡하네요. 그나저나 그 '그림자'라는 세력이 이걸 찾고 있던 거라면, 당신들조차 모른다던 그 비범한 새와 마찬가지로 이 알 역시 상당히 중요한 거겠군요."

난 '중요한'보다 적절한 형용사를 속으로 재빨리 뒤적였지만 역시나 '중요하다'가 가장 이 상황에 어울리는 표현이라는 걸 부정할 수 없었다.

"아까 변수에 대해 말한 걸 기억하실 겁니다. 그 변수가 어떤 파도를 일으킬지는 모르지만, 아니, 이미 뭔가 일어나고 있을지도 모르지만, 아무튼 물줄기가 크게 흔들린 건 사실이에요. 수천억 년 만에 처음으로 모든 시공간의 우주가 동시에 전혀 다른 형태로 공명하고 있어요."

"갈수록 태산이네요. 모든 시공간은 관심 없고, 지구가 멸망하기라도 하나요?"

"태산이라기엔 이 점만 한 어린 세계 하나 지워지는 게 무슨 대수일까 싶긴 합니다만. 퍽 즐거운 대화를 선사해주심에 대한 일종의 답례로서 말씀드리자면, 그 새가 알을 낳는 건 정확히 137년에 한 번입니다. 이 세계의 시간선 기준으로요. 한데, 새가 '두번째' 산란을 할 것 같습니다. 그것 외에는 설명할 방도가 없어요. 즉, 흐름이 스스로 다른 흐름을 창조하고 있다는 겁니다. 태초부터 조금도 흐트러짐 없던 갈래를 벗어나서요."

"잠깐만요." 난 허공에 오른손을 정지시키며 말했다. "그 주먹만 한 새가 137년마다 알을 낳으며 수천억 년 동안 살아왔다고…… 그러니까 지금 이 알이 그 137년에 한 번 낳는다는 그 알이라는……"

난 갑자기 보잘것없는 플라스틱 안경집 안에 든 어마어마한 존재에, 존재하는지도 몰랐던 먼 조상을 만난 듯한 낯선 감정을 느꼈다.

"우리가 흐름의 파수꾼이라면 새는 흐름의 본질에 근접한 존재입니다. 몇 겹이나 있는지 모르는 온 세계의 층위를 자유로이 넘나들 수 있죠. 누구도 '그 존재' 자체가 될 수는 없으니 그나마 손에 넣을 수 있는 건 알인데…… 쉽게 말해 열쇠라고 할 수 있습니다. 정확히는 알의 본체가 아니라 새가 알에 입힌 '코드'가요. 우리 수준으로도 초고차원적 기록은 아직 해석할 수 없으나 데이터가 충분히 쌓이면 불가능한 일도 아닐 겁니다. '그림자'들이 흐름을 '관장'하겠답시고 알을 찾아다니는 것도 그 때문이고 말입니다."

언젠가 도준과 흥미롭게 봤던 요정굴뚝새 다큐멘터리가 떠올랐다. 그 작은 날짐승이 뻐꾸기를 피해 택한 혁명적인 진화의 방식이. 알을 품던 흰 새의 기묘한 울음소리가 어떤 의미였을지 난 어쩐지 얕게나마 짐작할 수 있을 것 같았다.

"역시 그래서 그때 새가 도망쳤던 거군요. 알을 노리는 자들이 다가오는 걸 감지하고. 그럼 그 새는 불사인가요?"

"하나가 깨어나면 그 전에 있던 하나는 사멸합니다. 하나가 사멸하면 전에 없던 하나가 깨어나고요. 이 정도는 돼야 '유일무이'라 칭할 만하겠지요. 그런데 그런 성물이 동시에 두 개가 생기면 무슨 일이 벌어질까요. 무엇이 소멸하고 무엇이 이어질까요. 알 수 없죠. 누구도, 무엇도."

"아니, 그렇게 엄청난 걸 왜 동네 카페에 아무렇지 않게 두고 간 거예요. 전 그냥 제보자가 잃어버린 장식품 정도라고 생각했던 데다, 애초에 알았으면 건들지도 않았어요. 이런 걸 뭘 어떻게 하라고…… 놓고 간 것도 그쪽이니 당신들이 가져가서 알아서 해요. 제가 원하는 답은 얻을 만큼 얻었으니까 이제 더 이상 여기에서 이러고 있을 이유도 없고요."

"7억 3천 가지 가능성 중 단 하나였다고 말씀드렸죠." 회오리 남자는 몸을 일으키려는 나를 향해 천천히 오른손 검지를 들어 올리며 말했다. "그의 죽음은 당신을 흐름으로, 그것도 전대미문의 변화가 꿈틀대는 격변의 흐름으로 밀어 넣기 위한 거대한 설계의 부품이었을 겁니다. 그 남자 역시 일종의 열쇠였던 거죠. 당신은 그를 통해 '제3의 존재'와 부분적으로 섞였고, 당신의 의지는 지금 이 순간에도 알과 이어져 있어요. 그 플라스틱 통 안에 든 걸 지키기 위해 당신이 감수한 게 대체 뭔지 자신은 조금도 모르겠지만."

이런 기이한 얼굴을 들여다보는 일은 아마 내 평생에 처음이자 마지막일 거라는 생각으로 나는 말없이 인내심을 발휘해 귀를 기울이고 있었다.

"이번엔 우리가 앞섰지만 '그림자' 쪽에서도 머지않아 새가 두번째 알을 낳을 거라는 걸, 혹은 낳았다는 걸 파악할 겁니다. 그럼 자신들이 곧 질서요, 균형이라 여기는 그들의 선택지는 둘 중 하나죠. 원래의 질서를 유지하기 위해 변수인 두번째 알을 파괴하거나 흐름의 열쇠인 알 두 개 모두를 손에 넣거나."

"지금 저더러 이 알을 지키기라도 하라는 말이에요?" 난 말했다.

"말씀드렸듯이 우린 파수꾼입니다. 겪어보지 않은 변화에 당혹스러울 뿐, 변화 자체를 거부하지는 않아요. 변화 역시 흐름의 일부니까요. 우리가 가장 위대한 존재가 아닐진대 어찌 사사로이 흐름을 돌리거나 거스르겠습니까. 경로가 바뀌고 동반자가 달라져도 강이 잘 흘러가도록 돕는 것이 우리가 이 세계에 갖는 경의이자 신념입니다. 우린 그저 교만한 '그림자'가 흐름에 생긴 초유의 변화를 망가뜨리지 않기를 바라는 겁니다."

"당신들 정파 싸움에 제가 딱히 개진할 의견은 없습니다만, 그래서 당장 저한테 원하는 게 뭡니까."

"우린 당신을 '촉매자'로 여기고 있어요. 이 흐름을 온전히 흘러가게 만들 수억분의 1의 가능성을 지닌 촉매자로요. 그 남자와 함께 존재하던 때의 당신은 한낱 평범한 인간에 불과했지만, 미지의 존재를 접한 남자가 스스로 통로가 되어 당신을 제3의 존재와 연결시키고 — 의도한 건 아니었겠습니다만 — 그 배열을 변화시킴으로써 당신은 세계의 축을 움직이는 흐름에 이미 발을 들여버렸습니다. 그가 열쇠였다면 당신은 새 흐름을 이끌 촉매인 셈이죠."

아무리 회오리 남자가 도준의 죽음에 얽힌 전말을 말해주었다 해도, 그의 죽음을 정해진 운명처럼 이야기하는 건 심히 불쾌했다. 초고차원이니 흐름이니 질서니 하는 뜬구름 잡는 소리에는 관심도 없고. 그러나 이 상황에 오래전 도준과 마주 앉은 식탁에서 잘 발린 접시 위 생선 가시를 보며 느낀 찰나의 위화감이 상기된 건 왜였을까.

'분리됨으로써 비로소 제 모습을 찾는 것. 그제야 완전해지는 것.'

그때의 짧은 공상을 회상한 것만으로도 둔중한 죄책감이 조여왔다.

"어쨌든 당신들도 우리보다는 월등한 존재잖아요. 그냥 이거 다시 가지고 가서 그 흐름 직접 사수하면 될 거 아니에요. 어차피 제가 가지고 있어봐야 '그림자'들한테 금방 발각돼 뺏길 거고."

"그건 이 세계에 속한 자만의 권한입니다. 우월하고 말고는 중요치 않아요. 그게 흐름입니다. 우리가 아무리 당신들보다 상위 차원에 속해 있다 해도 이 시간 이 세계의 주인은 당신들이에요. 게다가 우리가 손을 뻗고 있는 걸 안 이상 '그림자'들도 섣불리 행동에 나설 수는 없을 겁니다. 자, 그러니 7억 3천분의 1의 가능성을 지닌 촉매자에게 '흐름'의 운명을 맡기지요. 그걸 파괴하든 지키든 땅에 묻든 그림자 안에 던지든 그 역시 '흐름'에 몸을 실은 촉매자의 손에서 이루어지기를 바랍니다." 회오리 남자가 말했다. "그럼 지금부터 당신늘이 좋아하는 '우연'이라는 거에 우리도 조금은 기대를 걸어볼까요."

15 진율

 키 작은 괴한들과 그들의 울리지 않던 종과 내가 알던 것과는 시각도 초점도 다를 안경과 카메라. 난 내 세계에서 완벽하게 길을 잃은 것만 같았다. 애초에 여긴 나와 우리만의 세계가 아니었을지도. 내가 걷던 길은 어디에서 시작돼 어디로 뻗어 있었나. 그 길을 낸 건 누구이며 앞서 걸어간 자는 또 누구인가.

 일단 이 모든 사태를 촉발한 혼돈의 근원을 자세히 들여다보고 싶었다. 난입자들이 한참을 기웃거리던 예사롭지 않은 어린 알을 말이다. 난 불을 처음 마주한 원시인처럼, 조금 전까지 어미로부터 멀쩡히 보호받고 있던 알과 서서히 거리를 좁혀나갔다. 새는 내 조심스러운 걸음걸음을 허한다는 얼굴로 잠자코 시선을 던지고 있을 뿐이었다. 바다가 파도의 움직임을 포용하는 것과 마찬가지로.

여린 개체에게 조금씩 가까워질수록 어쩐지 내가 물리적으로 가늠할 수 없는 보다 원대한 목적지에 근접해가고 있는 기분이 들었다. 일직선으로 이어지는 새의 반듯한 시선이 왼쪽 뺨에 선연히 와닿을 정도로 거리가 좁혀졌지만, 새는 나를 경계하지 않는 듯했다. 도통 영문 모를 일이다. 난 알을 향해 넌지시 손을 뻗었다. 그러다 문득 이 신묘한 물건을 건드려도 될지 망설여졌다. 난쟁이들도 알을 직접 만지지는 않았으니까. 그렇게 애타게 찾던 걸 세 개나 되는 가방에 당장 챙겨 넣지 않은 데는 마땅한 이유가 있을 터였다.

 그럼에도 자격이랄지, 왠지 내게는 그 접촉이 허락돼 있다는, 그것은 나를 수용할 것이라는 근거 없는 확신이 들었다. 비록 꿈의 형식을 빌린 새의 공유된 기억에서 벌어진 일이었지만 나 역시 얼마간 이 알을 소중히 품고 있지 않았던가. 불가사의한 알을 어서 손 위에 올려두고 낱낱이 관찰하고 싶은 호기심이 들끓었다. 그러나 전신을 감싼 근육의 미세한 움직임까지도 가닥가닥 느껴지는 것 같은 긴장감은 내 통제 밖이었다.

 무게감은 딱 예상한 정도였다. 그러나 알의 표면은 서늘할 만큼 온도가 낮았다. 흡사 돌이라고 해도 믿을 정도로 무뚝뚝한 찬기였다. 난 잠시 새의 몸이었을 적 느꼈던 다리 사이의 따뜻한 감촉을 떠올리며 고개를 갸우뚱했다. 위쪽에 대각선으로 음각된 두 줄의 빗금을 제외하면 — 흰 새의 눈가에 있는 안대 무늬와 닮은 듯하다 — 월광처럼 엷은 은빛을 띠고 있는 알은 얼룩이나 점 하나 없이 깨끗했다. 고결한 모습이 꼭 달 같다고 생각했다.

기이한 알에선 기대와 달리 어떤 기이한 현상도 — 가령 빛이 난다거나 텔레파시를 보낸다거나 — 나타나지 않았다. 이리저리 내키는 만큼 한참을 살폈지만, 마치 지우개나 치약 뚜껑을 살펴보는 것과 다를 게 없었다. 뭔가가 깨어나기 전의 알은 그저 정적인 고체에 불과하다. 안에 무엇이 잠들어 있든 바깥에서 알아차리기란 쉽지 않다.

'고작 그 수준의 과학.' 동굴 남자의 조소가 스쳤다.

문제는 다음이다. '쓸모 있게' 처리할 거라던 난쟁이 쪽도, 미처 보지는 못했지만 소방 벨과 함께 들이닥친 또 다른 침입자 쪽도 알을 두고 갔다. 내가 새였을 때의 감각을 회상해보자면, 알을 품고 있던 당시 느낀 음산한 기척의 정체는 필시 작달막한 세 남자들이다. 그들은 알을 찾고 있었고 새는 그들을 위험 요소로 판단했다. 단순히 생각해볼 때, 내가 잠에 무릎 꿇기 직전 쳐들어온 또 다른 자들은 어찌 됐든 소인들의 적대 세력일 것이다. 단정하기는 어렵지만 1차원적으로 적의 적은 아군이라고 치면 소방 벨 세력 — 편의상 그렇게 구분하기로 했다 — 은 새의 편인가? 알을 제자리에 두고 간 이유는 찬탈이 아니라 반환의 목적에서였을까?

알을 들고 망부석처럼 서 있었지만 머릿속은 엉킨 어망

처럼 복잡하기 그지없었다. 그때 초인종 소리와 함께 누군가 문을 두드렸다. 잠시 풀렸던 긴장이 다시 단단히 윤곽을 갖췄다. 난 현관 쪽을 본 뒤 다급히 인터폰으로 눈을 돌렸다. 역시 알을 찾기 위해 난쟁이들이 돌아온 건가 싶어 가슴이 철렁했지만, 이번에는 그때와 달리 화면에 얼굴이 나타났다. 그것도 아주 잘 아는 얼굴이. 근심 가득한 낯빛으로 입술을 물어뜯으며 서 있는 사람은 문영오였다.

주말 아침에 연구원 동료가 집에 찾아오다니. 난 잠시 당황하다 무슨 큰일이라도 난 건가 싶어 서둘러 알을 바지 주머니에 넣고 현관으로 걸음을 옮겼다. 난장판이 된 집 꼴을 보이면 이래저래 곤란할 게 뻔해, 복도로 튀어 나간 다음 부리나케 문을 닫았다.

"너 어떻게 된 거야. 집에 있었어?" 문영오가 눈을 휘둥그레 뜨며 말했다.

"네, 그냥 쉬고 있었죠. 근데 어쩐 일이세요? 연구실에 무슨 일 있어요?" 난 그의 질문이 이상하다고 생각하며 아리송한 얼굴로 답했다.

"무슨 소리야, 지금? 연락도 없이 출근도 안 하고 전화도 꺼져 있길래 뭔 일 있나 해서 온 건데."

실로 놀랐는지 그의 목소리가 한 톤은 올라가 있었다. 순간 내가 잠에서 깬 뒤 휴대폰을 보지 않았다는 사실이 떠올랐다. 소인들이 쳐들어온 게 토요일 새벽이었고, 내가 갑자기 잠들어버린 것도 그날이니 당연히 토요일 아침 정도일 거라고 생각했는데 출근?

"네? 오늘 토요일 아니에요?" 난 물었다.

"왜 그래, 무섭게. 오늘 월요일이야. 지금 10시도 넘었고. 아무튼 별일 없어 다행이긴 한데, 대체 얼마나 잔 거야? 기절이라도 한 거야?"

말문이 막혔다. 혼미한 의식과 새의 기억이 얽혀 있는 동안 시간이 말도 안 되게 흘러가버린 것이다. 토요일 새벽부터 월요일 아침까지 무려 이틀 하고도 반나절이나.

"죄송해요, 저 정말 토요일인 줄 알았어요. 팀장님한테 바로 연락드리고 얼른 준비해서 출근하겠습니다."

"뭐야, 진짜. 늘 제일 먼저 나와 있더니, 괜찮은 거야? 몸이 안 좋은 거면 연차라도 더 내지 그래? 안 그러던 애가 이러니까 내가 다 불안하다."

내 몸에 뭔가 심각한 이상이라도 생긴 걸까. 아니면 정말 기절이라도 했던 걸까. 꼬여버린 시간 개념에 상황 파악이 되지 않았다. 집까지 찾아온 문영오에게 연신 허둥대며 사과하고 안으로 들어가려 몸을 돌린 순간, 생각 한 덩이가 발길을 잡아 세웠다.

"저기, 선배. 부탁드릴 게 있는데요."

"부탁?"

"실은 개인적으로 일이 좀 생겼는데 꼭 확인해야 할 게 있어서요."

"사람 진짜 불안하게 하네. 뭔데 그래? 심각한 거야?"

팔자로 기울어진 문영오의 눈썹에서 걱정이 잔뜩 배어 났다.

"솔직히 저도 잘 모르겠어요. 근데 어쨌든 제가 해결할 수밖에 없는 일인 것 같아요." 난 좌우로 고개를 살짝 저으며 말했다. "혹시 우리 연구원 광학이나 전파 쪽에 아는 분 있으세요? 비파괴 분석이 필요한데……"

"뭐에 필요한 건데? 의뢰서만 간단하게……"

"아뇨, 비공식으로요."

난 더 이상의 설명은 생략하고 간결하게 말했다. 문영오는 짐짓 놀란 눈치였지만, 내 다문 입을 억지로 열 생각은 없어 보였다. 그게 내가 그를 신뢰하는 이유였다.

"거참…… 오늘이 월요일인 것보다 네가 더 무섭다. 그쪽에 친한 후배들 꽤 있으니까 간단한 거면 얼마든지 가능하긴 할 텐데, 왠지 간단한 게 아닌 것 같다?" 문영오는 한숨을 내쉬며 말했다.

"사적인 의뢰라 다른 분께 말씀드리기는 그렇고…… 꼭 은혜 갚을게요, 선배. 누가 맡긴 물건이 있는데 신경 쓰이는 부분이 있어요. 외국에서 들여온 엄청 귀한 거라는데 뭔가 걸린달까요. 그렇다고 법적으로 문제 있는 건 절대 아니에요."

난 멋쩍은 표정으로 주머니 속에 넣어둔 알을 슬쩍 손에 올려 보았다. 문영오는 바싹 경직된 내 눈에서 자그마한 알로 시선을 옮겼다.

"이게 뭐야? 돌?"

"돌이 아니고 새알이에요. 근데 좀 희한해요. 자세한 건 나중에 말씀드릴게요. 조성이나 구조나 밀도나 어떤 것도 좋아요. 전 한 30분이면 준비하고 갈 수 있으니까 먼저 좀 부탁드려요. 급한 거라……"

"아니, 잠깐만, 그 전에. 너 진짜 괜찮은 거지? 괜히 어디서 이상한 일에 휘말리고 그런 거 아니지?"

"그럴 리가 있겠어요. 저같이 평범한 인간한테."

그럴 리가 있더라. 나같이 평범한 인간한테.

"개인적인 일로 귀찮게 해드려서 죄송해요. 근데 최대한 빨리 좀 부탁드릴게요. 가급적 오늘 중에."

"전혀 죄송해 보이지 않는데. 일단 알겠다. 부탁해볼게. 그쪽 팀 많이 바쁘지만 않으면 기본적인 거는 금방 나오지 싶긴 하다만. 넌 팀장님께 전화드리는 거 잊지 말고 서둘러 준비해서 나와."

난 알을 담을 상자를 찾기 위해 잠시 집 안에 들어갔다. 흰 새는 여전히 같은 자리에 앉아 내게 까만 눈을 고정하고 있었다. 대체 나의 무엇을 보는 걸까. 나의 어느 페이지를 읽는 걸까. 새는 나에 대해 알아도 난 새가 바라는 게 뭔지 당최 알 수 없어 답답한 심정이었다. 지금 내가 알을 해하려

한다고 오해라도 할까 봐 찜찜했지만, 명민한 녀석이니—단순히 명민한 정도가 아닐 테지만—그렇지 않다는 걸 이해할 것이다. 난 일단 이 조그마한 것의 정체를 파악하는 게 먼저라고 판단했다. 그다음은 그다음에 생각한다. 어차피 지금은 어디에도 정답 따위 없어, 난 낮게 중얼거렸다.

"선배, 그거 꼭 조심히 다뤄달라고 해주세요. 절대 손상되면 안 된다고."

난 언젠가 뽑기 기계로 얻은 적당한 플라스틱 구체 통에 휴지를 뭉쳐 넣은 뒤 알을 담아 건넸다. 원래 안에는 왕방울만 한 눈을 가진 거북이 열쇠고리가 들어 있었지만 거북이의 행방은 묘연하다. 일단 이 정도면 충격에는 큰 문제 없을 것이다. 문영오는 궁금한 게 한둘이 아니라는 얼굴로 뒷머리를 긁적이며 떠났다.

흰 새는 어느 틈엔가 사라진 뒤였다. 이번엔 또 어떻게 증발했는지 궁금하지도 않았다. 새는 그저 지금 자신이 있어야 할 곳에 있기로 결정한 것뿐이다. 그 녀석은 얼마든지 그럴 수 있는 존재라는 걸 알고 있다. 빛과 그림자의 세계로 돌아갔을지도 모르고, 어딘가에 있을 첫번째 알을 향해 다시 날갯짓하고 있는지도 모른다. 무엇보다 내 눈앞에 있든 없든, 여전히 어디선가 이 모든 상황을 관조하고 있다는 느낌을 지울 수 없었다.

난 바잡은 마음에 괜히 마른 입술을 만지며 집을 둘러봤다. 이제야 내 둥지가 본모습을 찾은 기분이었다. 더 이상 기이한 새나 알을 포함한 황당무계한 존재들은 존재하지 않는다. 물론 집 안은 죄다 뜯기고 벗겨져 엉망이었지만, 대체 언제 어디서부터 누구를 원망해야 하는 일인지도 역시 알 수 없었다.

퇴근 시간 즈음 연구원 라운지에서 잠깐 보자는 문영오의 메시지가 당도했다. 분석 결과가 생각보다 빨리 나온 모양이었다.

"너한테 이거 맡겼다는 사람 누구야?" 문영오가 물었다.

"있어요, 어쩌다 우연히 알게 된…… 뭐가 좀 나왔어요?"

난 '우연히 알게 된 사람'이라고 하려다, '우연'도 '사람'도 어색한 기분이 들어 얼버무리며 말을 돌렸다.

"급하다니까 바로 가능한 것만 일단 해줬는데, 이거 스펙트럼이 아무래도 운석 파편인 것 같다는데?"

"운석이요? 이게 소행성 조각이라고요?"

"디테일하게 검출하려면 좀 걸리겠지만 탄소질 소행성이랑 조성이 유사해. 게다가 외피 샘플에서는 트로일라이트에 테나이트까지 나왔어. 이건 또 철 성분이잖아? 신기한 게 꼭 퉁구스카 데이터랑 비슷하단 말이지."

"퉁구스카라면, 시베리아 폭발 건 말이에요?"

믿을 수 없는 내용이었다. 그건 1908년 6월, 러시아 퉁구스카 지역을 초토화시킨 소행성 충돌 추정 사건이다. 역사상 가장 큰 소행성 충돌 사례이자 히로시마 원자폭탄 180여 개에 맞먹는 위력을 보인 사건으로 UN은 그날을 국제 소행성의 날로 지정하기까지 했다. 그러나 어디까지나 추정일 뿐, 블랙홀설에 고대 핵실험설까지 난무한 퉁구스카의 진실은 여전히 인류의 난제 중 하나로 남아 있다. 그나마 그라운드 제로에 일부 잔존해 있던 성분 역시 기술력이 쌓인 수십 년 뒤에야 밝혀졌으니까.

"근데 그게 다가 아니야. 미약하게 전기 반응이 있대. 그러니까 생체 신호 말이야. 말이 돼? 따지고 보면 성분은 돌인데 어떻게 생체 전기신호가 잡히냐고. 돌도 아니고 알도 아니고, 이거 대체 뭐야?"

"그리고요? 또 없어요?"

"없을 리가. 지금 상태로는 해석까지야 불가능했지만 그 생체 신호에 미묘하게 패턴 같은 게 보인다더라. 파형이 주기적이라는 거지. 근데 수현이 말로는, 아, 이거 맡아준 후배가 수현이. 아무튼 걔 말로는 가장 이상한 게 바로 그거래. 자극을 주면 특이한 고유 반응을 보이는데 그게 꼭 반쪽이랄지…… 일부 같다는 거야. 말하자면 빈칸, 미완성, 여백 같은. 이거 한번 제대로 분석해보는 게……"

그거였다. 빈칸, 미완성, 여백.

"여백으로는 도서관을 설명할 방법이 없죠." 암청색 눈의 남자는 말했었다.

"고마워요, 선배. 꼭 한턱낼게요. 나중에 다시 얘기해요."

난 재빨리 문영오의 말을 가로채고 그의 손에 놓인 알을 받아 들었다. 시야를 빼곡히 덮은 먹구름이 달빛에 서서히 걷히는 기분이었다. 변수든 돌연변이든 간에 내가 갖고 있는 '두번째' 알과, 새의 기억 속 여자가 갖고 있는 '첫번째' 알은 두 개일 때 비로소 완성되는 게 분명하다. 완성이라는 게 정확히 뭘 뜻하는지는 미지수지만, 정답 따위 부재한다 여겼던 아까와 달리 이것만큼은 빈틈없는 명제, 다른 어떤 가능성의 개입도 용납하지 않는 완결되고도 유일한 진리처럼 느껴졌다.

"코드만 추출하면 아무 일도 없던 것처럼 사라져드리지요."

난쟁이의 음성이 또 한 번 맴돌자, 난 새의 몸으로 뿜어냈던 내 고통스러운 울음을 떠올렸다. 스스로의 고막에 실금을 그을 만큼 아찔한 고음의 전화벨 소리를. 그리고 울음에 화답이라도 하듯 사타구니 사이에서 돌아오던 여리고 여울진 반사음과 그 모든 것의 저변에 깔려 있던 숙명적인 책임감을. 그러니까 그건 새와 알이 주고받는 일종의 대화 내지는 코드인 셈이었다. 그리고 새는 저만의 코드가 담긴 두 알의 합치를 내가 이뤄주길 바라는 것이다.

한 치 앞도 예상할 수 없었다. 정신을 차려보니 이틀 반이 지나가버리는 당혹스러운 사태가 또 발생하는 건 사절이다. 되는대로 핑계를 대고 미뤄뒀던 여름휴가를 이번 주로 몽땅 털어 넣었다. 아무리 비현실의 구렁텅이에 빠져버렸다고 해도 현실의 문제를 외면할 수는 없는 일이다. 심상치 않은 분위기를 알고 있는 문영오만이 마지막까지 거듭 내 안위를 확인했다.

차를 몰고 집으로 돌아가는 길에 종일 잠잠했던 하늘이 다시 빗방울을 떨어뜨리기 시작했다. 옳은 것과 그른 것, 안온한 것과 불온한 것, 선한 것과 악한 것이 제멋대로 결합돼 있었다. 강이 어느 틈에 비가 되어 내리고 다시 비가 강으로 돌아가는 것처럼 그 중간을 명쾌히 나누기란 불가능해 보였다. 가치판단을 위한 일말의 논리와 근거도 내 손에 들려 있지 않았다. 내가 이런 생각을 한다는 게 믿기지 않지만, 지금 기댈 곳이라곤 오직 스스로의 본능과 감뿐이었다. 그리고 그것들은 바로 내 시야에 들어와버린 터무니없는 알을 지키라고 속살대고 있었다.

지하에 차를 세우고 엘리베이터에 타 5층 버튼을 눌렀다. 알이 담긴 동그란 통을 꼭 쥐고 있으면서도 분명한 실물이 맞는지 몇 번이고 습관적으로 확인했다. 급히 나오느라 여전히 쑥대밭일 집을 떠올리자 가슴이 갑갑해졌다. 결린 고개를 젖혀 좌우로 돌린 다음 크게 한숨을 뱉자마자 엘리베이터가 띵— 소리를 내며 멈춰 섰다. 3층이었다. 보통 중간

층에는 잘 안 멈추는데, 하고 생각한 순간, 심장이 발길질을 시작했다. 겪어본 적 있는 위화감, 선득한 기시감이다. 결코 착각이 아니다. 문이 열리기 전이었지만 난 그 너머에 서 있는 이를 알 것만 같았다. 아니, 알고 있었다.

남자는 전과 같은 차림이었다. 어두운 암적색 트레이닝복 상의에 양손을 집어넣은 것 하며 야구 모자를 깊게 눌러쓴 것까지 똑같았다. 복장에 전혀 안 어울리는 고동색 정장 구두 또한. 그는 고개를 숙이고 곧 폐쇄될 철제 울타리 안으로 천천히 들어왔다. 목구멍이 수축하는 느낌이었다. 구체 통을 든 오른손에 땀이 뱄다. 예전이라면 모르겠지만, 영검한 새와 우주가 담긴 알과 푸른 눈의 난쟁이가 존재하는 지금 내 세계에서 이 남자는 십중팔구 '보통'이 아니다, 하는 짙은 예감이 소용돌이쳤다.

남자와의 거리가 좁혀지는 그 몇 초 동안 난 엘리베이터를 박차고 달아나는 경우부터 휴대폰으로 몰래 112를 누르거나 여차하면 남자를 공격하는 상황까지 빠르게 셈했지만, 의외로 문이 닫히자마자 별안간 혼돈이 사그라들었다. 마치 처음부터 존재하지 않았던 것처럼. 막다른 길, 출구 없는 벼랑 끝에서 난 거짓말같이 평정을 되찾았다.

"5층 가세요?"

역시 그때처럼 버튼을 누르지 않고 내 옆에 묵묵히 서 있는 남자에게 조용히 물었다. 어디에서 그런 용기가 솟구쳤는지 놀라웠다. 남자는 아무 말도 하지 않았다. 곧이어 위잉 — 하는 기계음이 5층에 도착했음을 알리는 안내 음성으로 바뀌었다. 문이 열렸지만 남자는 엘리베이터 안에 굳게 발을 붙이고 서 있었다. 전과 마찬가지로. 그러나 이번에는 나도 내리지 않았다. 전과 달리.

"저한테 볼일이 있는 거죠?"

난 곧 닫힐 정면의 문을 응시하며 말했다. 그 너머로 보이는 환한 오피스텔 복도가 돌아오려면 지금뿐이야, 하고 손짓하는 것만 같았다. 팽팽한 긴장감이 알싸하게 코를 찔렀다. 두번째 질문에도 답은 돌아오지 않았지만 남자가 내 쪽을 향해 고개를 돌렸다는 게 느껴졌다. 그런 시선의 낌새는 잊으려야 잊을 수 없는 법이다.

"1층 정문 바로 건너편에 초록색 차양이 달린 조용한 카페가 하나 있어요. 거기로 가죠."

난 말을 마친 뒤 1층 버튼을 눌렀다. 내 옆얼굴에 투명하게 꽂히던 남자의 눈길이 조용히 앞으로 돌아섰다. 상대에게선 어떤 반응도 없었지만 그는 내 뜻대로 할 것이다. 그의 싸늘한 시선이 그렇게 말하고 있었다. 끝나지 않을 것 같은 기나긴 암묵을 깨고 엘리베이터는 다시 1층에 도달했다. 그 짧고 무용했던 오르내림의 결과가 무엇일지 궁금했다.

문이 열리자마자 그새 굵어진 빗소리가 멀리서부터 후드득후드득 울려왔다. 어깨에 멘 백팩 한쪽을 앞으로 돌려 알이 든 통을 집어넣고, 늘 갖고 다니는 접이식 우산을 가방 바닥에서 꺼냈다. 빈손의 트레이닝복 남자에게 우산이 있을 리 만무했지만, 그가 비를 맞든 말든 신경 쓸 바는 아니다. 적인지 아군인지도 불분명한 인간에게 베풀 친절이란 건 애당초 내게 없었다. 난 성큼성큼 걸어나갔다. 친절이 보장된 5층의 복도 대신 내가 택한 막연하고 불친절한 길이었다. 질퍼덕하고 암막한 빗속의 길. 그가 뒤를 따라오는지는 구태여 확인하지 않았다.

　녹색 차양 아래에 놓인 우산꽂이에 우산을 접어 넣고 문을 열었다. 딸랑거리는 익숙한 도어 벨 소리에 괜스레 마음이 놓였다. 인간은 밤하늘의 작은 별빛 하나만으로도 길을 찾아내고야 만다. 물리적으로도, 비유적으로도. 이곳이라면 괜찮을 것이다. 난 어둠 속에 있고 지금은 여기가 내 작은 별이다.

"어서 오세요."

　카페 사장인 중년 여성이 반가운 얼굴로 싱긋 미소를 지었다. 퇴근 후 개인적인 업무를 처리할 때 종종 찾는 곳이라 사장과도 꽤 친밀한 사이였다. 비 때문인지 손님이 없어 아담한 카페가 유독 널따래 보였다.

"어, 일행이신가요?"

　사장은 내 뒤쪽을 향해 고개를 비뚜름하게 기울이며 물었다. 기척이 느껴지지 않았던 터라 흠칫 놀랐지만, 살짝 돌린 시선 안에 암적색 트레이닝복이 들어오자 가만히 몸을 움직였다.

"네, 일행이에요. 히비스커스차 두 잔 주세요. 둘 다 따뜻하게."

남자의 의사 따위는 관심 밖이었다. 내 취향대로 음료 두 잔을 산 데에는 귀찮은 대화 과정을 피하는 것 외의 다른 이유는 없었다. 카운터에 가 계산을 하는 동안 남자는 혼자 정지한 시간 속에 있는 듯 문 앞에 고개를 숙이고 서 있었다. 사장은 의아한 얼굴로 남자를 곁눈질했다. 그러나 그게 다였다. 그녀는 내게 어떤 것도 묻지 않았다. 카페에는 이상한 손님 한둘쯤 있어주는 게 불문율일지도 모르고.

가장 구석진 창가 자리에 백팩을 내려놨다. 가게 안의 재즈 선율에 창을 때리는 빗소리가 섞이자 공간 전체에 비밀스러움이 더해지는 기분이었다. 남자도 이내 묵묵히 내 앞에 앉았다. 우산 비슷한 것도 없어 보이던 남자는 물기 하나 묻지 않은 말끔한 상태였다. 얼굴은 여전히 야구 모자 아래에 감춰져 보이지 않았다. 여태 내가 찾은 거라고는 일전에 멀찍이서 아주 짧게 맞닥뜨린 찰나의 눈빛이 다였다. 머리카락이 꼿꼿이 설 정도로 실로 시리고 시린 시선이었다.

사장은 둘 사이에 감도는 뻣뻣한 분위기를 읽었는지, 주문한 차를 자리까지 직접 가져다주었다. 난 고맙다는 인사를 전하고는 그녀가 완전히 떠날 때까지 기다렸다.

"아, 꽤 좋아하는 차입니다." 갑자기 남자가 입을 열었다. "우리 세계의 훌륭한 차와 빛깔이 비슷해서요."

사장이 멀어지면 먼저 말을 꺼내려던 나는 한발 앞서 터져 나온 목소리에 적잖이 놀랐다. 일반적이지 않은 상황의 포문을 어떻게 열어야 할지 이래저래 고민하고 있던 것도 사실이지만, '우리 세계'라는 그의 표현 때문이었다. 고집스럽고 꿋꿋하게 내 세계를 '당신들의 세계'라 일컫던 키 작은 남자가 스쳐 지나갔다. 이 남자가 그들과 같은 세력이라면 지금 백팩 안에 잠들어 있는 알은 다시 한번 위기에 봉착한 게 분명했다.

"당신, 소인들과 한패로군요." 나는 얼굴을 숨기고 줄곧 아래를 보고 있는 남자에게 날카로운 말투로 물었다.

"왜 그렇게 생각하시죠?"

"그들도 비슷한 얘기를 했거든요. '당신들의 세계' 어쩌고 하는."

"같은 세계에 존재한다고 반드시 같은 존재라고 할 수는 없죠. 지금은 당신과 저도 같은 세계에 있지 않습니까."

남자가 말했다. 인정하고 싶지는 않지만 그의 느릿한 말투와 고른 음성은 겉모습과 안 어울리게 세련됐다. 그럴 상황이 아닌 걸 알고 있음에도 난 점점 그의 얼굴이 궁금해졌다. 그나저나 그의 답변에 언뜻 불쾌한 기색이 비친 듯한 건 내 착각일까.

0시의 새

"그럼 혹시나 해서 묻는 건데, 그제 새벽에 제 집에 들어와 그 남자들을 막아선 게 당신인가요? 제가 갑자기 잠들어 버렸을 때."

"정확히는, 우리들이었죠." 남자가 말했다.

"진짜였다니…… 일단 고마웠어요. 그런데 대체 어떻게 알고요? 왜, 뭐 때문에요?"

난 분란했던 그날의 진실이 한 꺼풀 드러날 기미를 보이자 질문 세례를 퍼부었다. 고개 숙인 남자는 잠들었나 싶을 정도로 한참 침묵을 유지하더니 조용히 입을 움직였다.

"찻값은 해야겠지요. 일단 고마워할 건 없습니다. 우리 목적은 당신을 구하는 게 아니라 흐름을 사수하는 거였으니까요. 그저 다른 어떤 것도 진화를 방해하는 걸 두고 볼 수 없었을 뿐입니다. 당신이 만난 '그림자', 그러니까 난쟁이들을 포함해서."

"무슨 흐름에 무슨 진화요? 그러고 보니 그들이 집에 들이닥친 건 당신을 엘리베이터에서 처음 만난 다음 날 새벽이었어요. 설마 그런 일이 생길 거라는 것도 알고 있었나요? 그래서 제 주변을 배회한 거예요?"

"그렇다기보다는 그럴 가능성도 '존재'한다는 걸 알고 있었던 거랄까요. 모쪼록 타이밍이 맞아떨어져 늦지 않게 움직일 수 있었습니다. 소리 한번 참 요란하더군요. 불이 나면 제 몫은 톡톡히 해내겠습니다."

침입자들 앞에서 잠들기 직전 울렸던 소방 벨은 '우연한' 오작동이 아니었다. 다분히 의도적으로 울렸던 거고, 그래서 그때 소인들이 동요한 것이다. 그러나 이자가 그들에게 위협이라고 해서 새에게 우호적이라고 확신할 수는 없는 일이다. 확인할 게 하나 더 있었다.

"그때 집 안에 뭐가 있었는데…… 어떻게 됐는지 혹시 아시나요?"

어차피 눈앞의 남자는 얼굴을 숙이고 있으니 내 표정을 볼 수도 없지만, 난 최대한 난처해 보이기 위해 애쓰며 애꿎은 찻잔으로 눈을 돌렸다. 송연한 감각이 뻗어온 건 바로 그때였다. 남자가 순식간에 고개를 치켜들었다. 일전에 엘리베이터 안에서 멀찍이 나를 봤을 때처럼.

갑작스러운 움직임에 나 또한 무의식적으로 퍼뜩 그를 쳐다봤다. 그리고 난 지난번 그에게서 느꼈던 말도 안 되는 위화감의 정체를 알아버리고야 말았다. 나를 보고 있는 건 눈이지만 도저히 눈이라 부를 수 없는 것이었다. 마치 편평한 도화지 위를 검은 크레파스로 색칠한 듯 입체감이나 생동감이라고는 찾아볼 수 없었다. 그 그림 같은 눈은 ― 정말 '그림' 말이다 ― 그저 구색을 맞추기 위해 눈이 있어야 할 자리에 붙여놓은 플라스틱 모형이나 다름없었다. 창밖에선 한순간 대낮 같은 번개가 내리쳤지만, 그의 눈에는 어떤 반사광도 옮겨들지 못했다. 그 배타적인 시선에 숨이 막혔다.

"그게 어떻게 됐든 그 또한 흐름의 일부겠지요. 우린 그저 물줄기를 막는 방해 요인을 제거하고 모든 걸 제자리에 남겨두었을 따름입니다. 새가 당신을 둥지로 택한 이유가 있을 테니까요."

그림 눈의 남자는 한쪽 입꼬리를 살짝 들어 올리며 말했다. 그러나 눈은 조금도 휘어지거나 꿈쩍하지 않았다. 그의 초점 없는 시선은 내 옆에 놓인 백팩을 향해 뻗어 있을 뿐이었다. 아마도, 그 안에 있을 작은 알을 향해.

16 차수지

 벽난로의 버석한 불꽃 덕에 물기는 공기 중으로 날아간 지 오래였지만, 빗물의 잔재는 머리카락을 갈래갈래 뭉쳐 놓았다. 그 탓에 머리를 쓸어 넘기던 손가락이 머리칼 숲 한 가운데에 턱 하고 걸려버렸다. 신경질이 났다. 아니, 줄곧 기저에 뭉쳐 있던 억하심정이 공연히 머리카락 때문에 드러난 것뿐이다.

 "그런다고 그 사람이 살아 돌아오기라도 하나요? 열쇠? 장난합니까? 이 말도 안 되는 상황에 대한 유일한 설명이니 잠자코 있었지만, 이 이상은 안 되죠. 당신들이 내게 뭘 바라든 장단 맞춰줄 마음은 없다는 말입니다. 방법은 모르지만 난 내 방식대로 그를 죽음으로 몰고 간 '그것'을 찾을 거예요. 생각해보니, 그러자면 이게 필요하겠군요. 그나마 손에 있는 단서니까."

난 찻잔 옆에 내려놓은 안경집을 얼굴 옆으로 들어 올리며 말했다. 회오리 남자는 동요하는 얼굴로—그가 아니라 그의 '얼굴'이 말이다—날 넌지시 응시할 뿐이었다. 그는 무슨 생각을 하고 있는 걸까. 내게서 뭘 읽어내고 있는 걸까. 상대의 표정을 일절 해석할 수 없다는 것만으로도 이 대화에서 우위를 점한 건 결코 내가 아니었다. 더는 이 괴상한 곳에서 몇 배는 더 괴상한 남자와 말을 섞고 싶지 않았다.

 "마지막으로 하나만 묻죠." 난 알이 든 통을 재킷 주머니에 넣고 망설임 없이 일어나 말했다. "간판에 그려져 있는 이상한 기호는 뭘 나타내는 거죠? 당신들 혹시 그 사람을 예전에 만난 적이 있는 건가요?"

 "무슨 말씀인지 모르겠습니다만." 가만히 날 지켜보던 회오리 남자가 말했다.

 "여행사 간판에 그려진 별들 사이에 특이한 기호가 하나 있잖아요. 고리랑 곡선이랑 기이한 입체가 이것저것 섞인."

 "글쎄요. 이 공간에, 그러니까 우리가 구축한 이 공간에 그런 불필요한 걸 덧댄 적은 없습니다. 한데, 그게 죽은 남자와 관련되어 있습니까?"

 회오리 남자는 되레 의아하다는 듯이 비스듬히 고개를 까딱였다. 난 도준의 다이어리에서 본 알 수 없는 기호가 간판에 그려져 있었기에 이 이상한 여행사의 문을 연 것이었는데. 그러나 어쩐지 그가 거짓말을 하는 것 같지는 않았다. 그건 그의 시끄러운 표정이 아니라 감으로 감지되는 것이었다.

"됐어요. 모른다니 알겠습니다. 어쨌든 원하는 건 알아냈고. 모쪼록 그의 죽음에 대해 말해준 건 고맙게 생각해요. 하지만 이게 어떻게 돼도 절 탓하지는 말아요. 이 알에 관한 당신들의 필요와 제 필요가 일치하지 않는 데다, 그렇게 중요하다는 걸 내게 맡긴 건 바로 그쪽이니까."

나는 한숨을 내리쉬고는 날 향해 중구난방 뻗친 회오리 같은 시선에서 눈을 떼고 걸음을 옮겼다. 문에 이르자 들어올 때 났던 고리 돌아가는 소리가 철컥— 하며 나가도 된다는 신호를 보냈다. 나갈 때도 아까처럼 우람한 폭풍우를 헤쳐야 하나 잠시 고민했지만, 다행히 열린 문 너머에 있는 거라고는 내가 있던 세상의 익숙한 풍경과 무표정한 빗줄기가 다였다. 폭풍도 풍랑도 없다. 난 그 안으로 발을 뻗으며 갓 태어난 새끼 거북이가 바다로 돌아가는 심정처럼 어딘가 마땅한 안도를 느꼈다.

"달의 인력은 파도를 일으키죠. 달빛 섞인 바다가 유독 아름다운 건 그 때문일까요."

등 뒤에서 들려오는 회오리 남자의 나직한 중얼거림에 대꾸 없이 문을 닫았다. 동시에 멀리서 '찰랑거리는' 종소리가 또 한 번 울렸다. 그것이 알리는 건 대체 뭘까. 뭐였을까. 안쪽에서 다시 금속 고리가 돌아갔다. 왠지 이 장소는 그대로여도 와인빛 벨벳에 뒤덮인 붉은 차와 벽난로와 기묘한 구체 시계의 공간은 내가 있는 세계에서 영원히 자취를 감추었을 거라고 생각했다. 남자의 얼굴을 닮은 회오리 속으로.

 바깥으로 나선 순간 모든 게 먼 과거나 먼 미래처럼 까마득하게 여겨졌다. 어느 쪽이든 현재와는 완벽히 동떨어져 있는. 뒤를 돌아보니 여행사는 언제 그랬냐는 듯 태연하게 모든 빛을 죽이고 오래전 내가 알던 폐건물의 모습으로 돌아와 있었다. 간판 귀퉁이에 그려진 작은 기호만이 그대로였다. 난 그 모습을 뇌리에 똑똑히 새긴 채 회사 주차장으로 향했다. '그림자가 걷혔다'는 회오리 남자의 말이 아니어도, 지금은 괜찮을 거라는 근거 없는 확신이 들었다. 그게 나의 판단인지 재킷 주머니 속 작은 녀석의 판단인지는 구분할 수 없었다.

 정체 모를 '그림자'란 것들 때문에 네 바퀴가 터져버린 죄 없는 차는 정비소까지 끌려가 대대적인 교체 수술을 받았다. CCTV는 마침 그때 오작동을 해 ― '우연'일 리 없다 ― 어떤 기록도 남기지 못했고, 괴한은 뭉텅 씹어 먹은 것처럼 두꺼운 고무짝을 헤쳐놨다. 내 주위의 무고한 존재들이 자꾸만 해를 입고 있다. 무고한 도준과 무고한 내 차. 혹 무고한 게 그들의 죄였을까. 느직한 죄책감이 무고하지 않을지 모르는 내 목을 졸랐다.

도준이 죽은 지 닷새째이자 그 없이 보내는 첫번째 일요일이다. 기진맥진한 상태로 빈집에 돌아와 마주한 내 꼴은 엉망이었다. 끈적하게 감겨 붙은 옷가지를 하나둘 벗어 던지고 거실 바닥에 알몸으로 엎드렸다. 오전 내내 비를 맞고 돌아다녀 으슬으슬한 한기가 느껴졌지만 아랑곳하지 않았다. 난 꿉꿉한 살덩이를 찬 바닥에 제물로 바치고 눈을 감았다. 아무것도 걸치지 않았는데 철 갑옷이라도 입은 듯 몸이 무거웠다. 날 짓누르는 그 끔찍한 무게감에 압사당할 것만 같았다.

뻐꾹— 뻐꾹— 뻐꾹—

괘종시계에 사는 뻐꾸기의 세번째 울음소리에 이르러서야 퍼뜩 눈이 떠졌다. 뻐꾸기는 그 뒤로 네 번을 더 울었다. 오늘 아침 7시 종을 듣고 집을 나섰는데 시곗바늘은 벌써 한 바퀴를 돌았다. 어느덧 비는 그쳐 있었고 유리창을 통과해 들어온 노을에 집 안은 온통 주홍빛으로 채색돼 있었다. 그 안에 벌거벗고 눌어붙은 난 꼭 붉은 바다에서 막 태어난 치어 같았다.

가까스로 정신을 차리고 뜨거운 물로 몸을 씻은 뒤 마른 옷을 주워 입으니 기분이 한결 나아졌다. 목요일까지 휴가를 신청해놔 다행이라고 생각했다. 어차피 이런 상태로 펜을 들고—물론 기사는 노트북으로 쓴다—마이크를 잡는 건 불가능하다. 문득 그간 내가 마주한 숱한 사건 사고의 피해자와 가족 들이 떠올랐다. 일상에 아무리 참담한 비극이 닥쳐도 머지않아 그곳으로 다시 아무렇지 않게 회귀해야 한다는 사실이 이토록 가혹한 것이었는지 전에는 미처 몰랐다.

낮잠치고는 푸지게 잤다. 한동안 설쳤던 잠을 보충해서인지 오랜만에 몸도 정신도 꽤 개운했다. 종일 아무것도 먹지 않았지만, 허기도 없었다. 바닥에 나동그라진 옷들을 차곡차곡 세탁기에 넣고 그 사이에 파묻혀 있던 안경집을 꺼냈다. 뚜껑을 열어보니 알은 휴지 이불 속에서 얌전히 잘 자고 있었다. 어미 새도 둥지도 없이 낯선 이의 손에 놓인 떠돌이 알에 괜한 측은지심이 들었다.

난 이거 이렇게 그냥 둬도 되나, 웅얼거리며 안경집을 거실 탁자 위에 반듯이 올려두었다. 그리고 의미심장한 도형이 담긴 도준의 다이어리를 꺼내 들고 그 옆에 앉았다. 다시 살펴봐도 의미를 알 수 없었다. 전부 똑같은 기호는 아니지만 분명 여행사 간판의 것도 이와 비슷한 형상이었다. 도준은 대체 꿈속에서 내게 뭘 말하려고 했던 걸까. 무의식을 의지로 이어버릴 만큼 필사적으로 전하려던 건 도대체 뭐였을까. 도준은 이 어릴 적 다이어리를 왜 다시 꺼내 봤으며, 왜 그 사실을 숨겼을까.

노트북을 열었다. 회오리 남자가 했던 말들을 찬찬히 되짚어도 좀처럼 검색창에 어떤 단어를 입력해야 할지 알 수 없었다. 고차원, 의문사, 파장 따위의 단어들을 썼다 지웠다 섞었다 나눴다 하며 인터넷을 한참 뒤적거리던 중, 우연이란 없다던 그의 말이 머릿속을 맴돌았다. '이 세계의 사고체계를 벗어난 영역' '무지와 지' '앎의 격차'. 난 갈 곳을 정해두지 않고 무작정 길을 떠난 방랑자처럼 UFO나 고대 암각화 따위를 포함한 온갖 불가사의와 난제를 마구잡이로 훑어나갔다. 나도 내가 뭘 찾고 있는 건지 알지 못했다. 어쩌면 그저 어디라도 매달릴 곳이 필요했는지도.

얼마나 지났을까. 벽시계에서 뻐꾸기가 튀어나와 성실히 자신의 일과를 수행했다. 속으로 그 울음의 횟수를 세다 열한번째를 끝으로 다시 적막이 찾아왔다. 메마른 눈에 뭔가 들어온 건 그때였다. 아무렇지 않게 이동하던 시선이 모니터 속 어느 사진에 소리 없이 고정됐다. 내가 뭔가를 뚫어져라 보고 있다는 사실을 뒤늦게 알아챘을 정도로 고요한 발견이었다.

화면에 떠 있는 건 2013년 겨울, 소행성 폭발로 초토화된 러시아 첼랴빈스크라는 지역의 모습이었다. 모천체에서 분리된 두 개의 소행성 중 하나가 지구에 떨어진 건데, 연구진은 그 모천체가 44억 년 전에 만들어졌다는 걸 알아냈다. 직경은 겨우 17미터에 불과했다는데 엄청난 속력에 인명 피해가 컸던 모양이다. 감도 안 잡힐 만큼 유구한 세월 동안 우주를 떠돌던 외딴 돌덩이의 침공이라니. 손가락으로 턱을 긁으며 44억 년, 하고 혼잣말을 뱉고는 한껏 미간을 뭉그러뜨렸다.

'수천억 년 만에 처음으로 모든 시공간의 우주가 동시에 전혀 다른 형태로 공명하고 있어요.'

태양계가 형성된 게 45억 년 전이라는데 회오리 남자는 분명 '수천억 년'이라고 말했다. 달빛, 월광 어쩌고 하던 그의 뜬구름 잡는 소리들까지 덩달아 한데 뭉쳐 머릿속에 혜성처럼 떨어졌다. 난 탁자에 둔 알 쪽으로 슬쩍 눈을 돌렸다. 그것은 꼭 제 어미가 그랬듯 날 빤히 관찰하고 있는 것 같았다. 수십억 년 전의 기원도 밝혀내는 마당에 이 손가락 반토막만 한 녀석은 꼭 세상의 모든 지식 위에 군림하고 있는 듯했다. 유유히, 그리고 가뿐히.

사진 한 장에서 아득하면서도 어딘지 장중한 인력이 느껴졌다. 그 원천은 아주 가까이에 있는 것 같기도 하고 더없이 멀리 떨어져 있는 것 같기도 했다. 난 첼랴빈스크를 계속 파고들었다. 접근을 인식하기는커녕 존재 자체도 인지하지 못했던 그 소행성은 누구도 예상하지 못한 때에 도래했다. NASA는 그 무렵 다른 소행성이 근접할 거라고 예측하고 분주히 대응하던 중이었는데, 난데없는 곳에서 난데없는 소행성이 등장한 것이다. 심지어 그것은 태양 방향에서 다가오는 바람에 관측 장비가 죄다 무용지물이었다고. 인간의 기술이 아무리 뛰어나도 태양은 바로 보지 못하는 법인가.

'달빛은 태양의 일부가 반사된 것일 뿐이니.' 남자의 목소리가 회오리쳤다.

난 이국땅의 낯선 사건에 점점 더 빠져들었다. 44억 년 치의 무중력이 한 번에 내 약하디약한 몸뚱이를 휘감은 것 같았다. 첼랴빈스크 건은 현 인류가 관측한 두번째 소행성 폭발이다. 첫번째는 1908년 시베리아의 퉁구스카라는 곳에서였다. 추정이긴 하지만 당시 지름 40미터짜리 소행성은 서울 면적의 세 배가 넘는 숲을 잿가루로 만들었다는 정보도 파악했다. 숲을 평지로 만든 퉁구스카 폭발은 무려 지구 역사상 최악의 사고 목록에 속해 있었다. 광활했던 숲은 자신이 언젠가 평지가 돼버릴 거란 걸 알았을까. 그런 일이 벌어질 가능성은 얼마였을까.

'7억 3천 가지의 가능성 중 단 하나였습니다.'

자꾸 불쑥불쑥 튀어나오는 회오리 남자의 말에 짜증이 치밀었다. 7억 3천 가지 가능성도 따져볼 줄 아는 그는 아마 알았겠지. 알았어도 관심 밖이었을 테고.

퉁구스카 사건은 20세기 최대 난제 중 하나로 꼽히고 있었다. 일명 '시베리아 미스터리'다. 소행성이 유력한 원인으로 지목되지만, 실은 충돌 흔적이나 운석 파편도 발견되지 않았다고 한다. 기술력이 쌓인 훗날 토양 성분을 분석해 소행성이라는 가설을 겨우 세운 것뿐이다. 취재할 때 자주 이용하는 논문 데이터베이스를 번역기까지 동원해 한참을 뒤적이다 한순간 유성우를 맞닥뜨린 들짐승처럼 굳어버렸다. 호흡을 멈추고 생각을 멈추고 눈 깜박임을 멈추었다. 차마 멈추지 못한 건 강아지풀처럼 파르르 흔들리고 있는 오른손뿐이었다.

논문에는 칙칙하고 뿌연 퉁구스카의 흑백사진 몇 장이 실려 있었다. 소행성으로 추정되는 미확인 물체에 짓밟힌 숲을, 아니, 숲이었던 평야를 찍은 사진들이다. 대지에 위용스럽게 뿌리를 박고 서 있었을 교목들은 맥없이 고꾸라졌고, 초록이란 초록은 모조리 불타버린 듯했다. 그러나 내 의식을 잡아 세운 건 피폐한 모습의 도판 중 어느 것도 아닌, 가장 구석으로 밀려난 작은 사진 한 장이었다.

그건 맨눈으로는 보이지 않았다. 나 역시 삐걱거리는 뻑뻑한 눈을 비비다가 얼떨결에 흐릿하게 눈을 구기고서야 발견한 것이었다. 뭘 모르는지도 모른다는 것. 보고 있지만 보이지 않는 것. 보이지 않는 것을 본다는 것. 난 그간 얼마나 많은 것을 '제대로' 보지 못하고 지나쳤을까. 그냥 봤을 때는 시커먼 나무 무더기였던 게, 시야를 좁히고 좁히니 퍽 낯익은 문양을 드러냈다. 토막 난 기둥과 바스러진 가지, 이리저리 엉클어진 흙더미들이 이루고 있는 건 곡선과 고리와 띠와 입체가 뒤섞인 모양, 다름 아닌 도준이 그렸던 도형들과 동류였다.

 난 떨리는 손으로 도준의 다이어리를 빠르게 넘겼다. 틀림없다. 착각일 수가 없다. 이 복잡하게 꼬인 도형 기호들 사이에 바로 끼워 넣어도 전혀 어색하지 않을 만큼 비슷한 짜임이다. 내가 다이어리에서, 그리고 여행사 간판에서 이 그림을 미리 보지 못했더라면, 피로한 눈을 비비고 실눈을 뜨지 않았더라면 어떤 낌새도 채지 못하고 흘려 넘겼을 터였다. 난 모니터 속 망가진 숲과 종이에 그려진 엇비슷한 기호들을 수차례 오가며 비교해봤지만, 역시 이것들은 한 몸에서 태어난 형제처럼 닮아 있었다.

 형제, 형제, 형제. 모천체에서 분리된 소행성들. 137년에 한 번 알을 낳는다는 새의 전례 없는 두번째 산란. 우주에서 어미를 잃고 떨어진 소행성과 어미 새를 놓친 달을 닮은 알.

 당최 맞춰지지 않는 눈앞의 조각들에 조바심이 차올랐다. 잡힐 듯 잡히지 않았다. 마주 보고 있지만 '진짜' 감정 하나 포착할 수 없었던 회오리 남자의 요란한 얼굴처럼. 이제껏 내가 알던 세상의 축이 미묘하게 틀어진 기분이었다. 어딘가 다르다. 분명.

 '어딘가 다르다는 건 모든 게 다르다는 것과도 일맥상통하지 않나요.' 와인빛 차를 권한 남자의 음성이 또다시 귓전에 어른거렸다.

 어느 틈에 괘종시계의 뻐꾸기가 한 번 울었다. 새벽 1시다. 울고 또 울다 마침내 다시 1로 돌아온 것이다. 열두 번을 꽉 채우면 다음은 다시 1이다. 시작이자 끝이고 종식이자 재생인 셈이다. 나 또한 그 짤막한 울음소리와 함께 생각했다. 좋아, 이 모든 게 흐름이라면 난 기꺼이 거기에 올라타 거슬러주리라, 하고. 이유를 알 수도, 누군가에게 조리 있게 설명할 수도 없었다. 내 안에는 나 자신도 해석하기 버거운 미지의 감정들이 여기저기 고여 있는 듯했다.

자정을 넘겨 요일이 바뀌었다. 나름 비장한 결단을 내리자 각성 상태였던 신체도 제 기능을 시작했는지 허기가 몰려왔다. 평소 야식을 즐기지 않아 월요일 새벽 1시에 뭔가를 먹는 일은 좀체 없었다. 그러나 공복감은 휘적휘적 땅굴을 파 내려가는 두더지처럼 내 안에서 아우성쳤다. 난 막힌 숨을 크게 토해내고 두 손으로 얼굴을 덮었다. 손바닥을 통해 번지는 체온이 스스로를 다독이는 듯했다.

한꺼번에 감당하기 어려운 정보가 범람해 뇌에 열기가 쏠려 있었다. 쉬었다가 날이 밝은 뒤에 취재를 이어가는 게 효율 측면에서도 더 좋을 것 같았다. 몸을 일으켜 냉장고로 가는 내내 여태 한자리에 박제돼 있던 양쪽 다리에 저릿저릿 피가 돌았다. 뭘 먹을 때가 되긴 했다. 뱃속이 얼마 동안이나 텅 비어 있었는지 가늠도 되지 않았다. '그것' 혹은 '그것들'이 뭐든 간에 일단 난 영양을 섭취하지 않으면 안 되는 보통의 인간이니까.

냉장고 안, 밀폐된 유리그릇에 들어 있는 국들을 가만히 쳐다봤다. 하나는 된장국, 다른 하나는 미역국. 겨우 며칠 전 도준의 관 앞에서 그렇게 눈물을 흘려놓고 결국 배가 고프다니. 산 자와 죽은 자의 영역이 이토록 쉽게 나뉜다는 사실에, 그리고 나는 된장국이냐 미역국이냐를 따지며 당장 입안에 집어넣을 것을 고민하는 영역에 속해 있다는 사실에 절망감이 치밀었다. 언젠가 똑같이 재가 될 몸뚱이에 꾸역꾸역 음식을 들이밀어야 하는 것. 그것은 모든 생물에게 공평하게 내려진 저주일까.

난 그대로 냉장고 문을 닫고 거실 불을 끈 뒤 소파에 잠자리를 깔았다. 잠은 오지 않았다. 그래도 잠들고 싶었다. 거실에는 뻐꾸기시계가 있어 숙면을 하기는 어렵겠지만 아무래도 상관없었다. 눈을 감고 한참을 기다렸다. 그렇게 의식의 세계에서 무의식의 세계로 넘어가기 직전의 찰나, 거의 닫힌 눈꺼풀의 얇은 틈새에 마지막으로 비친 건 안경집 속 흰 구름 뭉치에 잠긴 어린 알이었다.

난 작다. 아이의 몸이다. 그러나 아주 작지는 않다. 초등학교 저학년 정도. 게다가 소년이다. 확인해본 건 아니지만 그냥 알 수 있다. 이곳은 어느 먼 나라의 겨울 숲 같다. 낯설고 이국적이다. 지천에 새하얀 눈이 두껍게 깔려 있고 사방팔방이 온통 나무다. 집도, 사람도, 짐승도 보이지 않는다. 난 쭉 뻗은 교목들 사이를 걷다 고개를 들었다. 나무가 어디까지 자랐는지 보고 싶었기 때문이다. 그러나 끝은 보이지 않는다. 나무들은 무한히 솟아 잿빛 하늘을 찌르고 있다. 난 나무가 원래 저렇게까지 커다란지 곰곰이 생각해보지만 알 수 없다.

숲에 흰 발자국을 찍으며 천천히 걸음을 옮겼다. 이번에는 아래를 내려다봤다. 얇은 반소매와 반바지 차림에 맨발이다. 한여름 복장을 하고 눈 쌓인 숲을 거니는데도 조금도 춥지 않다. 난 겨울이 원래 춥지 않은 계절이었는지 더듬어보지만 아무것도 떠오르지 않는다.

그러고 보니 소리가 들린다. 왜 진작 알아채지 못했을까? 소리는 아주 규칙적이면서도 불규칙하다. 일정하면서도 제멋대로다. 난 이 소리를 알고 있다. 그건 어느 뜨거운 계절을 연상시킨다. 그 계절에 걸맞은 익숙한 소리, 그래, 매미 소리다. 숲 전체에 매미 울음소리가 세찬 비처럼 쏟아지고 있다.

이렇게나 울려 퍼지는데 매미가 보이지 않을 리 없다. 난 제자리에 멈춰 서서 나무 하나하나를 주의 깊게 살펴본다. 별생각 없던 처음에는 몰랐지만, 각각의 기둥을 뚫어져라 쳐다보니 소리의 정체가 모습을 드러냈다. 그것들은 아주 작고, 저마다 다르게 생겼다. 어떤 것은 동그랗고, 또 어떤 것은 정육면체 모양이다. 그저 얇은 선처럼 생긴 것도 있고, 입체 고리 모양인 것도 있다. 그들은 제각기 자신이 부여받은 음형을 자아내고 있다. 난 그동안 매미에 대해 잘 몰랐던 걸까, 생각한다.

그때 세상이 순식간에 환해졌다. 이미 눈 때문에 시야에 흰 잔상이 그득했지만, 그것과는 다르다. 난 하늘을 올려다봤다. 키 큰 나무들 사이로 빛을 내는 거대한 뭔가가 다가오고 있다. 아니다, 그냥 다가오는 게 아니다. 돌진하고 있다. 아주 빠르게 곤두박질치고 있다. 별이 추락하기라도 하는 걸까. 그런데 왠지 나를 향하고 있는 것 같다. 빛은 눈을 뜰 수도 없을 만큼 점점 더 강렬해지고 그것과 나의 거리는 빠르게 가까워지고 있다. 하얀 눈밭은 이제 너무 밝아 투명하게 녹아버린 것만 같다.

무섭거나 위험하다는 생각은 전혀 들지 않는다. 그저 걱정될 뿐이다. 이 수많은 매미가 무사할지. 난 매미들이 달아날 수 있게 크게 소리를 지르지만, 목소리는 나오지 않는다. 매미들과 달리 나는 아무 소리도 낼 수 없다. 그래도 온 힘을 다해 소리친다. 위험해, 어서 도망쳐, 도망쳐야 해.

날아!

목이 찢어질 것 같다고 느낀 순간, 숲을 휘감고 있던 매미 떼가 일제히 날아올랐다. 동그랗거나 정육면체이거나 선이거나 입체 고리 모양인 매미들은 허공의 어느 한 지점을 향해 달려들었다. 그곳이 아주 오래전부터 정해진 그들의 숭고한 목적지였던 것처럼. 온갖 모양의 매미들이 합쳐져 주먹만 한 공 크기로 똘똘 뭉쳐졌다. 폭우처럼 퍼붓던 매미의 울음들이 모여 생전 처음 본 형체를 이루었다. 그 모습을 바라보며 매미들이 도망쳐 다행이라고 생각했다.

빛덩이가 나를 집어삼키기 직전이다. 나는 본능적으로 고개를 파묻고 몸을 웅크린다. 빛은 순식간에 덮쳐들더니 매미들의 노랫소리와 함께 폭발했다. 실로 장엄하고 웅대한 폭발이었다. 곧이어 내 심장 소리조차 기척을 감춘 깊은 정적이 찾아왔다. 끝없이 솟은 나무들처럼 끝없이 완전무결한 정적이.

화들짝 놀라 침대에서 눈을 뜨자 몸은 온통 땀범벅이다. 아직 한밤중이다. 꿈에서 깨어났는데 뭔가 여전히 몽롱하고 부자연스럽다. 마치 아직도 꿈속인 것만 같다. 긴장으로 마비된 몸을 일으켜 손으로 이마의 땀을 슥슥 닦아냈다. 방금 아주 이상한 꿈을 꾼 것 같은데, 장면들은 매초 잠꼬대처럼 뭉개지고 있다. 난 이 꿈을 잊고 싶지 않다. 잊어버려서는 안 된다고 생각한다. 이유는 알 수 없다.

왠지 이 꿈을 널리고 널린 아무 노트에나 기록하고 싶지 않다. 난 잠기운 섞인 눈으로 엄마가 올해 초 초등학교 2학년 진학 선물로 사준 다이어리를 찾았다. 단풍잎이 그려진 주홍빛 커버가 마음에 들어 아껴둔 거다. 침대맡의 램프를 켠 뒤 바닥에 엎드려 펜을 들었다. 겨우 몇 초가 지났을 뿐인데, 아까보다도 훨씬 더 기억이 불분명하다. 나는 눈을 감고 그것들과 숨바꼭질이라도 하는 것처럼 의식 곳곳을 뒤져보지만, 도형인지 기호인지 아리송한 형상만 서툴게 꼬여 지나간다.

생각은 뒤로하고, 떠오른 실루엣을 무작정 다이어리에 그렸다. 점과 선과 면과 입체가 마구잡이로 뒤섞인 주먹만 한 이미지다. 또 하나, 소리. 지천을 감싼 고르면서도 고르지 않은 소리. 빗소리인가. 난 더 이상 머릿속에 그려지는 게 없을 때까지 샅샅이 지난 꿈을 수색했고, '하얀빛'이나 '소리' 따위의 몇 글자를 온갖 물음표와 함께 적어 넣었다.

이 정도 기억이라도 사라지기 전에 붙잡아 다행이라고 생각하며 다시 침대에 누웠다. 창밖에는 쌍둥이처럼 닮은 흰 달 두 개가 걸려 있었다. 원래 달이라는 게 두 개나 존재하는 건지 고민해보지만, 판단할 수 없다. 저것들이 형제라면 어머니는 누구일까 생각하며, 난 눈을 감았다.

숨이 가빴다. 이게 대체 뭔가. 뭐란 말인가. 꿈? 기억? 난 눈이 떠지자마자 소파에서 빠져나와 거실 한복판에 이마를 짚고 멍하니 서 있었다. 9시 6분. 날은 밝아 있었다. 새벽 내내 시베리아 소행성과 도준이 남긴 도형에 대해 조사하다 잠들었던 탓일까. 마치 그때 그 모든 사건이 벌어진 장소를 엿본 것만 같은 기이한 꿈이었다.

그건 어린 도준이 분명했다. 난 도준이었던 거다. 게다가 꿈은 한 겹이 아니었다. 몽중몽 말이다. 처음에는 도준이 꿨던 꿈을 꿨고, 꿈에서 깨어난 장면 역시 꿈이었다. 그리고 확실히 그 도형이었다. 어린 도준은 마치 시베리아 벌판을 닮은 장소에서 그 형상을 봤고, 깨어나 허겁지겁 기록을 남겼다. 단풍잎이 수놓인 주홍색 다이어리에. 그리고 그건 긴 세월을 건너, 지금 내 노트북 옆에 얌전히 누워 있다.

그저 의미 없는 꿈이라고 치부하기에는 너무도 생생했다. 심지어 도준의 다이어리에 함께 적혀 있던 '소리'나 '비', '하얀빛' 같은 것들과도 맥이 이어진다. 하지만 이게 어떻게 가능하다는 말인가. 난 한 번도 이런 꿈을 꿔본 적이 없다. 이 정도의 꿈을. 내게서 남들과는 다른 흐트러진 파장의 물결이 보인다던 회오리 남자의 말이 생각났다. 그 때문일까. 내게 뭔가 신통한 능력이라도 생겼단 말인가.

그때 탁자 위에 올려둔 알에 시선이 닿았다. 다행히 알은 내가 잠든 사이에도 무사했다. 그러고 보니 우리는 처음으로 밤새 함께 있었다. 난 알을 잘 지켰다고 생각하면서도 거꾸로 알이 나를 지키고 있는 건 아닐까, 하는 터무니없는 생각을 했다. 문득 간밤에 내게 오묘한 꿈을 침투시킨 '신통한 능력'은 내가 아닌 알의 것이었을 거라는 예감이 들었다. 여러모로 그쪽이 더 설득력 있다.

찌뿌둥한 목을 이리저리 돌리자 우두둑 소리가 났다. 일단 정신을 가다듬고 해야 할 일을 되짚었다. 어제에 이어 알아볼 게 많아 노트북을 들고 카페에 가기로 했다. 알을 데려가는 게 나을지 집 안 안전한 곳에 숨겨두는 게 나을지 고민하다, 내 반경 안에 있는 게 아무래도 더 안심될 것 같아 챙기기로 결심했다.

이부자리를 정리하고 휴대폰을 들여다본 순간, 난 눈을 부릅뜨고 잔뜩 인상을 찌푸렸다. 화요일? 월요일이 아니라 화요일? 잠든 건 월요일 새벽 1시가 조금 넘은 시각이었는데 화면에 적힌 건 정확히 화요일이라는 글자였다. 말이 되지 않았다. 지금이 화요일 아침이라면 난 자그마치 30시간도 더 잠들었던 셈이다. 아무리 심신이 지쳐 있었다고 해도 사람이 30시간을 잘 수가 있나? 심지어 난 귀가 상당히 밝은 편이라 멀리서 들려오는 소음으로도 단잠을 설치고 여러 차례 깨곤 했다. 이런 내가 뻐꾸기시계가 달린 거실 소파에서 이렇게나 오래 숙면에 드는 건 불가능하다.

속으로 '불가능'이라는 단어를 읊는 동시에 난 움찔했다. 이미 근래 내 삶에서 그 단어는 아무런 힘을 발휘하지 못하고 있었으니. 말이 되는 것과 말이 안 되는 것, 어쩌면 이 세계에서 그 둘을 나누는 건 결코 우리 몫이 아닐지도 모르겠다고 나는 생각했다.

복잡한 심경으로 한참을 서성이다 알을 안경집 안에 넣고 카페로 향했다. 깊은 숲 빛깔을 띤 녹색 차양이 얌전히 손님들을 기다리고 있었다. 이른 점심 식사를 마친 직장인들 한 팀을 제외하면 잔잔한 재즈 선율이 감싸안은 카페는 오늘도 평화로웠다. 그러고 보니 이 카페에서 이상한 남자로부터 알을 얻은 뒤로는 첫 방문이다. 나는 알을 얻었고, 도준을 잃었고, 기이한 여행사에 갔고, 더 기이한 꿈에서 나왔다. 알과의 불가해한 인연이 시작된 곳에 다시 돌아오니 낯선 감정이 어물어물 뒤섞이는 듯했다.

지난번과는 눈에 띄게 다른 내 행색 탓에 카페 주인의 걱정 섞인 질문들을 연이어 받아야 했다. 잠을 자도 너무 자 머리는 충분히 개운했다. 커피를 마실까 하다가 오늘따라 히비스커스차가 끌려 아이스로 시킨 뒤 구석진 자리에 노트북을 펴고 앉았다. 네 명의 직장인 팀이 테이블 건너에 앉아 있었지만, 간격이 널찍해 부담스럽지는 않았다. 왠지 다른 사람들, 그러니까 '보통' 사람들의 실체에 위안을 받고 싶은 마음이 있던 것도 사실이고.

"근데 못 잔 지 한 일주일 된 거면 그때쯤부터네? 그 왜, 우리 여기서 커피 마시다가 영오가 어떤 청년 얘기했었잖아. 갑자기 자다가 죽었다는. 얘 그 얘기 듣고 겁나서 그러는 거 아니야?"

'자다가 죽었다는.'

턱을 괴고 무표정하게 퉁구스카와 관련된 자료를 훑어보다 뾰족한 한마디가 귓가가 아닌 심장으로 날아와 꽂혔다. 요새 통 잠을 못 잔다는 옆 옆 테이블의 어떤 여자를 둘러싼 대화가 오가는 도중이었다. 숨이 막혔다. 난 그쪽으로 살짝 고개를 틀었다.

"뭐야, 그런 거였어? 그럼 나 때문이네?"

"에이, 아니에요. 근데 하도 못 자니까 그 얘기가 종종 생각나기는 하더라고요. 아, 말 나온 김에. 선배가 그 죽은 남자 되게 편안하게 미소 짓고 있었다고 했잖아요? 좀 허무맹랑한 소리이긴 한데, 혹시 그 사람 죽음이 무슨 의학적 요인 때문이 아니라 자기 선택이었던 건 아닐까요?"

"네가 진짜 잠을 못 자긴 했구나. 그럼 사실 자살이다, 이 말이야?"

"그거랑은 좀 다르지만, 실상은 아무도 모르죠. '자다가'였잖아요. 그 남자 무의식에서 그때 어떤 일이 벌어졌을지 누가 알겠어요. 아무리 그래도 죽는 순간인데 평온하고 만족스러운 얼굴이었다는 게 계속 신경 쓰이더라고요. 그래서 그냥 생각했죠. 기꺼이 그러기로 스스로 결정한 건 아닐까 하고. 그럼으로써 뭔가를 지켰다거나 막아냈다거나 아무튼 그 사람만 아는 어떤 이유로요."

"과학자가 이렇게 감상적이어서야 되겠어? 우리 연구원, 아니, 한국 천문학계 이대로 괜찮은 거야?"

터져 나오는 웃음. 그러나 내 눈에서는 다른 게 터져 나올 참이어서, 난 손이 저릴 만큼 강하게 호흡 자락을 틀어막아야만 했다.

17 진율

 틀림없이 이 괴이한 남자도 동굴 남자처럼 뭔가 다른 걸 볼 줄 아는 거다. 그렇지 않고서야 안광 하나 없는 시선이 어떻게 가방 속 알을 정확히 겨냥할 수 있겠는가. 그러나 일단 그는 푸른 눈의 소인들과 대척점에 있는 데다 알을 강탈할 생각도 없어 보였기에 조금은 경계를 풀어도 괜찮을 거라는 생각이 들었다.
 "난쟁이는 제가 남들과 어딘가 다르다고 했는데, 혹시 당신도 알고 있나요?" 난 '보이나요'라고 하려다 바꿔 물었다.
 "네. 그래 보이는군요."
 "왜 하필 저죠? 그 남자는 심지어 '이 일'이 발생한 게 저와 무관하지 않은 것 같다고까지 말했고."
 혹시 몰라 '두번째 알의 등장'을 '이 일'로 뭉뚱그렸지만, 남자는 분명히 알아들었을 것이다.

"그 또한 그래 보입니다." 남자는 입가에서 찻잔을 떼고 차분하게 말했다. '보인다'는 부분을 특히 강조하며. "차 맛이 생각보다 근사하군요. 답례로 작은 돌 하나를 던져볼까요. 순진한 호숫가에."

"네?"

"당신은 아무것도 모른다고 하지만, 이 정도 변화를 눈치채지 못할 수는 없어요. 모르는 게 아니라 모르는 척하는 거라는 말입니다. 의식적으로든, 무의식적으로든."

"그럴 리가요. 제가 뭐 때문에요. 정말 조금도 모르겠는걸요. 이게 웬 날벼락인지 저도 알고 싶어 미치겠다고요."

"보아하니 당신의 파장이 흔들린 건 꽤 오래전입니다. 아무래도 '오래'라는 건 상대적일 수 있겠군요. 그래도 당신 세계 기준으로는 맞는 표현이겠죠."

오래전이라면 어린 시절을 말하는 건지 의아해하던 차에 그림 눈의 남자가 차를 한 모금 마시더니 별안간 창밖으로 빠르게 고개를 꺾었다. 그는 오차인가, 하고 낮게 중얼거린 뒤 다시 입을 열었다.

"시간이 약간 어긋났네요. 날씨 때문인지. 아무쪼록 답을 찾아내는 건 당신 몫입니다. 물론 찾지 않는 것도요. 한 가지 더. 이곳이라면 괜찮을 겁니다. 시작과 끝, 끝과 시작의 기착지로요. 이 정도 개입은 눈감아주시겠지요. 저 역시 이 세계의 차를 좀더 오래 맛보고 싶으니까요."

0시의 새

맥락 없는 말에 담긴 의중에 대해 더 물을 새도 없이 남자가 싱긋 웃으며 — 입만 말이다 — 말을 마쳤다. 곧이어 어마어마한 섬광과 함께 묵직한 천둥소리가 덮쳤다. 그리고 연이어 친 번개가 가신 뒤 내 앞에는 빈 찻잔만 덩그러니 남아 있었다. 남자는 증발했다. 아주 짧게 머물렀다 간 방금의 번개처럼. 요즘 내 주변에는 이렇게 홀연히 등장했다 사라지는 것들이 꽤 많다. 제법 익숙해지긴 했지만 받아들이기는 역시 쉽지 않다. 난 당황스러운 마음에 카운터를 흘긋 쳐다봤다. 카페 사장은 펜을 굴리며 두꺼운 종이 뭉치를 들여다보느라 이쪽에는 신경조차 쓰지 않고 있었다. 그 모습에 안심이 되면서도 괜스레 야속한 기분이 들었다.

벼락 이후 빗발의 질감이 한층 거칠어졌다. 일행도 사라진 마당에 이만 집으로 돌아갈까 싶었지만, 만신창이가 되어 있을 방과 바깥의 폭우를 생각하자 그저 얼마간 가만히 따뜻한 찻잔을 쥐고 앉아 있고 싶었다. 동그란 찻잔 밖의 세계는 깡그리 외면한 채. 그때 종소리를 내며 가게 문이 열렸다. 자연스레 거기로 눈을 돌렸다. 내 또래로 보이는 세미 정장 차림의 여자가 어깨에 묻은 빗물을 털며 들어왔다. 쇼트커트가 잘 어울린다고 생각했다. 그러고 보니 새가 보여준 기억 속 여자 역시 머리가 짧았던 것 같은데.

"기자님. 오시느라 힘드셨죠. 죄송해요, 이런 날씨에."

"아니에요. 내일은 다른 일정이 있어서 오늘밖에 시간이 안 될 것 같더라고요. 근데 삼촌분 상태가 많이 안 좋으신 거예요?"

"겨우 의식만 있으시대요. 병원은 계속 나 몰라라 하고. 의료 사고는 들어만 봤지, 주변에서 이런 일이 생길 줄 누가 알았겠어요. 제가 손님으로 아는 기자님 있다고 얘기해서 그나마……"

여기서 멀지 않은 곳에 언론사 몇 개가 몰려 있다. 여자는 사장의 제보를 받고 온 기자인 모양이었다. 테이블로 자리를 옮긴 둘은 그리 크지 않게 얘기했지만, 내 청각 세포는 이 공간의 유일한 말소리에 유독 크게 반응했다. 감응이랄지, 왠지 부연 인력이 그들과 나 사이에 얼기설기 부유하는 듯했다. 하지만 내가 무엇에, 혹은 어디에 이끌렸는지는 명확히 알 수 없었다. 그건 처음 보는 취재 장면 때문일 수도, 사장의 안타까운 사연 때문일 수도 있다. 아니면 빗속에서 나타난 짧은 머리의 여자 때문일까.

"그나저나 비가 너무 많이 오네요. 이런 날은 뭔가 낯선 기분이 들지 않아요, 기자님?" 사장이 물었다.

"낯선 기분이요?"

"옛날부터 이렇게 희뿌옇게 퍼붓는 비를 가만히 보고 있자면 그런 생각을 하곤 했어요. 이런 날은 어떤 경계 같은 게 흐릿해지는 것 같다고."

"사장님, 꽤 감성적이신데요." 기자가 작게 웃었다.

"그렇잖아요. 숲도 땅도 빗물에 흐물흐물, 사람은 축축 늘어지고, 공기도 착 가라앉고. 보이고 느껴지는 것들도 그렇지만, 그렇지 않은 것들에도 뭔가 영향이 있지 않을까 싶은 생각이 들어요. 다 뒤엉키는 거예요. 위와 아래, 시작과 끝이 모호해지고, 분명했던 경계가 분명하지 않게 되는 거죠. 그 사이에 뭐가 섞여들지는 아무도 모르는 거고요."

들려오는 것과 들어보는 건 명백히 다르다. 난 거의 바닥을 드러낸 히비스커스차에 눈을 고정한 채 둘의 대화를 허락 없이 듣고 있었다. 경계가 허물어진다라. 빗속에서 등장한 새와 암청색 눈의 세 소인, 그 뒤에 남겨진 작은 알 그리고 조금 전 우중에 사라진 그림 눈의 남자가 떠올랐다. 근래의 경험으로 미루어봤을 때 어쩌면 사장의 말이 맞을지도 모르겠다고 생각하며 나조차 눈치 못 챌 만큼 가볍게 고개를 주억거렸다.

"뭘 모르는지도 모르는 채로……"

가만히 듣고 있던 기자가 나직하게 읊조리더니 내 쪽으로 얼굴을 틀었다. 그녀는 무심코 내가 앉아 있는 창가 너머를 보려 한 것이었겠지만, 얼떨결에 우리는 눈이 마주쳤다. 그때 미처 시선을 옮길 틈도 없이 번개가 연달아 둘 사이에 들이닥쳤다. 꼭 적확한 한 순간, 시간선의 정해진 단 한 점을 노리기라도 한 것처럼.

번쩍—

낯익은 가정집. 식탁 앞에 홀로 앉아 있는 어린 여자아이.

번쩍—

아이 앞에 놓인 유리컵 속 주홍빛 음료. 그 표면에 맺힌 물방울.

번쩍—

물방울에 비치는 아이의 눈동자. 담담해 보이지만 형언할 수 없는 깊은 분노가 끓어오르는.

 컵 표면의 물방울을 통해 여자아이와 시선이 교차하자마자 잇따라 내리꽂히던 번개가 멎고 나는 다시 빗속의 카페로 돌아와 있었다. 나와 눈이 마주쳤던 기자 손님은 어느새 고개를 돌리고 다시 사장과 대화를 이어가는 중이었다. 모든 게 그대로였다. 내 얼빠진 표정만 빼면.
 환각? 환상? 상체가 오들오들 떨렸다. 거부할 수 없는 오한이 느껴졌다. 겹겹이 몰아치는 감당 못 할 크기의 현상들이 한꺼번에 떠오르며 새삼 두려웠다. 혼란스러웠다. 아니, 그게 아니다. 그것 때문이 아니다. 지금 내 혼란의 이유는 조금 전 본 그것이 내가 아는 장면이었기 때문이다.

나는 여자아이의 뒷모습을 보는 동시에 그 애의 표정을 보고 있었다. 또한 컵에 비친 물기 속 눈동자도. 그 아이는 분명 나였다. 언젠가 내 작은 등 뒤에 있던 존재, 내 꿈을 앗아가고 설명할 수 없는 크기의 증오를 불러일으킨 존재의 눈으로 바라본 나 자신 말이다. 내 판단이 맞다면 난 지금 지극히 멀쩡하고 이성적이다. 그러니 꿈도 환시도 아니다. 그것은 마치 새가 내게 기억을 공유했을 때처럼 전혀 다른 시점으로 실재한 기억이었다. 스스로 의식 저편에 가둬둔 아주 낡은 기억, 엄마가 잠시 외출한 어느 보통의 한여름 낮에 불쑥 맞닥뜨린 혐오의 기억. 단지 기억의 주체가 내가 아니었을 뿐이다.

그럼 눈의 남자가 말한 '오래전'이라는 게 이때였나. 모습도 목적도 알 수 없던 까마득한 침입자가 내 '파장'이란 걸 변화시켰다고? 설령 그렇다고 해도 이제 와서 내가 뭘 어찌할 수 있겠으며, 대체 이 모든 것의 시작점은 얼마나 과거에까지 닿아 있던 것인가. 난 그때와 마찬가지로 이 온갖 상황에 여전히 무지할 따름이었다. 조금도 달라진 게 없다. 어린 난 무방비하게 꿈을 빼앗겼고, 더는 어리지 않은 지금도 대처할 도리 하나 없이 이리저리 보이지 않는 풍파에 휩쓸리는 중이니까.

뇌간에 이끼가 덕지덕지 낀 듯 생각의 흐름이 걸쭉하고

혼탁했다. 손을 담그면 찐득하게 들러붙을 정도로. 난 오른손으로 이마를 덮고, 다 식어가는 찻잔 안을 무의미하게 보고 있었다. 이내 가방을 뒤적여 알이 든 동그란 통을 꺼냈다. 네 짓이었는지, 방금 그건 뭐였는지, 애초에 이 온갖 게 다 무엇인지 따져 묻기라도 하는 것처럼 가만히 노려봤다. 알은 내가 든 플라스틱 통 안에 별도리 없이 갇혀 있었지만 정말 그럴까. 오히려 그 반대인 것처럼 여겨지는 건 왜일까. 내가 지금 이곳에 갇혀 있지 않다는 증거가 있나.

가벼운 두통이 스멀스멀 감겨왔다. 이 장소에 더 머무르고 싶지 않았다. 떠날 채비를 하기 전 무심히 다시 사장과 기자의 테이블 쪽에 시선을 두었다. 평범한 카페의 평범한 사장, 그 앞의 평범한 손님과 평범한 대화. 그리고 저들에게는 나 역시 그래 보일 거라는 생각이 들자 변수니 돌연변이니 어쩌고 했던 동굴 남자의 음성이 머릿속에서 튀어나왔다.

'돌연변이는 줄곧 진화의 열쇠였죠.'

사장은 막 카페로 걸려 온 전화를 받기 위해 카운터로 걸어갔다. 나는 알이 담긴 통을 테이블에 올려놓고 찻잔을 갖다두려 쟁반을 들고 일어섰다가 문득 느껴진 눈초리에 고개를 돌렸다. 잠시 혼자 남겨진 기자는 내 쪽을 보고 있었다. 더 좁혀 말하자면 내 테이블 위의 휴지가 들어찬 동그란 플라스틱 통을.

그 시선은 날 의식하지 못하고 정직하게 통을 향해 뻗어 있었다. 여자의 표정은 무덤덤하고 단조로워 보이지만, 이쪽을 보며 뭔가를 골똘히 생각하는 듯했다. 그림 같은 엉터리 눈을 가진 남자와는 달리, 그녀의 눈은 꼭 결의와 주저가 혼재한 것 같은 빛을 내고 있었다. 난 본능적으로 작은 통에 손을 올렸다. 그러자 통을 보며 멍하니 어딘가에 침잠해 있던 그녀가 흠칫 놀라 날 쳐다봤다. 그리고 아까와 같은 일이 벌어졌다. 요란한 뇌음과 함께 번개가 다시 그녀와 나를 갈라놓은 것이다. 다른 게 있다면, 이번에 그것은 맹렬히 어느 한곳을 강타했다는 점이다. 바로 나 자신을.

난 텅 빈 연구실에 있다. 아무도 출근하지 않은 이른 시간, 가장 먼저 나오는 내가 늘 보던 광경이다. 좋아하는 정적, 만족스러운 지배감이다. 하지만 꼭 꿈속에 있는 것처럼 사고와 감각이 흐리멍덩했다. 꿈? 왠지 내게서 동떨어져 있는 느낌이 드는 단어다. 세계의 끝만큼이나 멀리.

갑자기 난데없이 새소리가 들린다. 연구실에서 누가 새를 키웠던가? 출처를 찾아 이리저리 굴러가던 눈길은 벽에 걸린 괘종시계에 정착한다. 시곗바늘은 11시를 가리키고 있고, 시계 정면의 조그마한 문에서 등장한 뻐꾸기가 열 번의 울음소리를 냈다. 이상할 것 하나 없지만, 위화감이 느껴진다. 그래, 내 기억에 그 벽걸이 시계에서 여태껏 뻐꾸기가 나와 운 적은 한 번도 없었다.

    나는 가만히 서서 수상쩍은 시계를 찬찬히 관찰했다. 제 역할을 마친 뻐꾸기는 울음을 그친 뒤에도 시계 안으로 돌아가지 않고 바깥에 머물러 있다. 그리고 나무로 만든 그것의 작고 까만 눈은 가만히 나를 쳐다봤다.

"나한테 무슨 할 말이라도 있니?" 내가 물었다.

"곧 한 바퀴에 이를 거야. 0에." 잠자코 있던 뻐꾸기가 조용히 부리를 열었다.

"시간을 말하는 거야? 그렇겠지. 지금은 11시니까."

"11시에 이른 건 수십억 년을 쌓아온 너희 세계야. 그다음은 0이지. 0에 닿으면 뻐꾸기는 더 이상 울지 않고 시계는 멈춰. 그러니까, 너희의 시계는."

"그게 무슨 소리야?"

"이 실험이 실패로 돌아가면 더는 방법이 없어. 바늘은 원 안에서 어떻게든 움직이고, 움직임을 막는 건 불가능해."

"실험이라니? 방법이 없다니?"

"너희는 나약하고 가볍고 얄팍하고 뻔해. 뭘 모르는지도 모를 만큼 무지하면서 모든 걸 안다고 생각하지, 가엽게도. 그러나 그 어리석음에 녹아 있는 불꽃은 다른 어느 차원에도 존재하지 않아. 그런 건 실로 어리석어야만 존재할 수 있으니까. 아, 그 한 가지 사실만으로도 난 너희 세계와 그에 속한 너희를 아낄 수밖에 없는 거라고."

"미안한데, 무슨 말인지 전혀 모르겠어. 불꽃이라니?"

"자유의지 말이야."

"네가 우리의 자유의지라는 걸 아껴서 뭔가를 실험하고 있다는 거야? 0이 되기 전에?"

"그래. 지금도 무한 차원을 향해 팽창하고 있는 우주의 질서에 따라 낮은 차원의 시간은 꾸준히 사멸해가고 있어. 0을 향해. 하나가 파괴돼야 다른 하나가 창조되는 법이니까. 그렇게 되면 0 이전의 것들은 더 거대한 흐름의 양분이 될 뿐이지. 그래서 난 일종의 실험을 하고 있어. 너희만이 가진, 너희를 상징하는 '불꽃'이 과연 너희를 지킬 수 있을지 궁금하거든. 아까도 말했지만 내가 너희를 꽤 아껴서 말이야."

"그렇다고 해도 인간의 의지 같은 게 그런 엄청난 흐름을 막을 수 있는 거야? 아직 인간은 그 정도로 나아가지 못했어. 우린 우주의 비밀 앞에서 네 말대로 무지하고 무력해."

"흐름을 막지는 못해. 그러나 길을 약간 돌릴 수는 있지. 그 방법은 진화뿐이란다. 진화하지 못하는 존재는 도태되어 마땅하고, 진화를 일으킬 수 있는 건 오직 변수, 즉 돌연변이야. 모든 게 그래. 우주 역시 그렇게 변태하고 있으니까. 정답은 없어. 그저 흐름이 갈림길을 맞닥뜨린 거야. 그 가운데에 서 있는 지금, 선택지는 무無와 유有, 둘 중 하나야. 0에 이르러 새로 시작하느냐, 아니면 멈추지 않는 대신 없던 새 길을 만들어내느냐. 너희가 스스로 진화를 이뤄내지 못한다면 시곗바늘이 0에

도달하는 걸 막지 못할 거야."

"진화라는 게 그렇게 단시간에 일어날 수 있을 리가 없잖아. 심지어 의지로 가능한 것도 아니고. 게다가 바늘은 어떻게든 돌아간다며. 결국은 0시에 이를 수밖에 없는 거 아니야?"

"생각해봐, 12의 의미를. '0시'일 수도 있지만 '12시'일 수도 있지. 비록 이 시계는 0에 이르면 끝이지만, 만일 '0시'가 아니라 '12시'가 된다면 다시 바늘은 1로 나아갈 수 있어. 미지의 다음 국면으로. 원 안에서 11 다음은 12고, 12 다음은 1이니까."

"그러기 위해서 뭘 어떻게 하면 되는 건데? 그보다 이런 중요한 얘기를 왜 나한테 하는 거야? 나보다 더 영향력 있고 뭔가를 움직일 수 있을 만한 사람한테 해야 할 거 아니야."

"영향력? 그 영향력이라는 건 이 티끌만 한 세계의 티끌만 한 존재들에게 미치는 티끌만 한 뭔가를 말하는 건가? 그런 게 어떤 의미를 갖지?"

"네가 말한 진화라는 걸 이끄는 데 적어도 나보다는 적합할 테니까."

"적합? 너희는 이 작디작고 낮디낮은 세계에서 '영향력'이니 '적합'이니 하는 잣대를 세우며 만족과 위안을 얻는 건가? 그게 무슨 의미를 지니는지 나로서는 모르겠군. 그 역시 무지한 너희 세계에만 존재하는 개념일 테지. 광막한 우주의 흐름 속에 이뤄지는 어떠한 작용에도 옳고 그른 건 없어. 강물의 흐름과 바람의 방향과 별의 생성과 소멸에 선악이 없듯이. 다른 새의 둥지에 알을 던져 넣는 뻐꾸기의 생존 방식은 '적합'하지 않은 건가? 그에 대항한 요정굴뚝새의 진화는 '적합'한 건가? 스스로를 만물의 영장이라 칭하는 너희는 그들의 진화에 모종의 '영향력'이라도 행사할 수 있었던가?"

"난 잘 모르겠어. 내가 안다고 생각했던 게 뭔지도, 모른다고 여겼던 건 또 뭔지도 아무것도 모르겠다고. 새도, 난쟁이도, 그림 눈의 남자도, 너도, 전부 다. 한낱 인간한테, 그것도 나 같은 평범한 인간한테 대체 뭘 바라는 거야."

"바라는 건 없어. 난 너희처럼 뭔가를 갈망하는 존재가 아니니까. 그저 아주 조금 기대하고 있는 정도랄까. 왜냐고? 이 거대 우주에 존재한 억겁의 시간 동안 내 완벽한 설계와 흐름을 꽤 자주, 완전히 엉뚱한 방향으로 돌려버린 건 번번이 너희였거든. 고작 45억 년밖에 안 된 이 어린 세계, 무지하기 짝이 없는 너희, 바로 너희의 '불꽃'이 말이야."

조각 같은 눈빛으로 또렷하게 날 관철하던 뻐꾸기의 형체가 점차 희미해지기 시작했다. 실은 알 수 없다. 희미해지는 건 나 자신인가. 사장의 말대로 비가 너무 많이 온 탓에 내 경계가 녹아버리기라도 하는 것인가. 역시 난 모르겠다.

"네가 점점 안 보여. 네 목소리가 멀어지고 있어."

"그럴 거야. 아직 너의 자유의지가, 그러니까 마지막 열쇠인 '불꽃'이 완전히 스며들지 않아서 알들의 공명이 충분하지 않거든. 그 남자도, 그 여자도, 그 여자의 알도, 모두 충실히 열쇠 역할을 해냈고 해내고 있는데 말이지. 그러고 보면 겨우 너희보다 몇 차원 위에 존재한다고 떵떵거리는 난쟁이 녀석의 말 중 적어도 하나는 맞는 셈이야. 그 녀석들, 허구한 날 알을 찾아다니며 들여다보더니 가끔 그럴듯한 소리도 하는 모양이지."

"뭐라고? 다시 말해줘. 잘 보이지도 들리지도 않아."

"너한테 '완벽한 톱니에 걸린 티끌 하나가 우주에 어떤 변화를 가져올지 두고 봅시다' 했던 거. 그 말은 꽤 마음에 들더군. 아무튼 즐거웠어, 티끌. 잘해보라고."

"율이 씨, 율이 씨! 괜찮아요? 정신 차려봐요!"

난 늪의 바닥에서 건져 올린 사람처럼 막힌 숨을 크게 토해내며 눈을 떴다. 호흡은 제멋대로 불거져 나왔고 심박은 거친 자갈길을 달리는 마차처럼 위태롭게 덜컹거렸다. 분명 현실로 돌아왔음에도 나무 뻐꾸기의 말소리가 아득히 귀에 맴도는 기분이었다. 내 의식은 여기에 있고 무의식은 여전히 저쪽에 남은 듯했다. 어쩌면 처음부터 그 둘은 하나였던 적이 없었는지도 모르고.

"율이 씨, 어떻게 된 거예요! 갑자기 쓰러졌어요. 어디 안 좋은 거예요? 119 불러줄까요?"

날 반쯤 끌어안고 걱정스럽게 얼굴을 일그러뜨린 카페 사장이 침침한 눈에 들어왔다. 기자 손님 역시 옆에서 안절부절못하며 나를 살피고 있었다. 난 바닥에 주저앉아 있고,

쟁반 밖으로 떨어진 찻잔 두 개는 산산조각 나버렸다. 근처에서 나뒹구는 구체 플라스틱 통이 보였다. 난 알이 다친 건 아니겠지, 걱정하며 통을 집고 천천히 몸을 일으켜 의자에 앉았다.

"갑자기 현기증이 일어서…… 죄송해요, 잔이 깨져버렸네요."

"깜짝 놀랐어요, 정말. 병원 안 가봐도 되겠어요? 괜찮은 거 맞아요?" 사장이 말했다.

"이제 괜찮아요. 잔은 제가 배상할게요."

"지금 찻잔 신경 쓸 때예요? 연구원에서 너무 혹사시키는 거 아니에요? 얼마나 무리했으면 젊은 사람이 이렇게 갑자기 쓰러져요. 좀더 앉아 있어요. 바로 일어나지 말고. 세상에."

"지금은 괜찮은 것 같아도 또 몰라요. 내일 꼭 병원에 가보세요. 단순 현기증이었다고 하기에는 몇 분이나 정신을 못 차리셨어요." 기자가 양 눈썹을 구부리며 말했다.

"네, 고맙습니다. 저도 이런 적이 처음이라……"

틀린 말은 아니다. '이런 적이 처음'인 상황이 최근 들어 매우 잦은 게 문제일 뿐.

"근데 같이 온 분은요? 전화받는 틈에 가셨나? 언제 나가셨지?" 사장이 물었다.

"아, 네, 갔어요. 아까 사장님 잠깐 자리 비우셨을 때요."

나는 막 닫힌 문에 대고서라도 떠나는 손님에게 매번 인사를 던지는 사장의 장사 철학을 알았기에 적당히 둘러댔다. 그러나 그 직후 기자의 의아한 시선을 마주쳐야 했다. 그녀는 그림 눈의 남자가 사라진 뒤 가게에 들어왔고, 사장이 일어난 직후에도 줄곧 내 쪽을 보고 있었으니까. 별 악의는 없지만 빤한 거짓말이라는 걸 간파했을 것이다. 그럼에도 그녀는 아무 말도 하지 않았다.

"이상하네. 종소리도 못 들은 것 같은데…… 그러고 보니 저번에 기자님 때도 그랬잖아요. 한 2주 전인가, 기억나시죠? 그 왜, 기자님 제보자인 줄 알았던 젊은 남자 손님이요. 그분도 가만히 앉아 있다가 잠깐 고개 돌린 사이에 갑자기 사라졌잖아요. 무슨 물건 하나 놓고 가셨던 분."

카페 사장이 재미난 농담이라도 떠오른 듯한 얼굴로 기자 손님을 향해 말했다. 하지만 그녀는 순간 아랫입술 한쪽을 씹으며 비 오는 창 너머로 고개를 돌렸다. 꼭 곧 드러나고야 말 어떤 표정을 들키고 싶지 않은 것처럼.

"그랬죠." 다른 쪽을 보며 기자가 짧게 답했다.

"이 일 하다 보면 별난 손님들 종종 보지만, 그렇게 몇 시간 혼자 앉아서 히비스커스차만 댓 잔씩 드시는 분은 처음이었어요. 물론 저희 차가 특히 좀 남다르긴 해도. 율이 씨도 저희 가게에서 맨날 히비스커스차만 드시잖아요. 아! 마침 그 손님 왔을 때도 비 엄청 왔는데 말이에요."

둘 사이를 번갈아 보던 난 어쩐지 기자가 그 주제를 꺼리는 느낌을 받았지만, 사장은 조금도 알아차리지 못한 듯 말을 이으며 흥을 올렸다. 난 다른 말로 주의를 돌려줄까 하다가 괜스레 뒷이야기가 궁금해 좀더 침묵을 유지했다.

"맞아요." 여자가 한 번 더 견고한 벽이 툭 세워진 대답을 던졌다. 안타깝게도 그 벽은 사장의 천진함을 막기는 역부족이었다.

"제 말이 진짜 맞는 것 같지 않으세요? 아까 기자님이랑 그런 얘기 했거든요. 비가 오는 날은 경계가 허물어져서 뭔가 낯선 일들이 생길지도 모른다고요."

사장은 보다 흥미로운 반응을 기대하는 눈빛으로 내게 물었다. 앞서 그 대화를 듣고 속으로 몰래 동감했던 나는 대답 대신 살짝 끄덕이며 웃었다.

"뭘 모르는지도 모르고 말이죠."

기자 역시 더는 못 말리겠다는 듯 멋쩍은 얼굴로 가벼운 미소를 띠며 말했다. 하지만 난 왠지 그녀가 멋쩍지도 가볍지도 미소 짓고 싶지도 않아 하는 것 같다고 생각했다.

18 차수지

"당장 오늘 오후네요?"

유은우의 말투에 은근한 짜증이 묻어났다. 왼쪽 어깨는 메모를 하는 오른손 대신 휴대폰을 받치느라 한껏 비뚤게 올라가 있었다. 어젯밤 유독 잠을 설쳤다며 내내 저기압이더니 통화 상대까지 한몫 거드는 모양이었다.

"다른 일정 때문에 직접 가기는 어려울 것 같아요. 촬영 따로 하시는 거면 기사는 검토해볼게요. 그리고 다음에는 적어도 이틀 전에는 미리 연락 주세요. 저희도 일정을 갑자기 옮길 수 있는 건 아니니까요."

오랜만에 해가 났다. 모처럼 먹구름 없는 하늘이 반가웠지만, 옆자리 후배 기자에게는 갠 기운이 조금도 번지지 못했다.

"아니, 오늘 있을 행사를 오늘 얘기하면 어쩌자는 거야."

유은우가 전화를 끊으며 퉁명스럽게 말했다.

"뭔데 그래." 난 타자를 치던 손을 멈추고 웃으며 말을 건넸다.

"무슨 훈련을 한다고, 짧게라도 뉴스 내보내줄 수 있냐고요. 평소에 딱히 취재할 거리도 없는 출입처라 어지간하면 챙겨주려고 했는데 당장 이따 2시라잖아요. 저 오늘 오후에 통으로 안 되거든요."

"훈련? 그냥 단신용이면 영상 선배만 가도 되잖아?"

"여력이 안 될 거예요. 오늘 영상 팀에 휴가자도 좀 있어서 안 그래도 일정 하나 빠졌거든요. 과기부에서도 몇 명 오는 우주 물체 충돌 대응 훈련이라는데 형식적인 거죠, 뭐. 운석을 직접 떨어뜨릴 것도 아니고."

"그럼 천문연에서 하는 거야?"

휙 돌아간 바퀴 의자와 함께 황급한 목소리가 튀어나왔다.

"네. 동원 인원 보니까 별로 큰 훈련도 아니에요. 그러니까 여태 가만히 있다가 대충 전화 한 통 한 거겠죠."

"그거 내가 갔다 올게."

유은우의 말이 다 끝나기도 전이었다. 보도자료도 거의 안 나오는 심심한 출입처에 별안간 관심을 갖자, 짐짓 놀란 눈치였다. 천문연구원은 이름에 걸맞게 현실의 잡다한 취잿거리들과는 영 동떨어진 곳이었으니까. 그러나 역시 언젠가부터 현실에서 유리돼버린 듯한 나한테는 마침 좋은 기회였다.

"어, 괜찮아요, 선배. 중요한 행사도 아닌데요. 영상은 그쪽 홍보 팀에서 찍어서 올려놓는다니까 내용 봐서 제가 기사만 쓰면 되거든요."

퉁구스카 폭발 현장에서 도준의 다이어리에 있던 '패턴'을 발견하고 자체 취재에 나선 지 일주일도 넘었다. 좀체 진전이 없었던 데다, 긴 휴가에서 복귀한 후에는 쌓여 있던 취재와 업무를 해치우는 것만 해도 정신이 없었다. 와중에 천문연구원 소속 연구원 한 명이 오래전 관련 논문에 참여한 걸 알고 유은우를 통해 연락하려던 참이었다. 그러니 유은우에게는 아니어도 내게는 언젠가 떨어질지 어떨지 모르는 운석만큼이나 중요한 행사다.

"개인적으로 관심이 좀 있거든. 네 출입처니까 너만 괜찮으면 내가 다녀올게."

"저야 상관없지만⋯⋯ 그럼 담당자 연락처 보내드릴게요."

어깨를 으쓱이며 말하는 유은우의 눈빛에는 호기심이 다글다글했지만, 더 캐묻지 않았다. 오히려 힘든 일을 겪고 온 내가 엉뚱한 귀퉁이에서나마 기운을 차린 것에 내심 안도하는 것처럼 보이기도 했다.

"고마워. 그리고 혹시 모르지. 저 위에서 진짜 불타는 돌덩이가 날아들지도."

난 말을 뱉고 나서 씨익 입꼬리를 올렸다. 유은우를 향해,

동시에 중력처럼 불가피하게 나를 끌어당기고 있는 어느 불가지의 지점을 향해.

"기자님, 이쪽이 선임 연구원 인수현 씨예요. 말씀 나누시고 필요한 거 있으시면 연락 주세요."

비타민 음료 두 병을 들고 나타난 연구원 홍보 팀장이 내가 부탁했던 연구원을 라운지로 안내하며 말했다. 일부러 미리 움직인 터라 행사 시작까지는 시간이 넉넉했다.

"처음 뵙겠습니다. 차수지입니다. 혹시나 하고 부탁드렸는데 시간 내주셔서 감사합니다."

"아니에요. 오늘 행사 때문에 다른 부서들은 평소보다 널널하거든요. 그나저나 제 예전 논문 건으로 찾으셨다고 들었는데요?"

"네, 9년 전 미국에서 공부할 때 참여하신 것 같은데 마침 천문연에 계신다는 걸 알고 꼭 직접 뵙고 싶었습니다. 이것저것 궁금한 게 있었거든요. 이겁니다."

그녀는 내가 그랬듯 눈을 찡그리며, 건네 든 페이지를 한참 동안 살폈다. 1908년 퉁구스카 소행성 폭발 현장에 대한 사료는 비교적 다양했지만, 도준의 다이어리 속 패턴이 등장한 건 처음 그것을 발견했던 이 논문이 유일했다. 나와 달리 그녀에게는 답이 있을까. 긴장감에 손끝에 건조한 냉기가 돌았다.

"글쎄요. 어떻게 보면 비자연적인 느낌이 있는 것도 같은데……" 그녀는 고개를 기울이며 말을 늘였다. "뭐라 섣불리 판단하기는 어렵네요. 이것만 봐서는 유의미한 현상인지도 불분명하고 딱히 떠오르는 유사 사례도 없고요. 이때 퉁구스카 내용은 참고용으로 잠깐 언급된 데다, 말씀하신 부분은 제 전공 분야는 아니거든요."

기대와 다른 답변에 실망한 난 입을 옹송그리며 밭은 한숨을 내쉬었다. 그녀 쪽으로 놓인 칙칙한 사진이 내게 승리의 미소를 보내고 있는 것만 같았다. 난 도준의 다이어리도 같이 보여줄까 고민했지만, 자초지종을 설명하기에는 난해할뿐더러 달라질 건 크게 없을 거라는 생각이 들었다.

"기자님, 근데 '패턴'이라고 하신 데 혹시 무슨 이유라도 있나요? '패턴'은 아무래도 여러 개체에서 보이는 규칙적인 현상을 일컫잖아요. 보통은 무늬나 문양 정도로 표현할 것 같아서요."

하기야 그건 곳곳에서 일련의 공통점을 발견한 나에게만 '패턴'이었다. 난 순간 당황해 별 뜻은 없었다며 적당히 대꾸했다. 이후 몇 마디의 대화가 오간 뒤 그녀가 적어준 어느 교수와 외국에 있는 동료 연구원의 이메일 주소를 제외하면 마뜩한 소득은 얻지 못했다. 다시 돌아온 원점에서 난 친숙한 무상함을 맛봐야 했다.

"그나저나 희한하네요. 마침 저도 최근 간만에 퉁구스카

자료를 좀 뒤적거렸거든요." 그녀가 반쯤 남은 비타민 음료를 홀짝이며 말했다.

"뭐 새로운 내용이라도 나온 건가요?"

"그런 건 아니에요. 엊그제 동료 연구원이 돌 비슷한 개체의 분석을 부탁했었는데, 신기하게 거기서 퉁구스카 폭발 이후 토양에 남아 있던 성분들이 검출됐거든요. 물어보신 문양이랑 관련 있는 건 딱히 아니고 퉁구스카 얘기를 하시니 생각났어요."

"신기하네요. 그 개체가 당시 떨어진 걸로 추정되는 소행성과 무슨 연관이 있는 걸까요?"

"급하게 가져가버려서 더 자세히 알아보지는 못했어요. 성분만으로 단정할 수는 없는데, 신기하긴 하죠. 돌이라기엔 성분 말고도 여러모로 특이하기는 했지만…… 그저 엄청난 우연일지도요."

특이한 돌이라. 돌이라고 생각했던 어느 기묘한 녀석이 생각날 수밖에 없었다. 내가 찾던 정보는 아니었으나 '우연'이라는 단어에 왠지 전에 없던 이질감이 녹아 있었다. 그녀가 그 표현을 쓰지 않았다면 난 아마 대수롭지 않게 막간의 대화를 마무리했을 것이다. 그러나 그녀는 하필 그 단어를 선택했고, 그로 인해 바로 그 '특이한 돌'과 관련된 '엄청난 우연'이라는 게 지금 내게는 엄청나게 유효하게 느껴졌다.

"연구원님, 실례가 안 된다면 그 돌의 분석을 부탁했다는 분을 좀 연결해주실 수 있을까요? 왠지 제가 알고 싶은 부분과도 접점이 있을 것 같아서요."

그녀는 대체 어느 지점에서 접점이 있다는 건지 이해하지 못하겠다는 표정을 지었다.

"단순히 문양에 대한 게 궁금하신 건 아니군요? 하긴 소행성 충돌이 유력하다 해도, 파편 하나 안 남긴 미스터리한 폭발이었으니까 퉁구스카는 흥미로운 주제긴 하죠. 근데 저한테 분석을 맡겼던 연구원도 같은 팀 동료의 부탁을 받았던 거라 직접 연락처를 드리기는 좀 그렇고요. 물어보고 괜찮다고 하면 알려드릴게요."

그녀는 내 명함을 주머니에 챙겨 넣고 연락을 주겠다는 약속과 함께 자리에서 일어났다. 답이란 건 여전히 내 손에 들려 있지 않았다. 그러나 수백 광년 밖에서부터 시작된 서사가 어쩐지 이제는 내가 밟고 있는 땅에서 그리 외딴 것처럼 느껴지지만은 않았다.

연구원 지하 대강당에서 진행된 훈련은 10미터급 소행성이 지구에 근접하는 상황을 가정한 것이었다. 취재석에서 충돌체에 대한 형식적인 시뮬레이션과 무미건조한 브리핑을 보다, 일전에 어린 도준의 눈으로 꿨던 꿈이 떠올랐다. 이국적인 겨울 숲, 온갖 모양의 이채로운 매미들, 그리고 돌진해온 휘황한 빛의 폭발. 난 그것이 내가 쫓고 있는 1908년의 사건과 무관하지 않다고 짐작했다. 어제의 소행성이 오늘의 내게 말하려던 건 대체 뭐였을까. 그건 혹 아직 오지 않은 내일일까.

"차 기자, 후배 출입처라고 너무 열심히 듣는 거 아니야? 이따 센터 투어도 갈 거야?" 뒷자리에 앉아 있던 타사 신문 기자 선배가 어깨를 툭툭 치며 물었다.

"궁금하기도 하고, 오래 안 걸릴 것 같아서 가보려고요. 선배는요?"

"나도 가지. 안 그래도 별 내용도 없는 행사인데 뭐라도 써야지. 지금 소행성이 문제가 아니야. 기사가 더 문제야."

장난기 어린 짧은 대화를 마치고 다시 정면으로 고개를 가져온 찰나, 싸한 매캐함이 빠르게 온몸을 휘감고 지나갔다. 비 오던 어느 날, 알을 들고 의문의 여행사로 달려가기 직전 맞닥뜨린 그늘진 감촉이 상기됐다. 마치 어느 노련한 저격수의 사정거리 안에 들어와 있기라도 한 것처럼 섬찟한. 나는 눈을 부릅뜨고 아주 작은 붓 터치만으로 모작을 간파해내는 감정사라도 된 듯 꼼꼼히 주위를 살폈다. 모든 건 모난 구석 하나 없이 심상하게 돌아가고 있었다. 눈앞의 전경 어디에도 이상할 건 없었다. 하지만 조금 전 느낀 위화감이 착각이었다는 생각은 결코 들지 않았다. 뭔가 있다, 하는 확실한 경각심이었다.

취재진은 곧이어 준비된 투어를 위해 이번 행사의 주관

부서인 우주위험감시센터로 이동했다. 엘리베이터 안에서는 과학 전문 기자 한 명이 관계자에게 질문을 속닥거리고 있었다. 망연히 올라가는 층수를 보던 중 엘리베이터가 안내음을 내며 목적지에 도착했다. 그리고 그 소리는 동시에 내 날 선 직감이 틀리지 않았음을 알리고 있었다. 너무도 확실하고 또렷하게. 그건 다름 아닌 도준이 죽기 전날 방송국 엘리베이터에서 처음 들은 예의 새소리였다. 세쌍둥이 차와 세 난쟁이와 표정 없는 남자, 온갖 해괴한 일의 서막을 열었던 바로 그 소리 말이다.

"선배, 방금 3층 도착했을 때 난 소리, 그거 새소리 맞죠?" 나는 먼저 내린 선배 기자 쪽으로 잰걸음을 하며 초조한 목소리로 물었다.

"소리? 무슨 소리?"

"엘리베이터 도착했다고 소리 났잖아요. 안내음이요."

"글쎄, 멍 때리고 있어서 모르겠는데. 그냥 띵— 하지 않았나?"

그제야 난 아까 얼핏 했던 생각이 완전히 틀렸다는 걸 알아차렸다. 난 보이지 않는 저격수의 사정거리에 놓인 정도가 아니었다는 걸. 이미 내 이마 한가운데에는 또렷한 붉은 점이 조준돼 있었다. 재빨리 백팩을 앞으로 돌려 속을 뒤졌다. 불안한 마음에 알을 직접 들고 다니고는 있지만 보는 눈이 많은 사무실에 두고 오는 편이 나았으리라는 후회가 밀려왔다. 플라스틱 통이 손에 잡혔다. 나는 걸음을 옮기며 가방 안에서 안경집을 살짝 열어 확인했다. 그 안에는 작고 여린 녀석이 태연히 앉아 있었다. 내 혼돈 따위에는 아랑곳하지 않는다는 듯 곤한 숨을 쉬며.

대낮인 데다 무리에 섞여 있는 지금, 당장 극단적인 사건이 발생할 가능성은 낮다. 방금 시뮬레이션에서 본 것 같은 소행성이 떨어지는 게 아닌 이상 뭔가 일이 터져도 대응은 가능하리라. 그러나 이성적 판단과 달리 신경은 바짝 곤두선 상태였다. 지금 난 어디에서 실탄이 날아들지 모르는 폭풍 전야의 전쟁터에 발을 들인 거나 마찬가지였다. 직원이 연구실 하나하나를 함께 돌며 첨단 기술에 대해 설명하는 내내 등줄기에는 과거에서 온 으스스한 오한이 쉴 새 없이 진영을 넓히고 있었다.

복도 가장 끝의 마지막 연구실에 당도했을 때였다. 문 안으로 들어서는 순간 빽빽이 쌓인 비 섞인 바람 소리, 내지는 파도 소리 같은 짧은 음형이 순식간에 귓가를 훑고 지나갔다. 언젠가 겪어본 듯 익숙한 소리였지만, 기억을 더듬을 여유 따위 없었다. 난 오른손으로 머리칼을 쓸어 올려 습관적으로 흐트러뜨렸다. 긴장으로 딱딱해진 어깨를 펴고 깔끄러운 목에 억지로 침을 넘겼다. 어떤 신호라도 읽어낼 수 있게 집중해야 했다. 뭔가가 다가오고 있다. 나를 향해, 지금 내가 지닌 것을 향해.

안쪽에는 각종 궤도와 데이터가 띄워진 장비와 크고 작은 레이더 설비가 즐비했다. 들어보니 관측 시스템의 연구 개발이 이뤄지는 곳인 듯했다. 앉아 있던 연구원들은 우리에게 가볍게 목례를 건네고 다시 각자의 업무에 몰두했다. 직원의 설명을 흘려들으며 난 어느 동토의 땅에 떨어졌다는 먼 옛날의 소행성을 생각했다. 그때도 이 정도의 기술과 장비를 갖췄다면 예측할 수 있었을까. 막아낼 수 있었을까. 그리고 지금 난 나를 향해 좁혀드는 뭔가에게서 벗어날 수 있을까.

질문을 쏟아내는 몇몇을 제외한 나머지 기자들은 각자 연구실 안을 찬찬히 돌아봤다. 이내 내 시선에 빈자리 하나가 들어왔다. 책상에 놓인 네모난 상자 때문이었다. 영어로 '히비스커스'가 적힌 걸로 봐서 히비스커스 티백이 들어 있는 모양이었다. 그걸 보자 바로 엊그제 카페에서 있었던 일이 떠올랐다. '히비스커스차만 댓 잔을 시킨 별난 손님'에 대해 신이 나 얘기하던 카페 사장은 바로 그자가 내게 이 정체불명의 알을 던져놓은 장본인이라는 걸 영영 알지 못할 터였다.

그러고 보니 그날 갑자기 쓰러졌던 여자는 괜찮을까. 나와 눈이 마주치자마자 잠에 빠지기라도 한 것처럼 무방비하게 무너져 내린 여자 말이다. 사장과 얼마간 셋이서 이야기를 나누고 난 뒤 함께 카페를 나설 때는 말짱한 것 같았는데. 차분하고 묵중한 그녀의 눈이 아직까지 뇌리에 남아 있다. 사람을 잡아끄는 순수한 눈빛과 유독 깊고 어두운 칠흑 같은 눈동자가. 물론 한국 사람 눈동자가 검은 건 특이할 게 아니지만, 채도랄지, 마치 별들이 지금만큼 많이 태어나기 전의 태곳적 우주, 신비로운 가능성이 무한히 담긴 심연처럼 실로 묵직한 농도였다.

책상 옆에 붙은 이름표에서 '진율'이라고 적힌 글자를 보자 사장이 쓰러진 여자 이름을 연신 외쳤던 게 생각났다. 혹시 '유리 씨'가 아니라 '율이 씨'였나. 바로 이틀 전에 벌어진 일이었으니 몸 상태 탓에 휴가를 낸 걸 수도 있다. 게다가 사장은 과로한 게 아니냐며 연구원 얘기를 했었고, 그녀가 그 카페의 '어딘지 남다르다'는 히비스커스차를 즐겨 마신다고도 했다. 우주를 닮은 눈을 가진 그녀는 우주를 들여다보는 사람이었던 걸까. 그렇다면 그건 우연일까 혹은 더없는 필연일까. 어쩐지 이 빈자리의 주인이 그녀일 거라는 확신이 들었다.

'당신들이 좋아하는 '우연'이라는 거에 우리도 조금은 기대를 걸어볼까요.'

기이한 여행사에서 회오리 남자가 했던 말이 머릿속을 천연히 가로질렀다. 마구잡이로 흩뿌려진 아주 작은 톱니들이 조금씩 맞물려 돌아가기 시작한 것 같은 기분이 들었다. 순간, 갑자기 연구실 등이 일제히 숨을 거두어버렸다.

정전이다. 순식간에 사위가 어둠에 뒤덮였다. 실내에 깔려 있던 모든 기계음이 정지한 틈을, 곳곳에서 쏟아져 나온 탄식이 대신했다.

직원은 잠시 전력에 문제가 생긴 모양이라며 좌중을 안심시켰지만 난 달랐다. 난 그것이 예비사격이라는 걸 알고 있었다. 곧 본 게임이 시작되고 진짜 총알이 날아들 것이다. 난 필사적으로 등을 벽에 댄 채 웅크리고 앉아 호흡을 정비했다. 시야를 잃자 막막함에 숨통이 좁혀드는 듯했다. 그러다 문득 재빨리 안경집에서 알을 꺼내 손에 쥐었다. 그때였다.

"빛이 있어야만 뭔가를 볼 수 있다니 참으로 덧없고 슬픈 일이지요."

당황한 사람들의 웅성거림을 뚫고 갑자기 낮고 무거운 목소리가 오른쪽 귓가에 바짝 다가왔다. 직전까지 조금도 눈치채지 못했다. 기척은 완전히 부재했다. 육체가 뻣뻣하게 얼어붙었다. 실로 흉포하고 어두컴컴한 바다 밑바닥을 연상시키는 음성에 본능적으로 알아챘다. 그자다. 월광초 화분에서 알을 품던 새가 달아난 이유이자 회오리 얼굴의 남자가 말한 '그림자'.

옆으로 슬쩍 얼굴을 돌리자 어둠 속에서 검푸른 빛을 띠는 눈이 슬그머니 고개를 들었다. 서늘한 찬기가 날렵한 창처럼 순식간에 전신을 갈랐다. 그런 눈은 어디에서도 본 적이 없었다. 적어도 내가 존재하는 세계에서 그건 본질적으로 다른 것이었다.

"'그림자'로군요, 당신."

난 잠긴 목소리를 겨우 끄집어내 말을 뱉었다. 목구멍에 지푸라기라도 들어찬 것처럼 소리가 막혀 있는 것 같았다.

"당신은 지금 '그림자'에 삼켜졌고 말이지요." 암흑에 녹아든 푸른 눈이 살짝 휘어지며 말했다. "이런 방식은 저희로서도 탐탁지 않지만, 사안이 사안인지라 양해를 부탁드립니다. 해를 가하고 싶지는 않습니다. 원하는 건 손에 든 물건뿐입니다."

물리를 압도하는 위협감이었다. 비열한 자다, 하는 감응이 내면에서부터 일렁였다. 말투는 정중했지만, 안에 담긴 의미는 칼날처럼 가차 없이 느껴졌다. '흐름의 파수꾼'을 자처하는 회오리 남자와 달리 '그림자'라는 이 존재는 아마도 내 손에 든 걸 얻기 위해 그 칼날을 기꺼이 휘두를 거란 걸 분명히 예상할 수 있었다. 그는 내게 선택지 따위를 줄 생각이 결코 없다는 것도. 그에게 난 어둠에 갇힌 먹잇감에 불과했다.

"당신이 이걸로 뭘 하려는지는 대강 알아요. 하지만 흐름을 손에 가둘 수는 없어요."

이건 내가 하는 말이면서도 내게서 나오는 게 아닌 것 같다고 생각했다.

"재미있네요. 무지하고. 당신들이 우리가 만든 질서 없이

도 이만큼 '씩이나' 존재할 수 있었을 거라고 생각한다는 게 말입니다." 그가 말했다.

"듣자 하니 이 알이 '첫번째'라죠. 어딘가에 '두번째'가 있을지도 모른다지만, 당신들한테 의미 있는 건 바로 이거고. 알을 뺏길 생각은 없어요. 난 이걸로 해야 할 일이 있지만 당신들 손에 넘기느니 차라리 부숴버릴 겁니다. 그리 어려운 일도 아니고요."

진심이었다. 알은 도준의 죽음에 실마리를 제공할 유일한 단서였지만, 빼앗기느니 아예 망가뜨리는 게 나을 거라는 판단이었다. 알을 쥔 왼손에 땀이 스며 나왔다. 달빛 묻은 초록 식물 아래에서 소중히 알을 품고 있던 어미 새가 떠올랐다. 기억 속 그 작은 새에게 속으로 조용히 '그래도 괜찮겠냐고' '아니라면 뭘 어찌하면 좋겠냐'고 물었다. 그러나 어떠한 답도 돌아오지 않았다. 푸른 눈의 남자는 얼마간 침묵하다 입을 열었다.

"그걸 갖고 있다고 해도 남자의 죽음을 돌이킬 수는 없을 텐데요. 그 죽음에 책임이 있는 존재를 만날 수도요."

마치 동굴에서 흘러나오는 듯 압도적이고 거뭇한 그의 음색은 내 육체와 정신을 넘어 영혼까지 짓누르는 듯했다. 그는 회오리 남자와 마찬가지로 도준에 대해 알고 있는 게 분명했다. 난 손에 적당히 힘을 주고 돌처럼 차가운 알의 감촉을 실감하면서 마음을 가다듬었다. 또한 도준을 생각하며. 어떤 그림자도 훼손하지 못할 그의 밝고 환한 목소리를 생각하며.

"그럼 이깟 거 내겐 더더욱 쓸모없겠네요. 애초에 내 손에 있을 만한 것도 아니니까요."

"'촉매자'와 대화를 이어가고 싶지만 시간이 없군요. 거슬리는 자들이 있어서 말입니다. 신사적으로 대하는 것도 마지막입니다. 알을 넘겨요."

'촉매자'라는 단어에는 감출 마음조차 없는 조소가 묻어 있었다. 이 무도한 남자는 내가 여행사에서 회오리 남자와 나눴던 대화까지 파악하고 있나. 빠르게 경우의수를 셈했지만 도저히 방책이 떠오르지 않았다. 위압적인 존재다. 꼼짝 없이 목덜미를 잡힌 사냥감 신세 주제에, 이 상황에서 대체 뭘 할 수 있겠는가. 대체 누가 7억 3천분의 1이고 누가 '촉매자'라는 말인가. 그때 문득 일전에 카페에 있던 옆자리 테이블의 여자가 도준의 죽음에 대해 했던 말이 맴돌았다. 그녀에게는 그저 '자다가 죽은 어떤 남자' 얘기에 불과했겠지만.

'그래서 생각했죠. 기꺼이 그러기로 스스로 결정한 건 아닐까 하고. 그럼으로써 뭔가를 지켰다거나 막아냈다거나.'

어둠 속 '그림자'와의 대치 속에서 튀어나온 그녀의 말을 곱씹던 난 알을 지켜야 한다는 뿌리 모를 책임감이 솟는 걸 느꼈다. 그건 도준의 죽음에 얽힌 비밀을 밝히기 위한 것 때문이 아니라 그의 의지를 지키기 위함에 가까운, 이전과는 확연히 다른 결의 감정이었다.

"무슨 짓이라도 하기만 해요. 바로 깨뜨려버릴……"

마지막 어절이 채 이어지기도 전이었다. 숨을 쉴 수 없었다. 컴컴한 밤바다 한가운데의 익수자처럼 내 숨구멍은 철저히 가로막혔다. 호흡은 더 이상 내게 주어진 권한이 아니었다. 공기를 들이마시는 것도 내뱉는 것도 불가능했다. 소리를 낼 수도 없었고 몸에 힘을 줄 수도 없었다. 죽음의 공포가 폐부를 난도질하기 시작했다. 난 젖 먹던 힘까지 끌어올려 왼손을 양 무릎 사이에 파묻고, 핏줄이 터질 듯 팽팽하게 부푼 눈으로 힘겹게 옆을 돌아봤다. 그 눈, 무정하고도 검푸른 눈은 미동도 없이 빤히 나를 들여다보고 있었다. 그 시선에 담긴 잔악함에 사위에 비린내가 진동하는 듯했다.

"그저 당신이 속한 세계의 것만 감당하면 그만입니다. 손을 펴요."

남자의 목소리가 동굴 속 메아리처럼 귓전에 울렸다. 난 아마도 그 울림에 잡아먹히리라. 고통스러웠다. 해풍 앞의 촛불처럼 정신이 곧 꺼져버릴 것만 같았다. 남자는 단순히 내 숨통을 틀어막은 게 아니라 내 안쪽의 보다 무디고 연약한 핵을 잡아 비트는 듯했다. 생명이라는 게 이리도 장악하기 쉬운 것이었나. 두 눈에 뜨거운 액체가 핑 돌았다. 난 그것이 눈물이 아닌 피일 거라고 생각했다.

0시의 새

"흥미롭다는 건 부정할 수 없군요. 당신처럼 파장이 흔들린 여자를 알지요. '돌연변이' 말입니다. 그녀는 '질서'에 위협적인 존재지만 당신은 달라요. 당신의 변화에는 죽은 남자의 의지가 섞여 있으니 당신은 여전히 흐름의 일부죠. 그것을 거스르려 하지 않는 게 현명한 걸 겁니다. 현명이란, 어디까지나 당신들 수준에서 말이지만."

무슨 일이 벌어진 건지, '그림자'가 무슨 말을 하는 건지 이해할 수 없었다. 그러나 난 혼미한 와중에도 남아 있는 모든 힘을 긁어모아 왼손을 지켜내고 있었다. 내게 이 정도의 의지가 있었던가. 이건 나의 의지인가 아니면 내가 사랑했던 남자의 의지인가. 그를 사랑해서 그를 닮게 된 건지, 내 내면을 그가 깨워낸 건지, 아니면 내가 원래 이런 사람이었던 건지 헷갈렸다. 알 수 있는 건 지금 잠겨 있는 어둠보다 한층 더 부정한 어둠이 덮여오고 있다는 것뿐이었다. 이대로 내가 죽어버리면 이 작은 녀석은 어쩌지. 어미 새는 어쩌지.

요연한 의식 속에서 순고한 흰 새의 망설임 없는 눈을 떠올리자마자 고막을 찢을 기세의 하이 톤이 들이닥쳤다. 전화벨 소리였다. 어느 작은 짐승의 울음소리 말이다. 새가 나타난 건가. 안 돼, 위험해, 여기에는 그자가 있어, 하고 외치고 싶었지만 조금만 정신이 분산돼도 의식이 잘려 나갈 것만 같았다. 순간 왼손에서 단 한 번도 느껴본 적 없는 감각이 느껴졌다. 은은한 파동 같기도 했고, 빛의 물결이나 부드러운 물안개 같기도 했다. 그것은 마치 어미 새의 울음에 응답이라도 하는 것처럼, 혹은 제 형제를 부르는 것처럼 결사적으로, 또한 필연적으로 반응하고 있었다. 그 따스한 감촉을 끝으로 내 폐에 남아 있던 마지막 숨은 소진되고 말았다.

나는 어느 박작거리는 세계를 보고 있다. 아주 높고 먼 곳에서, 약동하는 온갖 살아 있는 것들과 그것들이 빚은 살아 있지 않은 것들을. 꼭 도서관에 꽂힌 책 한 권을 끄집어 펼친 것처럼 난 이 세계의 모든 페이지와 모든 문장에 걸친 모든 면면을 훤히 읽어낼 수 있다. 그리고 그 끝이, 책의 마지막 챕터가 머지않았다는 것 또한 알고 있다. 우주는 어김없이 팽창하고 있고, 그 안에 보이지도 않을 크기로 존재하는 이 사사하고 느린 세계는 숙명적으로 사멸할 것임을.

부풀고 있는 우주의 몸집에 맞는 새로운 세계가 탄생할 시간이다. 그러기 위해서는 재창조가 필요하다. 이 자리에서 어떤 세계가 새롭게 시작되든, 이 약하고 무지한 세계보다는 숭고하고 진보적일 것이다. 그러나 난 내심 안타까운 마음을 갖고 있다. 완전한 파괴와 재시작 대신 스스로 진화를 선택하길 바랐던 세계가 결국 그러지 못했다는 사실에. 그리하여 끝내 죽음을 맞을 거라는 사실에.

떠돌이 행성 하나가 제시간에 당도했다. 그것은 우주의 까마득한 흐름 속에, 정해진 궤도를 따라 이 먼지만 한 세계를 향해 일직선으로 망설임 없이 돌진했다. 곧 별은 거대한 빛의 폭풍과 함께 저 자신을 닮은 먼지가 되어 사라졌다. 오래 걸리지는 않았다. 수십억 년의 짧은 찰나가 우주의 영원한 심연 안에 잠들었다. 빈자리에는 소용돌이 같은 잔재들이 표식을 이루고 있다. 그건 내가 오래전 이 별에 어린 소행성을 떨어뜨리며 예고같이 남겨뒀던 표식과 똑같은 것이었다.

시계 같은 건 갖고 있지 않지만, 난 시곗바늘이 12에 이르렀다는 걸 알고 있다. 숫자 12는 0시일 수도 12시일 수도 있지만, 이번에는 12시가 아닌 0시를 나타냈다. 바늘은 이변 없이 0으로 돌아갔다. 종식된 곳에서 다시 재생이 시작된다. 흐름은 태연히 제 갈 길을 가고, 세계들은 소멸과 생성을 반복하며, 우주는 어김없이 팽창하고 있다.

크게 숨을 들이쉼과 동시에 번쩍 눈이 떠졌다. 나는 숨 쉬는 법을 처음 배우는 사람처럼 서툴게 가쁜 숨을 헐떡였다. 온몸이 땀으로 흠뻑 젖어 꼭 바다에서 막 건져진 것 같았다. 주저앉은 내 주변을 둘러싼 사람들이 보였지만 그보다도 사방이 환해 눈이 부셨다. 나는 정신을 차리려고 애쓰며 눈동자를 천천히 움직였다. 아까 있던 연구실이다. 정전이 해결된 모양이다. 이내 검푸른 눈과 극저의 목소리가 떠올랐다. 허겁지겁 무릎 사이에 숨어 있는 왼손을 펼치자 그 안에 얌전히 놓인 알이 보였다. 그 모습을 보자 내가 살아 있다는 사실보다도 어쩐지 더 마땅히 마음이 놓였다.

그리고 그때, 괜찮냐며 묻는 여러 겹의 목소리들 사이에서 유일하게 한 줄기 음성만이 체에 거른 듯 운명처럼, 그리고 우연처럼 귓결에 들려왔다.

"저예요. 저한테 두번째 알이 있어요."

난 온전히 힘이 들어가지 않는 고개를 돌려 방금 들은 목소리의 방향을 절실하게 더듬어갔다. 머릿속으로 그 음성에 어울리는 어떤 여자의 칠흑 같은 눈동자를 떠올리며. 이내 시선 끝에서 끝내 그 눈을 마주했다. '엄청난 우연'에 이끌린 채.

"어떻게……" 난 말했다.

"당신을 찾고 있었어요. 가요, 같이."

19 진율

 오후 4시밖에 되지 않았지만, 뒤덮인 암운 탓에 새벽 4시와 별반 차이가 없었다. 맑았던 하늘은 어느새 시작된 폭우의 세레나데 속에 자취를 감췄다. 우리는 말 없이 선율에 몸을 숨기고 숨을 고르고 있었다. 새도, 알도, 난쟁이나 그의 적도 잠시 잊기 충분한 연주였다. 빗방울이 차 앞 유리창에 부딪혀 터지고 갈라지다 이어지며 이루는 물너울을 보면서 생각했다. 이 모든 일의 시작과 아직 보이지 않는 끝에 대해. 그리고 그 너머에 있을 또 다른 시작에 대해.
 엊그제 카페에서 설명할 수 없는 몽환을 겪은 뒤부터 계속 극심한 두통에 시달렸다. 이번 주 내내 휴가인 게 그나마 다행이었다. 사람은 살면서 몇 번쯤 자신에게 도래한 중요한 지점, 결정적인 때를 본능적으로 알아차리는 법이다. 내 내 집에 칩거하던 중 갑자기 걸려 온 문영오의 전화에 난 그게 바로 지금이라는 걸 자각하지 않을 수 없었다.

문영오는 날 만나고 싶어 하는 기자가 있다고 했다. 퉁구스카의 소행성과 그 성분이 함유된 '돌'에 관심을 보이는 여자라고. 그 얘기를 들은 난 그가 언젠가 새의 기억을 통해 봤던 인물과 동일하다는 데 한 치의 의심도 품지 않았다. 집을 나설 때쯤 두통은 남김없이 증발한 뒤였다.

알의 분석을 맡아줬던 다른 팀 연구원과 문영오를 통해 여자의 연락처를 받았지만 전화는 도통 연결이 되지 않았다. 행사가 아직 끝나지 않았다는 걸 알고 무작정 달려간 연구원, 그것도 내 연구실에서 난 정신을 잃은 그녀를 만났다.

"정말 거기로 괜찮을까요?" 상념에 빠져 있던 내게 조수석에 앉은 기자가 말했다.

"네, 괜찮을 거예요. 어쩌면 지금 저희한텐 유일하게 괜찮은 곳일 수도요."

나는 소동이 일어난 연구실을 뒤로하고 그녀를 차에 태우자마자 목적지를 정했다. 알고 있었다고 하는 편이 더 정확할 것이다. 그림 눈의 남자가 넌지시 일러준 '시작과 끝, 끝과 시작의 기착지'로 떠오른 곳은 나와 그녀가 처음 만난 녹색 차양의 카페뿐이었으니까. 우리는 뭐가 됐든 우리의 시작점에서 끝을 내게 되리라, 하는 강한 예감이 예언처럼 각인되고 있었다.

손님 없는 카페 안은 빈 선물 상자처럼 휑뎅그렁했다. 난 왠지 지금의 적막이 우리에게 필요한 만큼 충분히 오래 지속될 거라고 확신했다. 사장은 내게 이제 몸은 괜찮냐며 걱정 섞인 안부를 건네고, 따뜻한 히비스커스차 두 잔을 갖다 준 뒤 조용히 돌아섰다. 그녀를 제외하면 이 공간에 남은 건 마주 앉은 우리 두 사람과 테이블 위에 놓인 두 개의 알, 그리고 파도치는 빗소리뿐이었다.

"당신을 꼭 찾아야겠다고 생각했으면서도 바로 앞에 두고 못 알아봤네요." 내가 말했다.

"낮에 연구원에서 '특이한 돌'에 대해 듣고 혹시나 했는데, 이런 식으로 만나게 될 줄은 저도 몰랐어요." 그녀가 두 손으로 따뜻한 찻잔을 가볍게 감싸 쥐며 말했다. "결국 알들이 서로를 끌어당긴 걸지도요. 형제니까."

우리는 점묘화를 그리듯 차근차근 새와 알, 기억과 환몽, 그리고 그 못지않게 괴이한 존재들에 대해 이야기했다. 그녀만이 겪은 것과 나만이 겪은 것, 그렇게 각자 지닌 반쪽짜리 점들을 하나하나 찍어갔다. 그것들은 마땅히 어울리는 자리에 주의 깊게 새겨지며 테두리가 흐릿한 그림에 선도를 더해나갔다. 문득 난 우리가 대체 어느 지점에서부터 맞닿아 있던 것일지 궁금했다. 어쩐지 새의 기억에서 여자를 처음 봤을 때보다도, 며칠 전 이 카페에서 우연히 만났을 때보다도 훨씬 전부터 그녀를 알고 있었던 것 같은 기분이 들었다. 심지어 한밤중에 비명횡사한 그녀의 연인이 내 기나

긴 불면의 원인이 되어버린 때보다도.

"그때 전 확실히 제가 아니었어요." 그녀가 말했다. "말하자면 다른 무언가로서 존재한 저랄까요. 하지만 꿈이라고 하기에는 감정도 감촉도 온전히 느껴졌어요. 그 역시 제 것이 아니었지만요."

"마치 실재한 타인의 기억처럼 말이지요."

"맞아요. 다른 누군가의 기억이 흘러 들어온 것 같은 느낌이었어요. 그건 '그림자'가 절 현혹해서 알을 가져가기 위해 꾸민 짓이었을까요? 아니면 혹시 두 알이 이룬 어떤 공명 같은 거였을까요? 우리가 전에 이 카페에서 눈을 마주쳤을 때 율이 씨가 나무 뻐꾸기의 환상을 본 것처럼요. 이번 일도 율이 씨가 정전된 연구실에 왔을 때쯤 일어난 거였잖아요. 두 알이 가까워졌을 때."

"그거랑은 좀 다를 거예요. 제가 나무 뻐꾸기와 대화를 나눈 건 정말 환몽 속에서였지만, 수지 씨는 아마 새의 기억을 엿본 것 같아요. 어디까지나 새의 의지로요. 새가 제 무의식을 빌려, 수지 씨가 사무실에서 첫번째 알을 지키려는 걸 보여준 것처럼요. 아까 정신을 잃어갈 때 새의 울음소리를 들었다고 했죠? 그럼 그때 '그림자'를 쫓아낸 것도 새가 아니었을까 싶고요."

"율이 씨가 공유받았다는 새의 기억 속 상황은 저도 아는 실제 과거가 맞긴 한데, 그럼 새가 제게 보여준 건 대체······"

그녀는 말끝을 흐렸다.

"혹시 말이에요. 수지 씨 말대로 패턴, 그러니까 언젠가 벌어질 일에 대한 일종의 예고나 암시였다고 한다면요?" 나는 통 안에 나란히 든 두 알에 줄곧 시선을 뒀다가 천천히 입을 뗐다. "1908년 퉁구스카 사진에서 수지 씨가 발견한 문양과 도준 씨의 다이어리 속에 있던 문양, 그리고 어린 도준 씨의 꿈에서 봤다던 어떤 겨울 숲에서의 빛의 폭발, 거기에서 나타난 또 같은 문양. 이게 새든, 신이든, 다른 제3의 존재의 흔적이든 간에, 수지 씨가 쓰러졌을 때 본 파괴된 별의 잔재에서도 같은 문양이 보였다고 했잖아요."

"그러고 보니 그때 전, 그러니까 제게 기억을 공유한 불상의 존재로서의 전 생각했어요. 결국 0시가 되었구나, 하고. 공포스럽다거나 비극적이라는 생각은 전혀 들지 않았고 그저 조금 안타까운 정도였죠. 끝내 나아가지 못하고 0으로 돌아가 바스러진 별을 보면서요. 전 그 미미한 별을 퍽 아꼈던 것 같거든요." 그녀는 골똘히 생각을 정리하는 듯 얕게 인상을 찡그리며 말을 이었다. "그럼 결국 나무 뻐꾸기가 말한 두 가지 경우 중 하나, 우리가 12시로 넘어가지 못하고 0시에 멈춰서 소멸하는 결말을 보여준 걸까요? 그건 정해진 결과일까요?"

군데군데 엉성하긴 하지만 파편들을 한데 모아보니 제법 그림이 형체를 갖추는 듯했다. 그러나 겨우 우리 두 사람이 말 없는 알들과 할 수 있는 일이 뭐란 말인가. 정말 두 알이 일으키는 공명이라는 게 있다면, 처음 그녀와 눈이 마주쳤을 때 겪은 나무 뻐꾸기의 환몽 같은 현상이 지금은 왜 발생하지 않는지도 의문이었다. 난 앞에 놓인 찻잔 속 붉은 바다를 들여다보며 기억을 더듬었다. 나무 새가 내게 한 말과 그 안에 숨어 있을 열쇠를 찾아.

"열쇠……"

"열쇠요?" 그녀가 한쪽 눈썹을 씰룩이며 물었다. "아, 여행사에서 만난 회오리 얼굴의 남자는 도준 오빠가 절 흐름으로 밀어 넣기 위한 열쇠였다고 했는데……"

"맞아요, 생각났어요. 나무 뻐꾸기는 도준 씨와 수지 씨, 그리고 첫번째 알까지 전부 열쇠라고 말했어요. 모두 충실히 그 역할을 해내고 있다고도요. 그런데 알들의 공명이 아직 충분하지 않다고 했죠. 필요한 마지막 열쇠는 '불꽃', 즉 제 자유의지라고."

목소리가 가볍게 전율했다. 스스로 찍어왔던 모든 발자국이 실은 여기에, 바로 이 대목에 이르기 위해 마련된 잘 짜인 각본처럼 느껴졌다. 우연이라고 생각했던 무수한 순간들은 모조리 틀 안에 든 필연이었던 것인가. 그렇다면 내 '불꽃'이라는 게 무슨 소용이 있는가. 미약하다지만 분명히 살아 꿈틀거리는 이 세계의 초기화를 한낱 의지 따위로 어떻게 막겠느냐는 말이다. 그것도 우주에서 날아드는 메가

급 소행성의 충돌을.

우리 둘은 야속한 표정으로 눈앞의 작은 녀석들을 들여다보며 이 혼돈을 타개할 수를 고민하고 있었다. 그때 갑자기 거대한 도끼로 공간 전체를 찍어 누르는 듯한 인정사정없는 벼락이 내리쳤다. 곧바로 화들짝 놀란 두 시선이 교차했다. 고개를 돌리니 빗발은 이 땅의 심장을 꿰뚫기라도 할 기세로 화살처럼 유리 창문에 꽂히고 있었다. 물보라 탓에 빗줄기는 어둠을 가르고 희붐하게 빛나는 것처럼 보였다.

'이런 날은 어떤 경계 같은 게 흐릿해지는 것 같아요.'

나는 일전에 카페 사장이 했던 말을 떠올리고 무심코 카운터 쪽을 쳐다봤다. 사장은 안쪽에 틀어박혀 있는지 보이지 않았다. 이윽고 정면으로 다시 얼굴을 가져온 순간, 호흡이 멎는 듯했다. 자리는 누가 있기라도 했냐는 듯한 멀뚱한 모습으로 텅 비어 있었다. 그녀도, 옆에 있던 그녀의 백팩과 찻잔들도 없었다. 알이 잠들어 있던 안경집과 동그란 뽑기통도 사라졌다. 오직 두 개의 알만이 가지런하게 놓여 있었다. 마치 오랫동안 이 순간만을 기다려온 것처럼 건강히 몸을 세우고.

뱃속에서 초조함이 바글거렸다. 난 아랫입술을 뜯으며 벌떡 일어났다. 이건 지금까지 겪은 이상한 꿈이나 새의 기억, 환몽 따위와 달랐다. 내 현실은 조금 전과 다름없이 여전히 현실로 존재하고 있는 게 분명했다. 그러나 새나 검푸른 눈의 소인, 그림 눈의 남자라면 모를까, 바로 눈앞에 있던 나와 다를 거 없는 인간 여자까지 사라져버렸다면 문제는 내 쪽에 있다고 생각하는 게 합리적일 것이다. 난 불안한 걸음을 옮기며 카페 안을 서성였지만, 이 빤한 공간에 더 이상 다른 사람이 존재하지 않는다는 건 자명한 사실이었다. 사장과 기자는 동시에 흩어져버렸다. 빗속으로 혹은 빛 속으로.

난 결국 다시 자리로 돌아와 앉았다. 그리고 테이블 위에서 흐트러짐 없이 나를 향해 선 두 알을 가만히 쳐다봤다. 그것들 역시 나를 보고 있는 게 느껴졌다. 난 알 형제와 마주한 채 눈꺼풀을 내리고 천천히 고요로 빠져들었다. 어차피 내 눈으로는 제대로 볼 수 없어, 하는 마음이었다. 난 새의 기억을 공유받았을 때 새의 눈으로 내가 보았던 것들을 생각했다. 뭔가를 본다는 것, 샅샅이 읽어낸다는 건 바로 그런 것이었다. 이것들이 내게 뭘 보이고 있든 난 그걸 육체의 눈이 아닌 다른 것으로 보고 해독해야 했다. 누구도 방법을 가르쳐주지 않았지만, 지금이야말로 나 자신의 어떤 선택이라도 오롯이 믿고 싶었다.

암흑 속에서 울리는 세찬 빗소리는 꼭 수천수만 마리의 매미 울음처럼 느껴졌다. 빗줄기 하나하나가 생명력을 가지고 있기라도 한 것처럼. 이어 머릿속에 그려진 건 어린 시절 자두에이드를 앞에 둔 어느 무더운 날이었다. 그때 난 사밖에서 쏟아지는 요란한 매미 울음이 마치 빗소리 같다고 생각했다. 비를 닮은 울음, 울음을 닮은 비. 형제 같은 연이다. 그때였다. 비의 고른 울음소리 틈바구니에서 낯선 소리 하나가 슬며시 끼어들었다. 그러나 보통의 '소리'와는 다른 개념이었다. 그것은 내 귀를 타고 흘러 들어오는 동시에 감긴 눈으로, 닫힌 입으로, 떨리는 피부로도 스미었다. 내가 아는 모든 음악과 언어와 숫자와 색깔의 총체이자, 빛인 동시에 그림자인 무언가였다.

눈을 떠서는 안 된다는 걸 본능적으로 느꼈다. 눈을 뜨는 순간 오직 눈으로밖에 보지 못할 것 같았다. 난 내게 몰아치는 감각의 향연이 어린 두 알에서 비롯된 것임을 알아차렸다. 그리고 그것이 바로 녀석들 안에 새겨져 있던, 어미 새가 울대를 찢어가며 입히던, 난쟁이들이 눈에 불을 켜고 찾던 모든 차원을 꿰뚫는 유일한 열쇠, '코드'라는 것을. 영문 모를 일이지만 그것은 강물이 흐르는 것처럼 지극히 자연스럽게 내 의식에 침윤하는 한편, 내 안으로, 내 속으로 거칠게 들이치고 있었다.

그건 내 한계를 넘어선 지식이었다. 나를 비롯한 이 세계 전체의 한계를 말이다. 젊은 과학자로서 차곡차곡 모아온, 꽤 자부심을 느끼던 지식들은 갓 태어난 아기의 여린 심음이나 다름없었다. 난 이 세계와, 이 세계가 속한 다른 세계와, 그 세계가 속한 또 다른 무연한 세계들을 시간 선에 구애

받지 않고 투명하게 오가며 들여다볼 수 있었다. 마치 책장을 넘기듯, 그리고 그에 담긴 문장들을 한 줄 한 줄 읽어 내려가듯. 그제야 난 깨달았다. 동굴 남자가 우리와 우리 세계를 고작 도서관의 수많은 장서들 중 하나, 그중에서도 그저 여백에 불과하다고 말한 이유를. 아, 이 별이 속한 망망대해 같은 우주조차 겨우 얇디얇은 한 권의 책에 불과했다니.

그때 카페의 등이 깜박거리는 소리가 났다. 그에 따라 감긴 눈의 시야에도 잠시 명암이 뒤섞였다. 정전인가? 날씨 탓인가?

"곧 문이 닫혀요. 그리고 흐름을 유지하려는 자들과 장악하려는 자들이 동시에 다가오고 있어요. 어느 쪽이 어느 쪽에게 이롭고 해로울지는 알 수 없죠."

멀리서 누군가 외치는 것처럼 뿌연 음성이 번져왔다. 분명 카페 사장의 목소리인데. 난 눈을 뜰까 망설였지만, 막힘없이 덮쳐드는 세계의 본질과 거대 우주의 진리에 홀려 도저히 거기에서 빠져나오고 싶지 않았다. 과부하된 뇌가 이대로 터져버린다 해도 후회하지 않을 만큼.

"길을 잃지 말아요. 머지않아 시계가 멈출 거예요. 명심해요. 기회는 오직 한 번이에요."

사장의 목소리가 한 번 더 희미하게 울려 퍼졌다. 그리고 또다시 등이 깜박였다. 아까보다 몇 차례 더 강하게.

"불꽃을 피워요. 단 한 송이의 불꽃을."

그 순간, 나무 뻐꾸기가 했던 말이 번뜩이며 지나갔다.

'진화하지 못하는 존재는 도태되어 마땅하고, 진화를 일으킬 수 있는 건 오직 변수 즉, 돌연변이야.'

진화란 단순히 적자가 살아남는 현상이 아니라 당연했던 물줄기의 흐름에 손을 대는 힘이다. 길을 따르지 않고 분출하려는, 안락한 도랑을 거부하려는, 박차고 나아가려는 힘이다. 그러한 동력이 줄곧 변화를 주도했고 변화는 언제나 예외에서, 규칙을 벗어난 변칙에서 시작되며 '돌연변이'는 그 씨앗이었다. 씨앗은 시간이라는 토양에 뿌리를 내리고 움트지만 마땅한 여유 따위 없는 지금은 반드시 경계를 여는 누군가의 손길이 필요했다. 열쇠는 꽂혀 있다. 이제 문을 열 차례다.

나는 그제야 비로소 나무 새가 말한 '전에 없던 새로운 길' '스스로 이룬 진화'가 뜻하는 바를 처음이자 마지막으로 어렴풋하게나마 이해할 수 있었다. 모든 길목과 무궁하고 무한한 갈래들을 마주하고서야 가능한 통찰이었다. 우리 세계의 파멸을 막고, 변화의 가능성을 지닌 '돌연변이'의 의지로 신국면을 이끄는 것, 끝내 도태될 절대다수를 갈음한 새로운 가능성의 세계를 말하는 것이었다. 적자생존이라는 자연의 섭리이자 우주의 법칙에 기대를 걸고.

나무 뻐꾸기 즉, '신'이라 불리는 존재는 자신의, 혹은 자신들의 완전한 개입을 허용할지를 묻고 있는 것일 터. 어린 시절 자두에이드를 매개로 내 파장을 변화시키고 '돌연변이'로 각성시킨 자와 마찬가지로 경계를 허무는 손길의 개입을 말이다. 그것은 결론을 맺는 게 아닌, 가능성을 남기는 일이었다.

오래전 혼자 있던 집 안, 등 뒤에 있던 존재에게서 느꼈던 참을 수 없는 혐오감이 치밀어 올랐다. 나는 그때 우연히 ― 우연이라는 게 있었다면 ― 다른 차원의 존재를 감지하고, 또 어쩌다 우연히 눈앞의 컵 덕에 그 존재를 직접 맞닥뜨리지 않았을 뿐이다. 그러나 불행히도, 역시 우연히 그 존재를 직접 대면한 한 남자는 죽음을 맞았다. 그가 설령 이 모든 서사와 결과를 알고 스스로 선택한 것이었다고 해도 달라질 건 없다.

'완벽한 톱니에 걸린 티끌 하나가 우주에 어떤 변화를 가져올지 두고 봅시다.'

이 바다가 내게 허락한 시간은 길지 않다. 카페 사장의 말처럼 곧 문이 닫힐 것이다. 나는 눈을 떴다. 그러나 그 눈은 육체의 눈이 아니었다. 용솟음치는 앎의 바다에서 이제 다른 눈을 뜨는 법을 배웠으니까. 선택지는 앎의 바다가 지닌 물방울 수만큼 무진하지만, 지금 내게는 오직 한 번의 기회만이 주어졌다. 그 유일한 기회로 내가 적자생존의 가능성과 종으로서의 '진화'를 택하면 이 세계의 궤멸을 막을 수 있다는 것도.

마구 요동치던 심장은 급속도로 차분히 가라앉았고, 난 실로 그 어느 때보다도 정온한 극저의 평안을 실감했다. '우연히' 탄생한 돌연변이로서 내 답은 하나뿐이었다. 그로 인해 설령 이 세계의 파괴를 막지도 피하지도 못한다고 해도. 되레 앞당기는 꼴이라고 해도. 이 선택은 흐름이니 설계니 하는 무례한 것들에 대한 반항이자 내가 속한 세계의 일원으로서, 나아가 생물로서의 자유와 의지가 내린 유일의 선이요, 무지 속에서 미약할지라도 저마다의 낭만과 희망을 일궈가는 우리에 대한 최선의 찬사였다. 그리고 거기에는 티끌만 한 망설임도 없었다.

나는 나의 신이 되기로 했다. 오직 내 법칙으로 작동하는 나만의 우주의 신이. 고차원이든 범접할 수 없는 존재든 내게는 중요하지 않았다. 저울질을 거부하기 위해 저울 밖으로 뛰쳐나간다. 폰으로도 퀸으로도, 어떤 체스 말로도 규정되지 않기 위해 판 자체를 뒤엎는다. 얼굴이 회오리치든 눈이 푸르게 빛나든 이제 그들의 신은 나의 신 앞에서, 주체가 되길 선언한 나라는 존재 앞에서 하염없이 무력하리라. 지금 내가 바라는 건 우주의 구원도 인류의 진화도 아닌, 이기적이고 편협한 지극히 '인간다운' 결말이다. '신'과 '우주'의 관점에서는 한낱 오류일 나의 결단은 그러나, 피조물에 불과했던 미물이 스스로의 질서를 이룩하겠다는 반역의 선포다.

나는 단 하나의 기회, 단 한 톨의 씨앗으로, 얼굴 한 번 본 적 없는 어떤 남자의 운명을 돌이키기를 택했다. '흐름'에 익사한 남자의 운명을. '흐름' 자체를. 살아 있는 것만이 흐름을 거스를 수 있다. 난 살아 있고, 그것이야말로 내가 틔울 수 있는 가장 단단한 불꽃, 아니, 있는 힘껏 만개한 타오르는 열화였다.

나는 무심하면서도 위압적으로 넘실대는 광대무변한 '흐름'에 깊숙이 팔을 넣고 천천히 휘저었다. 지배적인 수압과 턱 아래까지 차오르는 한기에 휩쓸리지 않도록 굳건히 힘을 주고 버텼다. 이내 검은 물살 가장 밑바닥에 숨죽여 잠겨 있는 무한한 자갈 사이에서, '흐름'의 어둠에 속한 지 그리 오래되지 않은 돌 하나에 손을 갖다 댔다. 팔을 끊어내기라도 할 듯 맹렬하게 덮쳐드는 수세에도 아랑곳하지 않았다. 그건 내가 찾고 있던 것이고, 이 정도 물살은 결코 나의 불꽃을 멸하지 못할 테니.

'흐름' 밖으로 돌을 꺼내 올리자 씨실과 날실처럼 교차하던 장대한 시간의 축들이 뿌리째 흔들리기 시작했다. 순식간에 눈앞의 모든 것이 심연에 먹혀 무無로 회귀해갔다. 동시에 무참한 슬픔이 쇄도했다. 나의 선택으로 인해 소멸해버린 수많은 미완의 가능성들, 그리고 탄생했을지도 모르는 새로운 낭만과 희망들의 죽음이 줄줄이 내 안에 영사되었다. 그것이 이미 벌어진 현실인지 아니면 멀찍이서 기다리고 있는 미래인지는 모른다. 나는 그저 그 모든 순간의 유일한 애도자이자 살아 있는 묘비였다.

어디까지나 나 자신의 주인이 되고자 한 것임에도, 스스로 신이 된다는 것의 무게는 그러했다. 전능한 군림이 아닌, 자신이 저지른 단 하나의 기적 때문에 가없는 상실을 견뎌야 하는 것. 정답 따위 없는 자신만의 우주에서 그 선택의 종착지가 파멸일지도 모른다는 끔찍한 공포를 끌어안은 채, 그럼에도 불구하고 눈을 감지 않겠다고 약속하는 것. 기도이자 형벌인 내 결정에 다만 후회는 없었다. 내가 길을 돌린 어떤 남자의 흐름이 또 다른 누군가의 무언가와 어떤 식으로 이어질지 누가 알 수 있으랴.

나는 갑자기 몰려오는 아주 깊은 잠에 점령당하기 직전이었다. 죽음의 낌새라는 게 있다면 바로 이런 것이리라. 아직 깨어 있는 얇은 경계에서 난 생각했다. 새의 기억을 공유받았을 때 짧은 머리 여자에게서 비친 너덜너덜하고 손상된 마음을. 그러나 기어코 강인하고 순수했던 영혼을. 그리고 또 생각했다. 그녀가 무척 기뻐하겠다, 그 모습을 직접 볼 수 있다면 좋을 텐데, 하고.

이 모든 일의 어디부터가 우연이고 어디까지가 필연이었을까. 온갖 연의 복판에서 내가 잃은 것과 얻은 것은 무엇일까. 어쩌면 내 안의 어떤 부분은 심하게 훼손됐거나 끝내 이

탈되었을지 모른다. 뭘 모르는지도 모르는 채로. 동시에 혼자서는 도저히 확보하지 못했을 한계 너머의 뭔가를 얻었을 수도 있다. 그중 어느 쪽이 더 무거울지는 재단할 수 없다. 그러나 난 그만한 걸 얻기 위해 그만한 걸 잃은 것이고, 그만한 걸 잃었기에 그만한 걸 얻었다고 여기고 있다. 그렇게 이 세계의 추는 양옆을 묵직하게 오가며 지독히도 고르게 균형을 맞추고 있는 거라고. 모든 것이 다 그러하다고.

그때 아주 멀리서 혹은 바로 지척에서 일정하면서도 익숙한 음형이 또렷하게 들려왔다. 전화벨 소리였다. 또한 녹색 안대를 쓴 흰 새의 울음소리였다. 어디로 거는 전화인지도 모르면서 난 다이얼을 누르듯 속으로 그 수를 꾹꾹 누르며 따라갔다. 내내 정해진 법칙이라도 되는 양 어김없이 열한 번씩 울던 새의 울음을 습관처럼 셈했다.

아홉, 열, 열하나…… 열둘.

12? 혼탁한 심연에서 비틀대던 나는 처음으로 다음 수로 넘어간 새의 변화에 아득한 환희를 느끼며 마침내 시작과 끝이 뒤섞인 의식의 구획을 넘어 고요한 무의식의 세계에 잠식됐다. 마치 빛과 그림자가 혼재한 영역으로. 어떤 글자도 침범하지 못할 여백의 사원으로.

나는 나의 신이 되었다.

작가의 말

경계라는 것에 오래도록 마음을 빼앗겨왔습니다.

빛과 그림자, 의식과 무의식, 우연과 필연 같은 영역들 사이에 접면이 존재한다면 우리는 그 실체를 알아차릴 수 있을지, 이쪽도 저쪽도 아닌 미지의 거점에서 인간의 의지는 의미를 지닐지, 혹 그것이 속해 있는 경계조차 허물 만큼 강력해질 수 있다면 동력은 어디에서 비롯될지. 허공 속 질문과 답의 틈새를 오가며 이 소설을 썼습니다.

어쩌면 어디에도 온전히 뿌리내리고 속하기를 원치 않는 저에게 썩 어울리는 상상이 아니었나 생각합니다. 부유하고 방랑하는 인간으로 영영 정처 없이 살아가며, 다만 앞으로도 쭉 글을 쓸 수 있다면 이번 생에 그보다 더한 사치는 없으리라 여기고 있습니다.

박화성소설상이라는 영광스러운 이름을 걸어주신 주최 측과 심사위원, 함께 정성스럽게 빚어주신 출판사, 그리고 무엇보다 이 책을 펼쳐주신 독자 여러분께 깊이 감사드립니다. 저마다의 아슬아슬한 경계에서 치열하게 분투하는 우리에게 기쁨과 고요가 자주 깃들기를 기원합니다.

아끼는 계절의 경계에서 이 글을 올립니다.
고맙습니다.

2025년 가을
윤신우 드림